I0653256

BURN

FURY-BRÜDER
BUCH 3

ANNA HACKETT

Burn

Copyright 2025 by Anna Hackett

Aus dem Englischen übersetzt von Nathalie Hopper Translation

Umschlaggestaltung: Hang Le Designs

Bildquelle: Wander Aguiar

ISBN (ebook): 978-1-923134-68-3

ISBN (Printversion): 978-1-923134-69-0

Originaltitel: Burn

Dieses Buch ist ein Werk der Fiktion. Alle Namen, Personen, Orte und Begebenheiten sind entweder der Fantasie der Autorin entsprungen oder werden fiktiv verwendet. Jede Ähnlichkeit mit existierenden Personen, Ereignissen oder Orten ist rein zufällig. Kein Teil dieses Buches darf in gedruckter oder elektronischer Form vervielfältigt, eingescannt oder verbreitet werden.

1

LONDON

Ich war eine Frau auf einer Mission.

Meine Stiefel klackten rhythmisch auf dem Beton, während ich über einen Bürgersteig in New Orleans schritt. Die junge Agentin neben mir joggte halb, um Schritt zu halten.

„Sind Sie sicher, dass das eine gute Idee ist, Agent Coleman?" FBI-Agentin Amy Chen strich sich einige ihrer glatten, schwarzen Haare aus dem Gesicht. „Ich meine, wir haben keinen Anlass. Keinen Durchsuchungs-beschluss. Er muss uns weder etwas sagen noch etwas zeigen, wenn er nicht will."

„Es wird schon gut gehen", erklärte ich. „Das ist nur ein Warnschuss."

Der mittelgroße Bürokomplex erhob sich über uns und bestand ganz aus glänzendem Glas. Er war viel höher als die umliegenden Lagerhäuser des Warehouse Districts in New Orleans. Die Spitze des Turms war schmaler und einige der Glasscheiben waren rot getönt,

damit sie wie eine Flamme aussah. Er wurde passender-
weise Ignis Tower gekannt.

„Agent Coleman, ich weiß, dass Sie in Ihrem Job sehr
gut sind."

Ich war *wirklich* gut in meinem Job. Ich war eine der
jüngsten Ermittlerinnen des Finanzministeriums, die
einige der größten Fälle von Finanzkriminalität im
ganzen Land abgeschlossen hatte. „Ich habe Ihnen
gesagt, Sie sollen mich London nennen. Wir können uns
gern duzen."

Ich mochte Amy. Sie war chinesisch-amerikanischer
Abstammung, hatte einen messerscharfen Verstand und
einen kleinen, kompakten Körper. Regelmäßig brachte
sie im Trainingsraum Agenten zu Fall, die doppelt so
groß waren wie sie.

Amy nickte. „London. Unsere gemeinsame Task-
Force kann sich glücklich schätzen, dich zu haben. Seit
wir die Anwältin verhaftet haben, die uns Hinweise auf
die Geldwäsche hier in New Orleans gegeben hat, bist
du eine treibende Kraft bei unseren Ermittlungen."

Ja, als das FBI vor einigen Monaten eine Anwältin
verhaftet hatte, hatte sie ihnen Informationen über ein
riesiges Geldwäschesystem in der Stadt gegeben. Ich
hatte den Verdacht, dass das Geld an die Drogenkartelle
floss, aber wir hatten noch keine handfesten Beweise.
Wer auch immer dahintersteckte, er musste gestoppt
werden.

Doch trotz mehrwöchiger Ermittlungen hatten wir
keine Indizien, keine Verhaftungen, eigentlich gar nichts
vorzuweisen. Frustration machte sich in mir breit.

Aber ein Name tauchte immer wieder auf.

Kavner Fury.

Ein Brennen loderte in meinem Bauch. Ich war mir sicher, dass der Lieblingsmilliardär von New Orleans Dreck am Stecken hatte. Sein Name und der seiner Firma Ignis Inc. tauchten immer wieder in meinen Akten auf, aber ich konnte ihm bisher nichts nachweisen.

In New Orleans wurde Geld gewaschen. Mein Kiefer verkrampfte sich. Das würde ich so schnell wie möglich verhindern.

„London", fuhr Amy fort. „Kavner Fury ist ein bekannter Geschäftsmann aus New Orleans. Er hat gute Verbindungen und –"

„Ist in der perfekten Position, um Geld zu waschen?"

Amy stieß einen Atemzug aus. „Er spendet viel an die örtliche Gemeinde."

„Das könnte nur eine Fassade sein." Sowas hatte ich schon öfter gesehen. Der fromme Familienvater, die Stütze der Gemeinde, der hinter verschlossenen Türen das Gesetz brach.

„Oder er ist einfach ein erfolgreicher Geschäftsmann. Was ist es, das dich an ihm stört?"

„Erfahrung." Ich kannte den Typ – wohlhabend, gut aussehend, mächtig. Die Art von Mann, die glaubte, mit allem durchzukommen. Mein Magen kribbelte. Tatsächlich hatte ich es am eigenen Leib erlebt. Ich hatte gesehen, wie mein Vater in die Welt des Glanzes und des Reichtums hineingezogen worden und daran zugrunde gegangen war. Verführt von den berauschenden Versprechungen eines Mannes wie Kavner Fury.

Ich schüttelte diese Gedanken ab und ging auf die glänzenden Glastüren zu, die in den Ignis Tower führten.

Amy hielt mich am Arm fest. „London, wir müssen vorsichtig vorgehen. Die Fury-Brüder sind hier sehr beliebt."

Die Fury-Brüder waren in New Orleans sehr bekannt. Und berüchtigt.

Es handelte sich um fünf Brüder, alle reich und erfolgreich. Ihnen gehörte ein erstklassiges Viertel im Warehouse District, und viele Geschäfte liefen auf ihre Namen: Nachtclubs, Restaurants, ein Fitnessstudio und eine Sicherheitsfirma. Und Kavner Fury war der Vorstandsvorsitzende von Ignis Inc., einem weitläufigen Geschäftsimperium, das Immobilien, Resorts, Reedereien und eine Reihe anderer Unternehmen umfasste.

Ich hatte Fury ein paar Mal getroffen. Einmal hatte ich ihn über seine Kenntnisse zu den Reedereien im örtlichen Hafen befragt. Der Mann hatte seine langen Finger in vielen Geschäften stecken. Er besaß oder investierte in eine Menge lokaler Unternehmen, die sich perfekt eigneten, um schmutziges Geld für die Kartelle zu waschen.

„Ich will einfach nur meinen Job machen", sagte ich leise. „Ob jemand reich oder mächtig ist, spielt für mich keine Rolle." Ich klopfte ihr auf die Schulter. „Mach dir keine Sorgen. Ich übernehme die volle Verantwortung, falls uns das auf die Füße fällt."

Amy verzog das Gesicht, nickte aber. Ich drehte mich um und trat ein.

Sofort schlug uns die kühle Luft entgegen, und ich nahm mir einen Moment Zeit, um die frische Brise zu genießen. Obwohl der Herbst begonnen hatte, herrschte in New Orleans immer noch eine unerträgliche Schwüle.

Amy und ich zeigten der Wache an der Rezeption unsere Ausweise.

„Wir sind hier, um Kavner Fury zu sehen", verkündete ich.

Der Mann runzelte die Stirn. „Einen Moment, bitte." Er sprach in gedämpftem Ton in ein Funktelefon.

Ich suchte die Lobby ab. Ein schimmernder cremefarbener Marmorboden, durchzogen von schwachen roten Fugen, zog meinen Blick auf sich. Eine riesige Skulptur beherrschte den zentralen Raum. Sie bestand aus großen, geschwungenen Metallbögen – alle in einer schimmernden Bronzefarbe –, die ineinander verschlungen waren und sich zur hohen Decke erhoben.

Einen Moment später schritt ein Mann in einem dunkelblauen Anzug auf uns zu. Ein Blick reichte, um zu wissen, dass er beim Militär gewesen war. Seine Augen waren ruhig und ernst, als er unsere Ausweise studierte.

„Ich bin Max Boston. Leiter des Sicherheitsdienstes. Haben Sie einen Termin bei Mr. Fury?"

Ich hob meinen Ausweis. „Das ist mein Termin."

Er musterte mich kurz, dann nickte er. Schnell zückte er ein Handy und murmelte hinein, während er mit der Hand in Richtung eines einsamen Fahrstuhls auf der anderen Seite der Lobby winkte.

Ich ging voraus und rückte den schwarzen Blazer meines Hosenanzugs zurecht. Als sich der Aufzug öffnete, hielt uns Mr. Boston die Türen auf. „Mr. Furys Büro befindet sich auf der Chefetage und ist nur über diesen privaten Fahrstuhl erreichbar."

Natürlich. Der Aufzug beförderte uns nach oben. Ich

stand still und konzentrierte mich, während Amy neben mir herumzappelte.

„Es wird schon alles gut gehen, Amy. Ich werde dem Mann nur ein paar Fragen stellen und ihn überreden, uns einen Blick in die Bücher seiner Reederei werfen zu lassen."

Amy holte tief Luft. „Warum siehst du dann aus wie ein Ritter auf dem Weg in die Schlacht?"

„Das ist doch Unsinn."

Der Fahrstuhl verlangsamte sich, und die Türen gingen auf. Wir traten auf einen polierten, hellen Holzboden, und ich hörte, wie Amy tief einatmete.

Selbst ich konnte meine Reaktion kaum kontrollieren. Der Raum war luftig und hell und schrie förmlich nach Wohlstand. Ich hatte halb mit einer schweren Holzvertäfelung und dunklen Farben gerechnet, wie ich sie in so vielen anderen Büros wohlhabender Geschäftsleute gesehen hatte.

Dieses Büro hatte zwar eine Holzvertäfelung, diese war aber aus einem hellen Holz mit einer interessanten Maserung gefertigt. An einem der raumhohen Fenster befand sich ein Fensterplatz, der förmlich dazu einlud, sich hinzusetzen, zu entspannen und den Blick auf New Orleans zu genießen. In der Nähe stand ein geschwungener Bronzeschreibtisch, an dem vermutlich normalerweise ein Mitarbeiter saß, aber gerade war er leer.

Wir gingen den langen Flur entlang, und ich bemerkte, dass die raumhohen Fenster eine großartige Aussicht in alle Richtungen boten.

Am Ende des Flurs befand sich eine Doppeltür, die offenstand. Als ich die Tür erreichte, sah ich die modernen, klaren Linien eines Büros, das nichts mit dem kleinen, beengten Raum zu tun hatte, den ich derzeit beim FBI mein Eigen nannte. An den Fenstern stand eine schlichte Couch, in einer Ecke eine elegante Topfpflanze, und ein riesiger, mit weißem Marmor versetzter Schreibtisch fiel mir besonders auf. An der Wand hinter dem Schreibtisch hing ein großes Gemälde, das aus roten, orangefarbenen und schwarzen Strichen bestand.

Aber es war der Mann im Anzug, der den Raum beherrschte. Er stand hinter dem Schreibtisch, eine Hand in der Tasche seiner dunklen Anzughose, während die andere ein Telefon an sein Ohr hielt.

Er war groß, hatte einen schlanken, muskulösen Körper und wusste, wie man einen Anzug trug. Sein dichtes, perfekt gestyltes braunes Haar, die markanten, hohen Wangenknochen, die ausgeprägte Kieferpartie und ein Dreitagebart sorgten dafür, dass er nicht zu glatt aussah. Irgendein Gott musste ziemlich zufrieden mit sich selbst gewesen sein, als er Kavner Fury erschaffen hatte.

Sein Blick huschte nach oben.

Meine Muskeln spannten sich an. Auf den ersten Blick sahen seine Augen schwarz aus, aber sie waren tatsächlich tiefblau.

„Danke, Margaret. Ich muss jetzt auflegen. Schicken Sie mir die Akten zu. Danke." Er beendete das Telefonat. „Agent Coleman, wie immer ein Vergnügen."

Ich wappnete mich gegen die Reaktion, die er in mir hervorrief. Er sah zwar gut aus, aber was machte das schon? Es gab viele attraktive Männer auf der Welt.

„Mr. Fury. Das ist Agent Amy Chen vom FBI."

Er nickte Amy zu. „Hallo, Agent Chen. Willkommen bei Ignis Inc. Was kann ich für Sie tun, meine Damen?"

Ich räusperte mich. „Wir würden gern die Bücher Ihrer Reederei, Flare Logistics, einsehen."

Er musterte mich kurz, dann umrundete er den Schreibtisch. Nicht mal einen halben Meter von mir entfernt hielt er inne und lehnte sich dann mit dem Rücken gegen den Marmor. Mir wurde bewusst, wie lang seine Beine waren. Für meinen Geschmack war er mir zu nahe, aber ich weigerte mich, einen Schritt zurückzutreten.

„Natürlich", antwortete er. „Wir werden jedem Durchsuchungsbefehl nachkommen, sobald meine Rechtsabteilung geprüft hat, dass alles ordnungsgemäß ist."

Verdammt noch mal. Ich hob mein Kinn an. „Ich habe keinen Durchsuchungsbeschluss. Ich hatte gehofft, Sie würden das als Zeichen des guten Willens tun."

Sein Lächeln wurde schärfer, und ich sah das böse Glitzern von Intelligenz in seinen dunklen Augen. „Ich helfe Ihnen gern, Agent Coleman, aber ich werde Sie nicht zu einer Hexenjagd ermuntern. Sie können nicht einfach herkommen und ohne Grund in meinen Geschäften herumschnüffeln." Er hielt inne. „Kann ich Ihnen etwas zu trinken anbieten? Einen Kaffee?"

„Nein." Ich trat einen Schritt näher, mein Bein streifte seins. „Wenn Sie nicht kooperieren, lässt Sie das ziemlich schuldig aussehen."

„Ich bin nicht schuldig, und Sie haben keine Beweise dafür, dass ich etwas falsch gemacht habe."

Ich lehnte mich noch näher zu ihm. „Ich werde welche finden."

„Da gibt es nichts zu finden, Agent Coleman. Das werden Sie mit der Zeit noch merken."

Mein Blick wanderte zum Gemälde. „Mögen Sie Kunst, Fury?"

Bei diesem Themenwechsel wurde seine Miene starrer. „O ja. Ich habe eine umfangreiche Privatsammlung. Das Gemälde dort ist von einer lokalen Künstlerin, Regina Scully." Er legte den Kopf schief. „Warum?"

Ich hatte den starken Verdacht, dass die Geldwäsche mithilfe von Kunst durchgeführt wurde. Kunst war ein altbewährtes und ideales Mittel, um schmutziges Geld zu waschen, denn der Handel mit Skulpturen oder Gemälden war nicht gut reguliert, und die Verkäufe erfolgten oft anonym. Kunst oder Antiquitäten konnten mit illegal eingenommenem Geld zu überhöhten Preisen gekauft und dann weiterverkauft werden, wodurch das Geld wieder sauber wurde.

Aber ich war noch nicht bereit, das mitzuteilen. Ich war noch damit beschäftigt, Quellen zu erschließen und Informationen zu sammeln.

„Entschuldigen Sie", sagte Amy und sah verlegen aus. „Darf ich Ihre Toilette benutzen?"

„Aber natürlich." Kavner winkte mit einer Hand. „Sie ist hinten im Flur."

Amy verschwand mit einer Geschwindigkeit, die ihr eine Goldmedaille einbringen würde. Ich drehte mich wieder zu Fury um. Jetzt waren nur noch wir beide übrig.

„Ich habe gelernt, meinem Bauchgefühl zu vertrauen, Mr. Fury. Und ich *werde* Sie zu Fall bringen."

„Tatsächlich mag ich Ihre Hartnäckigkeit. Eigentlich mag ich eine ganze Menge an Ihnen."

Schnell unterdrückte ich das Knurren, das sich in meiner Kehle bildete. „Wir stehen auf verschiedenen Seiten."

Er zog eine Augenbraue hoch. „Also sind wir Feinde?"

„Ja."

Er schenkte mir ein Lächeln, das jede Frau dazu bringen könnte, ihr Höschen herunterzuziehen. „Wir werden sehen."

Gott, war der Mann nervtötend. „Sie werden etwas anderes sagen, wenn ich Ihnen Handschellen anlege."

Das Lächeln wurde noch breiter. „Das klingt fast ein wenig kinky." Er legte den Kopf schief. „Wer hat Ihnen wehgetan, London?"

Ich versteifte mich.

„Von persönlichen Beweggründen getrieben zu werden, verstehe ich, glauben Sie mir. Aber ich bin nicht derjenige, der Ihnen Unrecht getan hat. Wer hat diese Entschlossenheit heraufbeschworen, Bösewichte zur Strecke zu bringen?"

Plötzlich fühlte ich mich verunsichert und trat einen Schritt zurück. Er sah mich an, als könnte er all meine Gedanken lesen.

„Mr. Fury?" Eine Assistentin in einem eleganten grauen Rockanzug und mit blondem, hochgestecktem Haar erschien in der Tür. „Sie haben in fünf Minuten eine Besprechung mit Crown."

„Danke, Alana."

Einen Moment später kehrte Amy zurück und stand in der Türschwelle.

„Das ist noch nicht vorbei", murmelte ich.

„Das hoffe ich." Sein Blick blieb an meinem haften.

Und verdammt, mein Herz schlug wie wild in meiner Brust. Ich drehte mich um und schritt hinaus. Als wir zum Aufzug gingen, spürte ich, wie Amy mich ansah.

„Kein Wort", stieß ich hervor.

„Meine Lippen sind versiegelt."

Ich hatte nicht bekommen, was ich wollte, aber ich würde nicht aufgeben.

2

KAVNER

Ich betrat das Fitnessstudio meines Bruders, das Hard Burn, und hielt inne, um die Atmosphäre in mich aufzunehmen.

Musik dröhnte, Boxhandschuhe schlugen auf Boxsäcke, und Kämpfer grunzten. Das Studio befand sich in einem großen Lagerhaus eines Blockes im Warehouse District, der uns gehörte.

Nach Jahren beim Militär und anschließender Tätigkeit als Söldner hatte Beauden einige Jahre lang geboxt und sich einen guten Ruf erarbeitet. Er hatte mir einmal erzählt, dass das Boxen ihm geholfen hatte, den Scheiß in seinem Kopf zu beruhigen – alles Schlimme aus seiner Kindheit und dem Militär. Und er wollte anderen, ob jung oder alt, die es brauchten, die gleiche Flucht ermöglichen.

Das Hard Burn hatte eine lange Warteliste. Ich war stolz auf das, was Beau hier erreicht hatte.

Sein Fitnessstudio bestand größtenteils aus abgesperrten Boxringen, aber eine Glaswand an der Rückseite trennte den Bereich für die Trainingsgeräte und Gewichte ab.

Ich ging an mehreren Leuten vorbei, die mit ihren Trainern übten, und mein Blick richtete sich auf meine Brüder in einem großen Ring im hinteren Teil. Beau und Reath gingen richtig zur Sache, beide waren schweißgebadet.

Sie waren völlig gegensätzlich. Beau war ein großer, kräftiger Kerl und mit Tattoos übersät. Sein feuchtes, zotteliges, schwarzes Haar klebte an seinem schroffen Gesicht. Reath dagegen war viel schlanker, aber dennoch voller Muskeln. Er hatte ein hübsches Gesicht, braune Haut und kurzes Haar. Auch wenn er kleiner und schlanker war als Beau, war er nicht weniger gefährlich. Die CIA hatte ihn geformt.

Ich umrundete den Ring und ging zu den Umkleideräumen. Schnell zog ich meine Trainingsklamotten an und verstaute meine Sachen in dem für mich reservierten Spind. Jetzt war ich bereit, meinen langen Tag abzuschütteln.

Als ich wieder nach draußen ging, hatten Beau und Reath ihren Kampf beendet. „Wer hat gewonnen?"

„Ich", antwortete Reath.

Beau grunzte. „Das hättest du wohl gern."

„Nun, ich bin bereit für ein paar Runden." Ich holte meine Bandagen heraus und begann, meine Hände zu wickeln.

„Harter Tag?", fragte Reath.

Ich zuckte mit den Schultern. „Das Übliche."

„Hast du ein paar Millionen Dollar verdient?", scherzte Beau.

„So in etwa." Ich begann, meine zweite Hand einzuwickeln. „Ich habe ein lukratives Geschäft abgeschlossen und erfahren, dass ein Kunstwerk, auf das ich schon eine Weile scharf bin, versteigert wird. Oh, und die Renovierung meines neuen Resorts läuft nach Plan."

Reath setzte sich auf eine Bank in der Nähe und trank einen Schluck Wasser. „Und du hast Geld für eine Reihe von Stipendien an die Universität von New Orleans gespendet."

Verdammt, der Mann hatte gute Quellen. Das war das Problem, wenn man einen Bruder hatte, der einmal bei der CIA gewesen war. Man konnte ihm nichts vorenthalten.

„Das ist meine Alma Mater." Dank eines Stipendiums hatte ich überhaupt erst meinen Abschluss in Betriebswirtschaft gemacht. Damals hatte ich kein Geld besessen, nur den Hunger nach Wissen und die Entschlossenheit, mein Leben zu verändern.

„Und sie werden ein Gebäude nach dir benennen", fuhr Reath fort.

„Halt die Klappe." Ich hatte der UNO gesagt, sie sollten das nicht tun, weil ich sonst den Deal platzen lassen würde. „Steig in den Ring, Reath. Ich mache dich fertig."

Reath kletterte zwischen die Seile. Wir zogen beide unsere Handschuhe und den Mundschutz an. Während ich meinen Nacken von einer Seite zur anderen drehte, um meine Muskeln zu entspannen, hüpfte Reath auf seinen Füßen. Dann stürmte er vor und schwang seinen Arm. Ich blockte den Schlag ab, und wir lieferten uns einen Faustkampf. Meine Muskeln erwärmten sich, die Anspannung verließ mich.

Doch während wir uns im Ring bewegten, dachte ich an Agent Coleman. An ihre langen Beine, ihren eleganten Hals, ihr schwarzes Haar und ihre glatte braune Haut. Sie sah im Hosenanzug verdammt heiß aus, so viel war sicher.

Mich traf ein Schlag in den Magen, und ich stöhnte auf.

„Du bist abgelenkt", meinte Reath.

„Wie ich schon sagte, es war ein langer Tag." Aber London war definitiv eine Ablenkung. Eine, die es auf mich abgesehen hatte.

Aus irgendeinem Grund erregte mich das.

Es gab nichts, was sie finden konnte. Ich hatte ein paar zwielichtige Verbindungen unterhalten, als ich angefangen hatte, aber jetzt lief alles ganz legal.

Die reizende Agentin war auf einer Mission, aber ich war das falsche Ziel. Ich lächelte. Es würde mir aber Spaß machen, mich mit ihr anzulegen.

„Seid ihr fertig?", rief eine tiefe Stimme.

Ich blickte hinüber und sah unseren Bruder Colton hereinschreiten. Er wohnte in einem umgebauten Lagerhaus nicht weit entfernt. Die einzige Person, die fehlte, war unser fünfter Bruder, Dante. Ich wusste, dass er in seinem Nachtclub Ember beschäftigt war. Freitagabends war immer viel los.

„Was machst du denn hier?", fragte Beau.

Seit Colton mit seiner Chefsekretärin zusammen war, in die er sich Hals über Kopf verliebt hatte, sahen wir ihn nicht mehr so oft. Und seine siebenjährige Tochter Daisy hielt ihn ebenfalls auf Trab.

„Mädchenabend." Er runzelte die Stirn. „Macy und Daisy haben mich rausgeschmissen. Sie lackieren sich die Zehennägel und sehen sich Disney-Filme an." Er erschauderte und hielt dann eine Flasche Whiskey hoch.

Beau nickte. „Ich hole uns ein paar Gläser."

„Wie läuft das Kopfgeldjägergeschäft diese Woche?", fragte Reath.

Colt grunzte. „Nichts allzu Anspruchsvolles."

Colt wurde oft gerufen, um einige ziemlich üble Verbrecher im ganzen Land zu jagen. Aber zwischendurch erledigte er auch lokale Aufträge, die ihn näher bei seiner Familie hielten. Vor allem, seit Macy ihn umgehauen hatte.

Beau kam mit den Gläsern zurück, und ich hörte meinen Brüdern beim Reden zu. Ich hatte mein Leben mit nichts begonnen. Ich war nur ein hungriger Niemand gewesen, für den sich kein einziger Mensch interessiert hatte. Mein Leben hatte sich verändert, als ich diese Männer kennengelernt hatte.

Wir waren fünf wütende Teenager gewesen, die in Pflegefamilien aufgewachsen und von der Welt verarscht worden waren. Aber gemeinsam hatten wir uns ein besseres Leben geschaffen.

Ich hatte meine Geschäfte und meinen Reichtum mit grimmiger Entschlossenheit aufgebaut, und mir geschworen, nie wieder Hunger zu leiden und nie wieder abgetragene Kleidung anzuziehen. Hauptsächlich hatte ich darauf hingearbeitet, nie wieder ohne Optionen dazustehen.

Meine Brüder hatten mir bei jedem Schritt auf dem Weg geholfen. Sie hatten immer hinter mir gestanden. Ich fragte mich, ob London das auch hatte. Jemand oder etwas in ihrer Vergangenheit hatte sie verletzt. Und das war der Grund, warum sie so hartnäckig war.

Ich nahm Beau ein Glas ab und hielt es hoch, während Colt den Whiskey einschenkte.

„Denkt daran, dass wir morgen Abend eine Wohltätigkeitsveranstaltung im Rooftop haben."

Beau stöhnte auf.

„Es werden lokale Erzeuger ausgezeichnet." Ich stieß ihn mit dem Ellbogen an. „Es wird alle Arten von Whiskey, Gin und Cocktails geben. Du musst einfach nur kommen und trinken."

„Und mir ein Affenkostüm anziehen", brummte er.

„Du hast wochenlang im tödlichen Dschungel überlebt", stellte ich fest. „Ich bin sicher, du kannst auch eine Nacht im Smoking schaffen." Ich beäugte Colt. „Wie kommt es, dass du dich nicht beschwerst?" Er war sonst immer sehr mürrisch.

Colts Lippen schürzten sich. „Weil das bedeutet, dass meine Frau ein sexy Kleid tragen wird. Und wahrscheinlich etwas noch Sexieres darunter."

„Glückspilz", murmelte Reath.

Ich nippte an meinem Whiskey und genoss das Brennen. Er hatte einen interessanten Hauch von Würze und erinnerte mich an Agent London Coleman.

Lächelnd nahm ich einen weiteren Schluck. Ja, was auch immer passierte, ich würde es genießen, mich mit ihr anzulegen.

Mögen die Spiele beginnen.

3

LONDON

Die Tabellen begannen, zu verschwimmen.

Ich lehnte mich zurück und rieb mir die Augen. Mein Job machte mir Spaß, aber manchmal wurde es anstrengend, durch endlose Excel-Blätter und Datenbanken mit Finanzinformationen zu scrollen.

Ich klopfte mit den Fingernägeln auf den Schreibtisch und schaute auf mein Handy. In letzter Zeit hatte ich mich intensiv mit einem Mann beschäftigt, der in einem örtlichen Kunstauktionshaus angestellt war, das meiner Meinung nach in Geldwäsche verwickelt war. Ich versuchte, ihn davon zu überzeugen, mir alle Informationen zu geben, die er finden konnte – zu allem, was ihm verdächtig vorkam. Aber er war nervös, und ich hatte noch nichts von ihm gehört.

Mein Blick fiel auf das gerahmte Foto auf dem Schreibtisch, und ich musste lächeln. Es zeigte meine Schwester Lexxie und mich beim Karneval vor ein paar Jahren. Wir hatten beide lila, grüne und goldene Perlenketten um den Hals, und Lexxie trug eine lächerliche grüne Perücke.

Dann fiel mein Blick auf die gefaltete Zeitung auf meinem Schreibtisch.

Das Foto in der Mitte der Titelseite zeigte einen gewissen Milliardär, der dem Bürgermeister die Hand schüttelte, während sie einen neuen Park eröffneten, für den Fury bezahlt hatte. Er hatte dieses Lächeln aufgesetzt, das die Gedanken einer Frau durcheinanderzubringen drohte.

Dennoch wurde das Foto dem Mann nicht gerecht. Nur zu leicht konnte ich mir vorstellen, wie er heute Morgen in seinem schicken Büro gesessen und mich mit festem Blick angesehen hatte. Als würde er mich herausfordern ...

Das Klopfen an meiner Bürotür ließ mich aufblicken. FBI-Agentin Vivian Lamb lehnte in der Tür.

„Ich mache Schluss für heute", sagte die ältere Frau.

Unser Hauptquartier bestand derzeit aus einigen Büros in der FBI-Außenstelle in New Orleans. Es war ein sicheres Gebäude nördlich der Stadt am Rande des Lake Pontchartrain. Die Task-Force bestand aus einer Mischung von Agenten, die Geldwäschequellen in New Orleans untersuchten. Ich gehörte zum Finanzministerium, der Großteil des Teams war vom FBI, aber es gab auch mehrere Ermittler der Steuerbehörde IRS. Normalerweise war ich in Vienna, Virginia, stationiert, aber ich freute mich über die Gelegenheit, wieder etwas Zeit in meiner Heimatstadt zu verbringen und meine Schwester zu sehen.

„Hast du Pläne fürs Wochenende?", fragte ich.

Ich mochte Viv. Sie war ein paar Jahre älter als ich, Single ohne Reue, und mit ihrer Arbeit verheiratet. Wahrscheinlich hatte ich einen kleinen Girl Crush, was sie anging. Während ihrer bisherigen Karriere hatte sie einige große Fische geschnappt. Sie hatte mir schnell das Du angeboten.

Viv strich sich ein paar Strähnen ihres aschblonden Haars aus dem Gesicht. „Auf mich wartet eine Flasche Pinot mit meinem Namen darauf."

„Klingt gut."

„Vielleicht miete ich mir aber auch eine Jacht oder nehme einen Privatflieger nach Paris, um dort schick essen zu gehen."

Ich hob meine Augenbrauen.

Viv lachte und winkte ab. „Nur ein Witz. Mit dem, was das FBI mir bezahlt, wird das in diesem Leben nicht passieren." Sie rollte die Augen. „Aber einige der Leute, die wir durchleuchten ..."

„Du weißt doch, dass es heißt: Verbrechen zahlt sich aus." Ich fuhr meinen PC herunter.

„O ja ... bis man in einer Zelle des Louisiana Staatsgefängnisses sitzt."

Ich schnaubte.

Viv nickte. „Versuch, dieses Wochenende mal wirklich abzuschalten."

„Werde ich. Obwohl ich vielleicht einen brauchbaren Hinweis darauf habe, dass Kunst Teil dieser Geldwäsche ist."

Die Augenbrauen der anderen Agentin huschten ihre Stirn hinauf. „Wirklich? Schon etwas Konkretes?"

„Noch nicht. Ich lasse es dich wissen, wenn es so weit ist."

„Super. Ich wünsche dir ein schönes Wochenende mit deiner Schwester."

„Danke." Mein Plan war es, auf dem Heimweg bei unserem Lieblings-Chinesen etwas zum Mitnehmen zu holen. Vielleicht würde ich Lexxie überreden können, sich mir bei einem Filmmarathon anzuschließen. Als sie jünger gewesen war, hatten wir es uns zur Tradition gemacht, alte Filme anzusehen.

Ich nahm die Akten auf meinem Schreibtisch in die Hand, und ein Foto rutschte aus einem Ordner heraus. Kurz hielt ich inne, dann hob ich es auf.

Es war, als würde das Universum regelrecht versuchen, mir diesen Mann unter die Nase zu reiben. Ich wusste ohne Zweifel, dass Kavner Fury eine Jacht und einen Privatjet besaß. Wahrscheinlich hatte er eine ganze Flotte davon.

Dieses Foto war nicht das verpixelte Schwarz-Weiß-Foto in der Zeitung. Nein, es war farbig und hochauflösend.

Ein echter Hingucker, der Kerl.

Ich stieß einen genervten Seufzer aus. Selbst durch das verdammte Foto strahlte er Macht und Autorität aus. Wie ein König, der wusste, dass er das Sagen hatte und nicht plante, auch nur einen Fitzel seiner Macht abzugeben.

Ich schob das Foto zurück in den Ordner und nahm dann die Akten. Vielleicht würde ich am Wochenende ein bisschen zusätzliche Arbeit erledigen.

Als ich mein Büro verließ, sah ich einen Mann auf mich zukommen. Schnell stellte ich mich gerade. Special Agent Damien Keegan leitete unsere Task-Force. Er war nicht sehr groß, aber muskulös, und er hatte breite Schultern. Sein Haar war grau geworden, und er legte meistens einen semipermanenten finsteren Gesichtsausdruck an den Tag.

Ich mochte seinen geradlinigen Führungsstil. Er wollte Ergebnisse sehen und behandelte alle fair.

„Coleman."

„Sir", nickte ich.

„Machen Sie Schluss?"

„Ja."

Sein Blick fiel auf die Akten in meinem Arm. „Aber Sie nehmen die Arbeit mit nach Hause."

„Ich dachte mir, ich könnte noch ein paar Dinge erledigen. Bisher missfällt mir unser Mangel an Fortschritt."

Sein Blick wurde düsterer. „Mir auch, aber wir werden nicht aufgeben. Wir haben ein gutes Team, und ich bin froh, dass Sie dazugehören, Coleman. Sie leisten gute Arbeit."

Ein Hauch von Stolz erfüllte mich. Meine Arbeit bedeutete mir viel. „Danke."

„Falls Sie jemals zum FBI wechseln wollen, sagen Sie mir einfach Bescheid. Sie haben eine große Karriere vor sich." Er nickte. „Bis Montag."

Ich verließ das Büro und hörte Radio, während ich meinen Honda Civic in Richtung Dian Xin fuhr, das auf dem Weg zu meiner Wohnung am Rande des Warehouse Districts lag.

Als ich noch in New Orleans gelebt hatte, waren meine Schwester und ich oft nach Little Chinatown in

Kenner gefahren, um dort in einem der vielen Restaurants zu essen.

Glücklicherweise hatte einer unserer Lieblingsköche ein Restaurant im French Quarter eröffnet.

Nachdem ich mich mit Xiao Long Bao und gebratenem Reis eingedeckt hatte, machte ich mich auf den Heimweg. Im French Quarter wurde es bereits voller. Ich musste zugeben, dass ich den milden Herbst und Winter in Louisiana vermisste. Da ich in Virginia lebte, hatte ich gelernt, den Schnee zu hassen. Und zwar außerordentlich.

Ja, Louisiana lag mir im Blut. Ich würde jederzeit einen Strandurlaub dem Skifahren vorziehen. Ich schnaubte. Nicht, dass ich *je* Zeit am Strand verbringen würde. Ich arbeitete immer.

Bald fuhr ich an den Lagerhäusern und Fabrikgebäuden vorbei, die jetzt in Lofts und Eigentumswohnungen umgewandelt worden waren. Ich liebte den Warehouse District und hatte dort eine Zweizimmerwohnung gekauft, nachdem ich beim Finanzministerium angefangen hatte, in der Lexxie jetzt wohnte.

Nachdem ich in der Tiefgarage geparkt und meine Sachen geholt hatte, machte ich mich auf den Weg zum Aufzug. Meine Absätze klackerten auf dem Beton, und ich jonglierte mit meinen Akten und der Tüte mit dem Essen.

Unsere Wohnung lag im dritten Stock. Das Gebäude hatte auch eine gemeinschaftliche Dachterrasse mit einer tollen Aussicht auf die Stadt. *Wenn man jemals Zeit hatte, sie zu genießen.* Ich rümpfte die Nase. Okay, ich war ein Workaholic. Ich liebte meinen Job und mochte es, an Wirtschaftsdelikten zu arbeiten. Vielleicht war es nicht so glamourös wie im Außendienst zu sein und tödliche Kriminelle oder Terroristen aufzuspüren, aber ich wusste, dass ich wichtige Arbeit leistete. Den Geldfluss zu stoppen, half dabei, die Bösewichte aufzuhalten.

Ich wusste besser als jeder andere, dass auch Wirtschaftsdelikte Leben zerstören konnten.

Der Aufzug wurde langsamer und öffnete sich. Ich schob meine Akten und die Tasche beiseite, um meine Schlüssel zu suchen, und schloss unsere Haustür auf.

„Ich bin da." Mit meiner Hüfte drückte ich die Tür auf und ließ meine Schlüssel auf den kleinen Beistelltisch fallen.

Sofort ließ ein Teil der Anspannung des Tages nach.

„Hey, Schwesterherz!" Die Stimme meiner Schwester schallte vom hinteren Bereich der Wohnung zu mir.

Ich eilte in die Küche. Sie war zum Ess- und Wohnbereich hin offen. Die Wohnung war nicht riesig, aber sie hatte eine anständige Größe. An einem Ende befand sich eine tolle Backsteinwand und darüber Holzbalken. Ich ließ alles auf die riesige weiße Kücheninsel fallen, als Lexxie auftauchte. Ein breites Lächeln lag auf ihrem hübschen Gesicht, und ihre dunklen Locken wirbelten um ihren Kopf herum.

„Wie war dein Tag?", fragte sie.

„Lang."

Lexxie war vier Jahre jünger als ich. Obwohl sie sechsundzwanzig war, sah ich in ihr immer noch ein Baby.

Unsere Eltern waren durch und durch Louisiana-

Kreolen. Sie stammten von den Einwohnern Louisianas ab, bevor es Teil der Vereinigten Staaten geworden war, und unsere Vorfahren waren eine Mischung aus Franzosen, Spaniern und Afrikanern. Meine Mutter sagte gern, sie sei wie das kreolische Nationalgericht Gumbo – eine kühne Mischung aus vielen Geschmacksrichtungen. Ich war stolz auf meine Herkunft.

Gott, sie fehlte mir so sehr. Diese bittersüße Trauer war wie ein kleiner Klumpen, der in meiner Brust lebte. Sie mit nur zwanzig Jahren durch einen Herzinfarkt zu verlieren, war ein schrecklicher Schlag gewesen.

Lexxie sah unserem Vater viel ähnlicher – ihre Haut war einen Ton dunkler als meine, sie hatte eine kräftige Kieferpartie und üppiges, lockiges Haar. Ich ähnelte mehr unserer Mom, war einige Zentimeter größer und schlanker, während Lexxie kleiner war und tolle Kurven hatte.

„Du hast Essen von Dian Xin mitgebracht." Meine Schwester schlug die Hände zusammen. „Ich *liebe* dich."

Sie lehnte sich zu mir und legte ihren Kopf auf meine Schulter. „Wirklich. Weil du die beste Schwester auf der ganzen Welt bist, obwohl du ein schreckliches Alphamädchen bist, überfürsorglich, bossy –"

„Ich bin nicht bossy."

„Menschen, die es sind, denken nie, dass sie es sind." Sie rollte ihre dunkelbraunen Augen. Noch ein Unterschied, denn meine waren hellbraun. Bernsteinaugen, nannte Lexxie sie immer.

„Iss, bevor ich dich schlage", meinte ich. „Ich verhungere."

„Ja, den ganzen Tag mit Zahlen zu spielen muss echt hungrig machen."

Ich warf ihr einen Blick zu und holte ein paar Teller aus dem Schrank. „Wie war dein Tag?"

„Super." Ihr Gesicht strahlte. „Ich habe bei diesem Auftrag im Bayou ein tolles Foto gemacht. Ich erzähle dir davon, während wir essen."

Lexxie war Wildtierfotografin und unfassbar talentiert. Ich war unglaublich stolz auf sie.

Dann räusperte sie sich. „Tatsächlich habe ich gepackt, weil ich heute Abend wegmuss."

Mein Blick fiel hinter sie, und in dem Moment sah ich den Koffer, der im Flur stand.

„Heute Abend?" Mein Herz sank. Ich hatte gehofft, wir könnten am Wochenende noch ein wenig Zeit miteinander verbringen. „Wo musst du denn hin?"

„Arizona. Ein Wüstenshooting. Ich werde eine Woche weg sein. Okay, höchstens zwei."

Ich servierte das Essen. „Alles klar."

Lexxie drückte meinen Arm. „Ich werde zurück sein, bevor du merkst, dass ich weg war. In der Zwischenzeit könntest du da diese neue Sache ausprobieren – nennt sich Dating."

„Dating? Noch nie davon gehört."

„Weil du ein Workaholic bist, meine coole, Finanzministeriums-Agentin-Schwester."

„Dafür habe ich keine Zeit und kein Interesse. Männer verschlingen zu viele Stunden und stehen normalerweise immer im Weg." Ich drückte mich leicht nach hinten und warf versehentlich die Akten vom

Tresen. Sie fielen auf den Boden, und das Foto von Kavner Fury rutschte auf die Fliesen.

Lexxie keuchte. „Das ist mal ein Mann, den jede Frau daten würde." Sie pfiff leise.

Verärgert wirbelte ich herum und schnappte mir das Foto. „Fury ist *kein* Datingmaterial."

„Da liegst du unendlich falsch, große Schwester. Milliardär. Umwerfend. Ein Mann, der dich beansprucht und der süchtig macht." Sie erschauderte. „Er ist so verdammt heiß."

Schnell schob ich das Foto wieder in die Akte. „Er ist Teil meiner Untersuchung."

„London, in New Orleans sind die Fury-Brüder Legenden, weil ihre Geschichte unglaublich toll ist. Jungs, die gemeinsam im Pflegesystem aufwuchsen und sich in heiße, erfolgreiche Männer verwandelt haben."

Meine Augenbrauen schnellten nach oben. Ich hatte gelesen, dass Fury einige Zeit in Pflegefamilien verbracht hatte, hatte es aber nicht ganz geglaubt. Er sah aus, als wäre er in Armani-Anzügen und mit einem Rennwagen geboren worden.

„Wir werden noch sehen, ob sie Kriminelle sind oder nicht."

Lexxie winkte mit der Hand ab. „Ich bezweifle, dass sie Engel sind, aber das macht sie nur noch unwiderstehlicher."

Ich stellte mich gerade. „Kriminell ist kriminell." Das hatte ich gelernt, als unser Vater im Gefängnis gelandet war.

„Die Welt ist nicht nur schwarz-weiß, London." Lexxies

Gesichtsausdruck wurde ernst. „So gern du das auch hättest. Und tu nicht so, als wäre Kavner Fury nicht dein Typ. Du hast eine Schwäche für gut aussehende Typen in Anzügen."

Ich hob die Teller an. Tatsächlich konnte ich nicht leugnen, dass ich gut angezogene Männer heiß fand. „Lass uns essen. Ich gebe chinesischem Essen jederzeit den Vorzug vor einem Mann."

„Alles klar." Lexxie zog eine Grimasse. „Mein Taxi wird bald hier sein."

Wir setzten uns an den Tisch, und Lexxie schaltete den Fernseher ein.

Ich wechselte zu den Nachrichten, während ich aß.

„Willst du Dad kontaktieren, während du hier bist?", fragte Lexxie ruhig.

Mit der Gabel auf dem halben Weg zu meinem Mund hielt ich inne. „Nein."

Sie seufzte. „Sollten wir es nicht vielleicht tun?"

„Nein." Ich schüttelte den Kopf. „Wir haben seit Jahren nicht mehr mit ihm gesprochen. Außerdem hat er jetzt eine neue Familie. Es juckt ihn nicht."

Daryl Coleman hatte uns zu oft im Stich gelassen. Als er ein schreckliches Verbrechen begangen hatte und im Gefängnis gelandet war. Als er sich nicht die Mühe gemacht hatte, uns zu besuchen, nachdem er entlassen worden war, oder als meine Mutter krank gewesen war. Oder als ich herausgefunden hatte, dass er wieder geheiratet und zwei kleine Söhne hatte.

„Ach, wenn man vom sexy Teufel spricht", meinte Lexxie, während sie sich eine Gabel voller Reis in den Mund schob.

Ein lächelnder Kavner Fury erschien auf dem Bildschirm. Ich unterdrückte ein Stöhnen. Offenbar konnte ich dem Mann nicht entkommen.

Er trug immer noch seinen Anzug von heute Morgen und sah frisch und gut aus. Mein Magen spielte verrückt. Er stand vor einem alten, renovierten Backsteingebäude. Neben ihm befand sich sein Bruder Dante Fury.

„Meine Brüder und ich sind immer bestrebt, etwas zurückzugeben." Kavner lächelte in die Kamera. „Bei der exklusiven Veranstaltung morgen Abend hier im Rooftop, meinem Veranstaltungslokal, nur eine halbe Meile von der Bourbon Street und dem French Quarter entfernt, werden einige fabelhafte, von lokalen Talenten kreierte Drinks präsentiert. Es gibt Whiskey, Gin, Wein und Cocktails." Er zeigte wieder sein umwerfendes Lächeln. „Die Veranstaltung wird vom Personal aus Dantes Club, Ember, bewirtet."

Dante nickte. Er hatte diese geheimnisvolle, dunkle und gefährliche Ausstrahlung. Er wirkte ernster und launischer als sein Bruder. „Sie bekommen die Gelegenheit zu trinken und dabei einem guten Zweck zu helfen."

Kavner nickte. „Der gesamte Erlös der Veranstaltung geht an Northstar und Access Art."

Ich hatte schon von beiden Wohltätigkeitsorganisationen gehört. Northstar half Kindern, die aus Pflegefamilien kamen, mit finanziellen Mitteln, und Access Art bot Kunstprogramme für benachteiligte Kinder an.

Lexxie zeigte mit ihrer Gabel auf den Fernseher. „Sieht für mich nicht wie ein Krimineller aus."

Ich nahm meine eigene Gabel in die Hand. „Das tun sie nie."

4

KAVNER

Die Party war in vollem Gange.

Ich schwenkte mein Glas Whiskey, und das Eis klirrte gegen das Kristall. Es war ein ausgezeichneter Tropfen. Ein herrlicher Roggenwhiskey aus einer neu gegründeten Destillerie in Baton Rouge.

Ich blickte mich um. Das Rooftop war mein neuestes Veranstaltungslokal. Es befand sich auf einem alten Bahnhof in der Basin Street. In den frühen 1900er Jahren war es das geschäftige Herz der Southern Railway gewesen, bevor es in Verfall geraten war. Ich hatte das Gebäude gekauft und mein Team mit einer umfassenden Renovierung beauftragt.

Jetzt war das Rooftop – mit seinem luxuriösen Innenraum und der Bar sowie der angeschlossenen Dachterrasse mit Panoramablick über die Stadt – einer der beliebtesten Orte für Hochzeiten und Veranstaltungen in New Orleans.

Dantes Barkeeper und Kellner leisteten hervorragende Arbeit und sorgten dafür, dass alle etwas zu essen und zu trinken hatten.

Wir hatten uns von den verängstigten, verlassenen Kindern, die wir einst gewesen waren, hervorragend weiterentwickelt.

Ich lächelte und trank einen Schluck. Ich war Milliarden von Kilometern von meiner Vergangenheit entfernt.

Mit einem Blick in die Runde betrachtete ich die Tische unter den darüber hängenden großen Kronleuchtern. Alle angebotenen Getränke stammten von lokalen Herstellern aus Louisiana – großen und kleinen. Ich gab der Gemeinschaft gern etwas zurück, wenn ich konnte. Wir mochten zwar weit von unserer Vergangenheit entfernt sein, aber wir hatten sie nicht vergessen.

Ich sah Dante durch die Menge der gut gekleideten Partygäste schreiten. Er wirkte wie ein Hai, der sich durch tiefes Wasser bewegte. Seine Schärfe war immer noch vorhanden, obwohl sie in letzter Zeit dank der schönen Brünetten, die er für sich beansprucht hatte, etwas abgemildert worden war.

An der Rückwand des Raums, abseits des Geschehens, entdeckte ich Beau und Reath. Heute Abend wurden die meisten von Beaus Tätowierungen von seinem Anzug verdeckt, aber das zottelige schwarze Haar und das schroffe Gesicht waren kein bisschen weich. Reath sah entspannt aus, aber ich wusste ganz genau, dass er vermutlich irgendwo eine Waffe versteckt hatte. Er könnte wahrscheinlich einen James Bond abziehen und jeden Terroristen abwehren, falls nötig. Hoffentlich würde das nicht passieren.

Colton war auch irgendwo, hielt sich zweifellos in der Nähe seiner Frau auf und zählte die Minuten, bis er von hier verschwinden konnte. Ich nahm noch einen Schluck. Ich hätte gedacht, dass Colt von uns allen der Letzte sein würde, der sich jemals verlieben würde. Er war der mürrischste und am wenigsten vertrauensselige von uns, obwohl die Erziehung seiner Tochter – meiner Nichte – viel Gutes in ihm zum Vorschein gebracht hatte.

Colts süße Assistentin Macy hatte es geschafft, das Leben des Mannes auf den Kopf zu stellen.

Die quirlige Blondine hatte Colts Beschützerin-stinkte auf die Spitze getrieben. Das verstand ich. Wenn jemand zu einem gehörte, beschützte man ihn mit allem, was man hatte.

Alles, was ich hatte, alles, wofür ich gearbeitet hatte, alles, wofür ich Blut vergossen hatte, beschützte ich eben-falls leidenschaftlich.

Meine Brüder, ihre Frauen und meine Nichte waren das Wichtigste in meinem Leben.

„Hallo, Hübscher." Eine Frau in einem eng anlie-genden Kleid in leuchtendem Fuchsia trat vor mich. Ihre Stimme war ein leises Schnurren.

Ich schenkte ihr ein höfliches Lächeln. Eigentlich wollte ich nur einen entspannten Abend verbringen, und ich war nicht in der Stimmung, ihre Beute zu werden.

„Ich wollte Ihnen meine Telefonnummer geben." Sie hielt einen kleinen Zettel hoch.

Wenn es um Frauen und Sex ging, war ich lieber der Jäger. „Danke, aber nicht heute Abend."

Ihr Gesicht verzog sich, dann reckte sie ihr Kinn in

die Höhe und schlenderte davon, wobei sie ihre Kurven zur Schau stellte. Sie hatte einen tollen Körper, aber aus irgendeinem Grund spürte ich keinen Funken.

In letzter Zeit fühlte ich mich zugegebenermaßen ein wenig gelangweilt und unerfüllt, wenn es um Frauen ging. Ich drehte mich um, nahm noch einen Schluck von meinem Getränk und sah mich im Raum um. Vielleicht würde mir ein neuer Geschäftsabschluss eine neue Herausforderung bieten. Ich sorgte immer dafür, dass ich ein paar vielversprechende Projekte am Horizont hatte.

Ein Aufblitzen von Gold und Schwarz an der Bar erregte meine Aufmerksamkeit.

Dantes Frau, Mila, sprach mit den Barkeepern. Sie leitete die Veranstaltung heute Abend mit ihrer üblichen Kompetenz. Mila trug einen goldenen Rock und ein schwarzes Top. Ihr Haar hatte eine schöne Karamellfarbe, und ich war froh, dass es nicht mehr schwarz gefärbt war wie zu der Zeit, als sie im Ember gearbeitet hatte. Dort hatte sie sich vor ein paar sehr bösen Leuten versteckt.

Dante war eingeschritten, um sie aus diesen Schwierigkeiten zu befreien, und hatte sie dabei erobert.

Ich ging zu ihr hinüber. „Mila."

„Kav." Sie drehte sich um und lächelte. „Verheerend attraktiv wie immer."

„Ich werde deiner anderen Hälfte petzen, dass du das gesagt hast."

Ihr Lächeln wurde breiter. „Er ist verteufelt attraktiv. Und ich habe ihm vorhin schon gezeigt, wie sehr ich ihn im Smoking schätze."

Ich hob eine Hand. „Die Details will ich gar nicht wissen."

Sie neigte ihren Kopf zu meinem Glas. „Wie ist der Whiskey?"

„Ausgezeichnet."

„Für heute Abend habe ich einen besonderen Cocktail kreiert. Du hast mich dazu inspiriert." Sie wandte sich wieder der Bar zu. „Venus, kann ich bitte einen *Money to Burn* haben?"

Dantes Chef-Barkeeperin war eine attraktive Schwarzafrikanerin um die vierzig, die ihr lockiges, schwarzes Haar sehr kurz geschnitten hatte. Ihr Neckholder-Top brachte ihre straffen Arme zur Geltung. „Kommt sofort."

„Du hast heute Abend hervorragende Arbeit geleistet, Mila."

Sie lächelte. „Ich danke dir. Aber da ihr mir immer ein unbegrenztes Budget gebt, macht ihr mir die Arbeit leicht."

Venus lehnte sich über die Bar und hielt ein schickes Glas in der Hand. „Hier, bitte."

Mila nahm es ihr ab und reichte es mir. „Ein *Money to Burn.*"

Ich stellte mein leeres Whiskeyglas ab und nahm den feuerroten Cocktail von Mila entgegen.

„Kleine, ich verbrenne nie Geld. Ich finde immer eine gute Verwendung dafür."

„Ich weiß, dass du das tust."

Vorsichtig nahm ich einen Schluck, und die Aromen explodierten auf meiner Zunge. „Mmm, der ist gut." Ich lehnte mich dicht an sie heran. „Säg meinen Bruder ab und lauf mit mir weg."

Mila lachte.

Eine Sekunde später kam Dante zu uns und schlang einen Arm um ihre Taille. Ich hatte ihn kommen sehen und konnte nicht widerstehen, ihn anzustupsen.

„Flirtest du mit meiner Frau?", fragte er finster.

Ich nippte an meinem Cocktail. „Aber natürlich. Erstens: Sie hat mir meinen eigenen Cocktail gemacht." Ich hob das Glas. „Und zweitens bin ich ein Mann mit gutem Geschmack."

Dante sah mich böse an. „Such dir deine eigene Frau."

Ich schüttelte den Kopf. „Leider mag ich Abwechslung."

Dantes dunkler Blick wurde ernst. Er drückte Mila einen Kuss auf den Scheitel. „Ich verspreche dir, die Richtige zu finden, ist es wert."

Mila sah zu ihm auf, und die Liebe in ihren Augen war praktisch greifbar.

Mein Bauch zog sich zusammen. Ich war froh, dass Dante sie gefunden hatte. Als er aufgewachsen war, hatte er keine Menschen gehabt, die ihn geliebt hatten. Ich sah weg, und mein Blick fiel auf Colt und Macy. Colt hielt die kleine Blondine in seinen Armen, als wolle er sie nie wieder loslassen.

Plötzlich fühlte sich die Party falsch an. Ich widerstand dem Drang, an meinem Kragen zu zupfen. Frauen beäugten mich, und Männer drängten sich um mich, um mir ihre Geschäfte anzudrehen. Zwei meiner Brüder schmiegten sich an die Frauen, die sie liebten.

Und ich stand hier und fühlte mich inmitten der Menschenmenge allein.

So ein Mist. Es war nicht meine Art, melancholisch zu werden.

Ich hatte mir geschworen, mich nie mit dem Negativen aufzuhalten. Das Leben konnte immer verbessert werden.

In diesem Moment betrat eine Frau den Raum und ließ ihren Blick über die Menge schweifen.

Ich erstarrte, denn ich kannte diesen selbstbewussten Schritt.

Agent London Coleman.

Sie trug ein schwarzes, schlichtes, elegantes Kleid, das ihren schlanken Körper umschmeichelte. Es hatte einen tiefen V-Ausschnitt und winzige Träger über den straffen Schultern. Ihr schwarzes Haar war zu einem eleganten Dutt hochgesteckt, und sie trug grüne, baumelnde Ohrringe. Sie betonten den langen, schlanken Hals, der mir schon zuvor aufgefallen war.

Mir war eine Menge an der Frau aufgefallen, die es auf mich abgesehen hatte.

Ich stellte mein Glas ab und war plötzlich voller Energie.

„Kav?"

Ich winkte Dante mit einer Hand zu. „Ich habe etwas zu erledigen."

Zeit, sich mit dem Feind zu beschäftigen.

5

LONDON

Das Rooftop war atemberaubend.

Ich starrte auf die riesigen Kronleuchter über mir und das große Glasdach. Aber es waren die Türen, die zur Dachterrasse führten, die meine Aufmerksamkeit auf sich zogen. Oder besser gesagt, der Panoramablick auf die in der Nacht versunkenen Stadt.

Die Fury-Brüder wussten, wie man eine Party organisierte. Das Rooftop war ein beliebter Ort für Hochzeiten, Dante Furys Nachtclub, Ember, war der angesagteste Club der Stadt und die Wartelisten für seine Restaurants waren lang. Lexxie hatte schon oft vom Ember geschwärmt.

Ja, die Fury-Brüder hatten aus dem Nichts heraus ein Vermögen erwirtschaftet. Ich wusste, dass Beauden zudem das beliebte Fitnessstudio Hard Burn gehörte. Colton war Kopfgeldjäger, und Reath leitete ein erfolgreiches Sicherheitsunternehmen.

Sie waren alle sehr geschäftstüchtig, was bei mir die

Alarmglocken läuten ließ. So viel Erfolg kam nicht von ungefähr.

Der wohlhabendste der fünf Brüder war jedoch Kavner mit seinem weitverzweigten Geschäftsimperium.

Während die Band beschwingte Jazzmusik spielte, ließ ich meinen Blick durch den Raum schweifen. Ich bemerkte mehrere einflussreiche Geschäftsleute aus New Orleans, einige Politiker und sogar ein paar Schauspieler, die in einer erfolgreichen lokalen TV-Show auftraten. Ich runzelte die Stirn. Ja, die Fury-Brüder hatten gute Kontakte.

Ich war mir nicht ganz sicher, warum ich heute Abend gekommen war. Ich hatte wohl gehofft, dass es mir vielleicht einige Einblicke geben würde, wenn ich Kavner in seinem eigenen Umfeld erlebte.

Ich erblickte Dante Fury. Er hatte definitiv diese dunkle, grüblerische Ausstrahlung. Im Moment unterhielt er sich mit Colton, der etwas größer und schlanker war und finster dreinblickte. Ich schaute mich weiter um. Ah, da waren Beauden und Reath. Nun, ich musste zugeben, dass sie etwas Besonderes waren. Sie waren alle auf unterschiedliche Weise attraktiv. Beauden hatte den rauen Look eines Bad Boys, aber es war nichts Jungenhaftes an ihm. Reath sah heiß aus, hatte eine dunklere Haut und einen muskulösen Körper. Ich fragte mich, ob er wie ich kreolische Vorfahren aus Louisiana hatte. Auf den ersten Blick wirkte er wie jeder andere ansehnliche, gut gekleidete Mann. Aber dann bemerkte ich, wie er die Menge beobachtete – wachsam und abschätzend.

Hmm. Er hatte mehr zu bieten, als sein attraktives Gesicht vermuten ließ.

Ein Bruder fehlte offensichtlich. Genau der, den ich am liebsten sehen wollte.

Mir drehte sich der Magen um. Natürlich aus beruflichen Gründen. Je mehr ich über Kavner Fury erfuhr, desto besser konnte ich herausfinden, welche bösen Taten er plante.

„Suchen Sie nach mir?"

Die tiefe, männliche Stimme jagte mir einen Schauer über den Rücken und traf Stellen, die sie besser nicht erreichen sollte. Ich drehte mich um.

Und stieß gegen eine harte Brust, die von einem schneeweißen Hemd bedeckt war, das wahrscheinlich mehr kostete, als ich in einer Woche verdiente. Seine schwarze Smokingjacke betonte breite Schultern und schlanke Hüften.

Für einen Mann, der viel Zeit am Schreibtisch, im Konferenzraum oder bei Geschäftsessen verbrachte, war er wirklich gut in Form.

„Mr. Fury."

„Agent Coleman." Seine Lippen verzogen sich zu einem leichten Lächeln. „Was für ein Zufall, Sie hier zu treffen."

„Ich habe gehört, dass es heute Abend eine Spendengala gibt."

„Das stimmt."

„Wofür?"

Sein Grinsen wurde schelmisch. „Glauben Sie, dass ich das Geld für mich behalten werde?"

Ich hob eine Augenbraue. Sein Rasierwasser stieg mir in die Nase – ein Duft, der mich an brechende Wellen und Gewitter erinnerte.

„Wir unterstützen Northstar und Access Art. Beide Unternehmen sind sehr gut in dem, was sie tun. Sie werden das Geld hervorragend einsetzen. Kommen Sie." Er streckte seinen Arm aus. „Ich werde Sie herumführen. In diesem Kleid sehen Sie viel zu gut aus, um sich in einer Ecke zu verstecken."

Ich zögerte, weil ich ihn nicht berühren wollte.

„Haben Sie Angst?", neckte er mich leise.

Gott. Ich war noch nie vor etwas zurückgewichen. Lexxie nannte das meine größte Schwäche.

Mein Arm glitt durch seinen, und ich konnte die Muskeln dort spüren. Eine Gänsehaut breitete sich auf meiner Haut aus, die ich jedoch zu ignorieren versuchte.

„Alles, was heute Abend angeboten wird, stammt von einheimischen Produzenten. Wir wollten einige lokale Geschäfte vorstellen, und natürlich zeigen, was unser großartiger Staat zu bieten hat."

Ich gab ein unverbindliches Geräusch von mir. Eigentlich hielt ich das sogar für eine gute Idee.

„Genießen Sie Ihren Aufenthalt in New Orleans?", fragte Kavner.

„Ich bin hier aufgewachsen."

„Wirklich?"

„Ja, meine Eltern sind Kreolen aus Louisiana."

„Unglaublich. So viel Geschichte. Sie sollten den Bayou Gewürzrum probieren. Darin sind Gewürze enthalten, die von den Backkünsten der Kreolen inspiriert sind."

„Klingt super."

Er hielt an einem Tisch inne, und die ältere Frau gegenüber lächelte ihn an.

„Bitte zwei davon, Marie."

Sie reichte ihm zwei Gläser mit einer bernsteinfarbenen Flüssigkeit. Kavner gab mir eins.

„Nehmen Sie sich auch gern ein paar von den Cocktailrezeptkarten", meinte die Frau und deutete auf die Karten auf ihrem Tisch. „Viele Leute nutzen den Rum gern, um einen *Gator Bite* oder einen *Storm on the Bayou* zu mixen."

„Danke", erwiderte ich.

„Prost." Kavner hob sein Glas an. „Darauf, einander besser kennenzulernen."

„Auf die Aufdeckung krimineller Geschäfte", konterte ich.

Er stieß sein Glas gegen meins. „Ich verspreche Ihnen, all meine Geschäfte sind legal, Agent Coleman."

„Wir werden sehen." Der Rum traf meine Geschmacksknospen. Er war wirklich gut. Ich schmeckte Vanille, Zimt und etwas Süßes.

Kavner sah mich über sein Glas hinweg an. „Warum haben Sie sich auf mich eingeschossen?"

„Habe ich nicht." Ich schnaubte. „Ich sehe mir jeden an, der wiederholt bei meinen Ermittlungen auftaucht."

„Okay, also landete mein Name auf Ihrem Radar, während Sie sich Gott weiß was angesehen haben."

Ich trank einen weiteren Schluck. „Über den Fall kann ich nicht reden."

Er lehnte sich zu mir, und mein Herz setzte einen Moment aus.

„Ich bin kein Krimineller, London." Kavners Lächeln war viel zu sexy für sein eigenes Wohl. „Ein kleiner Tanz im Dunkeln macht mir nichts aus, aber das Leben ist eine

Ansammlung von Grauschattierungen. Das wissen Sie doch."

„Das Gesetz ist das Gesetz."

„Und das Gesetz liegt immer richtig? Die Unschuldigen bekommen Gerechtigkeit, und die bösen Jungs werden bestraft?" Seine Worte hatten eine gewisse Schärfe.

Ich rümpfte die Nase und sah weg. Nein, manchmal entkamen die Kriminellen ohne einen Kratzer. Das Bild von Douglas Newport III erschien in meinen Gedanken, bevor ich es verhindern konnte. „Das System ist nicht perfekt. Kein System ist das. Aber es ist alles, was wir haben."

„Hm." Kavner wirbelte seinen Drink. „Ich kann Ihnen nur sagen, dass ich daran glaube, das zu tun, was richtig ist, und meine Nächsten zu beschützen. Egal, was das Gesetz sagt."

Wir sahen einander an.

Dann lächelte er wieder, und mein Blick fiel auf die Kurve seiner Lippen. „Kommen Sie, probieren wir noch mehr der lokalen Köstlichkeiten."

Am nächsten Tisch schenkte uns ein Mann Whiskey ein.

„Roggenwhiskey." Kavner hob sein Glas. „Einer meiner Lieblingssorten."

Ich trank selten Roggenwhiskey. Meinem Vater hatte er geschmeckt. Vorsichtig nahm ich einen Schluck und musste zugeben, dass mir das köstliche Brennen gefiel.

Es erinnerte mich an Kavner – sanft, aber mit einem Kick. Im Geiste schalt ich mich selbst. Der Mann sah gut aus, mit dieser kraftvollen Aura, die alle Blicke auf sich zog. Ich war mir sicher, dass jede Frau ins Schwärmen geriet, wenn sie ihn erblickte.

„Schmeckt er Ihnen?", fragte er.

Ich räusperte mich. „Ja. Der Pfeffer ist gut, und der Hauch von Lakritz."

„Eine Frau, die ihren Whiskey kennt. Sie stecken voller Überraschungen." Er stellte sein Glas ab.

„Sie müssen nicht so charmant sein, Fury. Dagegen bin ich immun. Es wird mich auch nicht davon abhalten, Sie zu verhaften, wenn ich am Ende feststelle, dass Sie doch Geld waschen."

Seine Lippen zuckten. Er nahm mein Glas und stellte es ab. Dann berührte er meine Hand, und erneut breitete sich diese irritierende Gänsehaut aus.

„Tanzen wir", meinte Kavner.

Was? „Nein, ich –"

Er zog mich in die Menge und auf die kleine, abgedunkelte Tanzfläche. Bevor ich wieder etwas einwenden konnte, wirbelte er mich in seine starken Arme.

6

KAVNER

Das Erste, was mir auffiel, war, dass Agent London Coleman perfekt in meine Arme passte.

„Ich tue das nur, weil ich keine Szene machen will", zischte sie mich an.

Oh, dieser schnippische Ton gefiel mir. Zum ersten Mal seit langer Zeit löste etwas – oder vielmehr jemand – ein Gefühl in mir aus.

London war definitiv eine Herausforderung.

Sie war eindeutig mit Leib und Seele bei der Sache. Das bewunderte ich. Ebenso deutlich hatte sie mich auch ins Visier genommen. Ich verstand das besser, als ihr bewusst war. Dinge, die uns in der Vergangenheit widerfahren waren, bestimmten oft, was wir in Zukunft taten, ob es uns gefiel oder nicht.

Im Moment waren wir also Feinde.

Aber sie kam mir nicht wie eine Feindin vor.

Verdammt, sah sie gut aus. Ich hatte ihre langen Beine bereits in ihrem Hosenanzug bewundert, als wir uns das letzte Mal getroffen hatten, aber heute Abend war sie in ihrem schimmernden, schwarzen Kleid einfach umwerfend. Sie hatte straffe Arme, kleine, aber perfekte Brüste und eine glatte, braune Haut. Haut, die ich unbedingt berühren wollte.

„Also, abgesehen von mir, haben Sie noch andere Spuren in Ihrem Fall?", fragte ich.

„Ich habe Ihnen doch gesagt, dass ich mit Ihnen nicht darüber sprechen kann."

Das beunruhigte mich. Nicht, weil eines meiner Unternehmen involviert war, sondern weil in New Orleans viel Geld gewaschen wurde. Das meiste davon stand in Verbindung mit den Drogenkartellen.

Und die konnten gnadenlos sein.

Wir hatten uns schon früher mit ihnen angelegt. Meine Brüder und ich hatten keine Skrupel, unser Revier zu schützen. Etwas, womit die reizende Agent Coleman vielleicht nicht einverstanden wäre.

Mir gefiel die Idee nicht, dass London sich mit Kartellen anlegen wollte. Ein falscher Schritt und sie würden nicht zögern, sie auszuschalten. Sie befasste sich mit Finanzverbrechern, nicht mit der schmutzigen, blutigen Sorte. Ich packte sie fester an den Händen.

„Wie ist mein Name in Ihre Ermittlungen geraten?", fragte ich.

Londons Augen, die eine ähnliche Farbe hatten wie der Whiskey, den wir gerade probiert hatten, verengten sich. „Wie ich schon sagte, ich kann nicht ..."

„... über Ihre Ermittlungen sprechen. Ich weiß, aber ich könnte helfen."

Ihre Augenbrauen zogen sich zusammen. „Helfen?"

„Ich kenne Leute."

„Sie sind wahrscheinlich selbst darin verwickelt, Fury."

„Bin ich nicht, aber ich mache mir Sorgen um Ihre Sicherheit."

„Meine Sicherheit?", erwiderte sie verwirrt.

Machte sich niemand Sorgen um ihre Sicherheit? Ich zog sie näher an mich heran und hörte sie nach Luft schnappen. Verdammt, sie roch gut. Wie Orchideen. Etwas Besonderes, Einzigartiges. Perfekt für sie.

„Ich habe da diese Eigenart. Ich kann es nicht ertragen, wenn eine Frau verletzt wird."

„Diese Frau ist eine Bundesagentin, die auf sich selbst aufpassen kann."

„Ich habe nie daran gezweifelt, aber Hilfe kann nie schaden." Ich drehte sie so, dass ihr Rücken an meiner Brust lag, drückte meinen Mund an ihr Ohr und spürte, wie sie zitterte. Ah, meine reizende Agentin war von unserer Nähe mehr angetan, als sie zugeben wollte. „Was muss ich tun, um zu beweisen, dass ich kein Krimineller bin, London?"

„Nichts. Lassen Sie meine Untersuchung ihren Lauf nehmen."

Ich strich ihr mit der Hand über die Hüfte und spürte, wie ihr Atem stockte. Sie lehnte sich an mich, und ich unterdrückte einen Fluch.

„Lassen Sie mich die Bücher Ihrer Reederei durchgehen." Ihre Stimme war heiser.

„Gern. Wenn Sie mir einen Durchsuchungsbeschluss bringen."

„Sie müssen aufhören, mich zu berühren."

„Das werde ich nicht tun." Ich presste meine Lippen auf ihren Hals.

Trotz der lauten Musik hörte ich ihr leises Stöhnen.

„Ich glaube nicht, dass du willst, dass ich aufhöre", murmelte ich, und entschied, dass das formelle Sie nun unnötig war.

Was hatte sie nur an sich? Sie war schön, ja. Und klug. Vielleicht war es dieser Ehrgeiz und diese Hingabe?

Sie zog sich zurück und drehte sich um. Unsere Blicke trafen sich. Ihre Augen waren weit aufgerissen.

„Ich muss gehen." Dann wirbelte London herum und stolzierte durch die Menge.

Ich sah ihr nach und konnte meinen Blick nicht abwenden. Es machte mich wütend, dass ich sah, wie sich mehrere Männer umdrehten, um ihr nachzuschauen.

Mit einem Seufzer ging ich zur Bar. Ich musste ein wenig nachforschen und sicherstellen, dass London sich nicht in Gefahr begab.

Während ich an der Bar wartete, spürte ich, wie erst jemand links neben mich trat, dann rechts.

Mein Körper spannte sich an. Ich war eingekesselt.

„Wer war das?", fragte Beauden.

„Wer auch immer sie war", sagte Dante, „zum einen hat sie Kavner stehen lassen. Und zum anderen konnte er seine Augen nicht von ihr lassen."

„Oder seine Hände", fügte Beau hinzu.

Ich bestellte mir einen Drink und spürte, wie meine beiden anderen neugierigen Brüder sich der Gruppe anschlossen. Reath starrte mich an, während Colt sich an die Bar lehnte.

„Ihr Name ist Agent Coleman", erklärte Colt. „Sie interessiert sich für Kav, weil sie ihn für einen Kriminellen hält."

„Eine Agentin?" Reath schüttelte den Kopf. „Bist du sicher, dass du weißt, was du tust?"

Der Barkeeper schob mir einen Whiskey über die Theke, und ich lächelte zum Dank. Ich nahm einen großen Schluck von dem Getränk. „Ich bin kein Krimineller. Das wird sie früh genug herausfinden." Langsam sah ich meine Brüder an. „Ich mag sie. Ich habe vor, sie zu genießen."

Dante zog eine Augenbraue hoch. „Nur eine weitere vorübergehende Liebschaft?"

„Ich mag Abwechslung." Nichts und niemand hielt mein Interesse lange gefangen. Ich genoss schöne Frauen, und dafür entschuldigte ich mich nicht. „Sie beschäftigt sich mit Geldwäsche hier in New Orleans. Ich habe vor, sie zu beschützen, während sie das tut."

Colt beobachtete mich eine Weile. „Er ist am Arsch, aber er weiß es nicht."

Ich richtete mich auf. „Was?"

Dante nickte. „Das wird ein Spaß."

„Fickt euch alle." Ich stellte mein Glas ab. „Wenn ihr mich jetzt entschuldigen würdet, ich muss noch mehr Whiskey probieren."

7

LONDON

Es war zu ruhig, ohne meine Schwester. Ich vermisste sie bereits. Sie hatte mir eine Nachricht geschickt, um mir mitzuteilen, dass ihr Flug ohne Zwischenfälle verlaufen und es in Phoenix heiß war.

Seufzend blickte ich zurück auf den Laptop und die auf dem Esstisch ausgebreiteten Akten.

Ich hatte beschlossen, zu arbeiten, obwohl Sonntag war.

Ich konnte Lexxies missbilligendes Seufzen hören, mehrere Staaten entfernt.

Ein Bein unter mich geklemmt, wühlte ich mich durch die Papiere. Ich erzählte ihr nicht, dass ich am Abend zuvor ausgegangen war. Oder dass ich mit einem heißen Milliardär getanzt hatte.

Ich schloss meine Augen. Geflirtet. Um genau zu sein, hatte ich mit einem heißen Milliardär geflirtet, der vielleicht in meine Ermittlungen verwickelt war. Oder auch nicht.

Es brauchte nicht viel, um mich daran zu erinnern,

wie es sich anfühlte, in seinen Armen gehalten, an seinen harten Körper gedrückt zu werden, seine Lippen auf meiner Haut zu spüren.

Verdammt, London. Ich öffnete die Augen, mein Kiefer war angespannt. Ich durfte nicht zulassen, dass der Mann mich von meinen Ermittlungen ablenkte.

Die Ermittlungen, die derzeit ins Leere liefen. Unsere Task-Force war nun schon seit ein paar Wochen dabei, aber wir hatten kaum Fortschritte gemacht. Ich stieß einen langen Atemzug aus.

Es war verdammt frustrierend.

Dass Kavner umwerfend war oder charmant, oder dass sein Körper mich wie der vierte Juli anstrahlte, spielte keine Rolle.

Es war meine Aufgabe, den Geldfluss an Kriminelle zu stoppen. Meine Kehle schnürte sich zu. Die Leute dachten, Finanzverbrechen würden keine Opfer heraufbeschwören und wären daher weniger schlimm, aber ich wusste, dass das Blödsinn war.

Als ich meinen Kopf drehte, sah ich ein gerahmtes Bild meiner Mutter. Lisette Coleman war eine schöne Frau gewesen. Sie lächelte auf dem Foto – hübsch und lebendig. Das war lange, bevor ihr versagendes Herz sie dahingerafft hatte.

Nachdem mein Vater im Gefängnis gelandet war, hatte sie zwei Jobs annehmen müssen, um uns zu versorgen. Mein Vater hatte uns mit nichts zurückgelassen. Er war von einem reichen, zwielichtigen Geschäftsmann dazu gebracht worden, sich auf Betrug einzulassen. Das Versprechen des schnellen Reichtums war zu verlockend für ihn gewesen. Statt reich zu werden, war er ins

Gefängnis gewandert, und wir hatten unser Haus verloren und waren mit ein paar Koffern voller Kleidung zurückgeblieben. Mutter hatte bis zum Umfallen gearbeitet, um Lexxie und mich zu ernähren und einzukleiden.

Neben dem Rahmen stand eine kleine hölzerne Puzzleschachtel. Sie war wunderschön gearbeitet und mit einem geometrischen Muster verziert. Meine Mutter hatte sie mir geschenkt, kurz nachdem mein Vater ins Gefängnis musste. Ich hatte es immer geliebt, nach Hinweisen zu suchen und Rätsel zu lösen.

Es hatte eine kleine Besessenheit ausgelöst. Ich hatte eine kleine Sammlung von Puzzleschachteln in meiner Wohnung in Virginia.

Als mein Handy klingelte, zuckte ich zusammen und schnappte es mir. „Coleman."

Am anderen Ende der Leitung herrschte Stille, bis jemand atmete. Meine Finger spannten sich an. „Sie können mit mir reden."

„Agent Coleman." Der Mann schluckte. „Hier ist George. George Batt."

Mein Herz raste. Das war der Mann, der bei der Brennan Auction Gallery arbeitete. Ich hatte hart daran gearbeitet, ihn als Informanten zu gewinnen.

„George, haben Sie etwas für mich?"

„Ja. Ich habe Kopien von ein paar Dokumenten."

Er klang verängstigt. „Super, kann ich –"

„Treffen Sie sich sofort mit mir. Im French Quarter. Pirates Alley."

Ich sah auf meine Uhr. Es war später Nachmittag, daher sollte nicht allzu viel los sein. Pirates Alley war eine Fußgängerzone mit Kopfsteinpflaster in der Nähe der Kathedrale Saint Louis.

„Okay, aber wäre es nicht –"

„Kommen Sie einfach." Der Anruf wurde beendet.

George wirkte verstört.

Sofort stand ich auf. Ich trug noch Leggings und ein Tanktop von der Yogastunde, die ich vorhin online gemacht hatte. Ich hatte keine Zeit, mich umzuziehen. Ich war zu besorgt, dass George die Nerven verlieren könnte.

Schnell schnappte ich mir einen Kapuzenpullover mit Reißverschluss in einem hübschen Moosgrün und legte ihn über die Schulter. Dann ging ich zur Tür hinaus.

Es war nicht weit bis zum French Quarter. Es war einfacher, zu Fuß zu gehen, als zu fahren und einen Parkplatz suchen zu müssen. Auf dem Bürgersteig ging ich in einen leichten Joggingschritt über. So würde ich nicht auffallen. Ich war nur eine Frau, die einen Nachmittagslauf machte, keine Agentin, die sich mit einem Informanten traf. Außerdem lief ich gern. Wenn ich unter Zeitdruck stand, benutzte ich das Laufband im Fitnessstudio, aber ansonsten joggte ich gern draußen.

Das Wetter war schön. Herbst in New Orleans bedeutete warme Tage und kühlere Nächte.

Gott, ich hatte meine Stadt vermisst.

Ich überquerte die Straßenbahnschienen und lief ins French Quarter. Die bunten Gebäude mit ihren gusseisernen Balkonen brachten mich immer zum Lächeln. Aus den Lokalen wehten köstliche Düfte, und aus den Bars ertönten lebendige Jazzklänge.

Die markanten schwarz-weißen Türme der Saint-Louis-Kathedrale waren bereits zu sehen.

Ich wich ein paar frühen Feiernden aus – in New Orleans war jede Zeit eine gute Zeit, um mit der Party zu beginnen –, die so klangen, als hätten sie schon ein paar *Hurricanes* zu viel getrunken.

Als ich die Pirates Alley erreichte, schaute ich mich kurz um, wobei ich über einige der tieferen Risse zwischen den Kopfsteinpflastern stolperte. Es hieß, die Gasse habe ihren Namen von den Piraten erhalten, die sich hier vor Jahrhunderten aufgehalten hatten, um die Verlockungen von New Orleans zu genießen. Andere meinten, der Name käme daher, dass Piraten und Verbrecher auf ihrem Weg ins Gefängnis hier entlang transportiert worden waren.

Was auch immer die Wahrheit sein mochte, es war eine beliebte Straße, die dafür bekannt war, dass es hier spukte. Touristen unternahmen oft nächtliche Touren.

Vor mir stand eine kleine Gruppe von Menschen, die lachten und sich unterhielten.

Als ich Schritte hörte, drehte ich mich um. George Batt eilte auf mich zu, vorbei an dem berühmten Laternenpfahl der Gasse, zusammengekauert in seinem dunklen Mantel. Er war mittleren Alters und hatte einen kleinen Bauchansatz, sein braunes Haar war schütter.

„Hallo", sagte ich.

Er nickte mir ruckartig zu und holte einige gefaltete, zerknitterte Papiere aus seinem Mantel. „Ich habe eine Liste mit Privatverkäufen aus dem Auktionshaus fotokopiert." Er strich sich mit der Hand durchs Haar. Offenbar hatte er das schon ein paar Mal gemacht. Unruhig sah er sich um.

„George, atmen Sie tief ein." Ich hielt meine Stimme leise und ruhig.

Er schluckte. „Niemand hat gesehen, dass ich Kopien gemacht habe, aber ich habe vorhin gedacht, jemand wäre mir gefolgt."

„Haben Sie jemanden gesehen?"

Er schüttelte den Kopf. „Ich habe es einfach ... gespürt."

„Das ist Nervosität." Ich nahm die Papiere und steckte sie in die Tasche meines Hoodies. „Auf jeden Fall ist das sehr hilfreich. Sie tun das Richtige."

„Nicht, wenn ich am Ende tot bin."

„George, bleiben Sie ruhig."

Er atmete zitternd ein. „Ich muss los."

Schnell nickte ich. „Danke."

Nachdem er gegangen war, wartete ich ein paar Minuten, bevor ich mich ebenfalls auf den Weg machte. Auf dem Rückweg nahm ich die Bourbon Street. Hier gab es noch mehr Partygänger.

Eine Gruppe von Männern vor mir sang lautstark. An der Ecke spielte ein Mann auf einem Saxofon.

Ich wollte zurück in meine Wohnung und mir die Liste ansehen. Das könnte die Chance sein, die ich brauchte.

In diesem Moment spürte ich ein Kribbeln in meinem Nacken.

Doch ich reagierte nicht, sondern ging einfach weiter. Dann hielt ich inne und ging in die Hocke, um so zu tun, als würde ich meinen Schnürsenkel binden. Ich warf einen Blick zur Seite, konnte aber niemanden entdecken.

Verdammt, George machte mich auch nervös.

Ich erhob mich und begann, zu joggen. Es dauerte ein paar Blocks, aber ich schüttelte das unheimliche Gefühl ab. Allerdings nahm ich einen Umweg nach Hause.

Als ich endlich wieder in meiner Wohnung war, breitete ich Georges Papiere auf dem Tisch aus.

„Mal sehen, was wir da haben."

Ich erstarrte.

Ein Name stach mir sofort ins Auge.

Kavner Fury.

Meine Kehle schnürte sich zu. Er stand nur einmal auf der Liste, und es sah nicht so aus, als hätte er es sich zur Gewohnheit gemacht, privat zu verkaufen. Ich tippte mit dem Nagel auf die Zeile mit seinem Namen. Diesmal ging es um ein Gemälde – ein Ölgemälde einer kreolischen Frau, das dem Maler George Caitlin zugeschrieben wurde.

Schnell suchte ich auf meinem Laptop danach.

Er hatte es einer örtlichen Galerie gespendet, die kreolische Kunst ausstellte.

Ich ließ die Schultern hängen. Es war definitiv nicht zur Geldwäsche verwendet worden. Meine Finger klopften auf den Tisch, bevor ich mich wieder der Liste widmete und alle anderen Namen unterstrich, die mir ins Auge sprangen. Meistens lokale Geschäftsleute.

Geschäftsleute oder Kriminelle?

Ich würde es herausfinden.

8

KAVNER

„Hallo!", rief ich, als ich das umgebaute Lagerhaus betrat.

Meine Brüder und ich hatten das Gebäude renoviert und es zu einem zentralen Wohnsitz für uns alle gemacht. Unsere Haushälterin Lola wohnte dort, ebenso wie Colts Tochter Daisy. Dieses Lagerhaus war mit dem seinen verbunden, das nebenan lag. Wir nahmen unsere Familienmahlzeiten hier ein, was sehr angenehm war, denn Lola war eine hervorragende Köchin.

Ich hörte Stimmen, gefolgt von schallendem Kinderlachen. Ich lächelte. Meine Nichte wurde von ihrem Vater und ihren Onkeln sehr verwöhnt. Sie war das Licht in unserem Leben.

Keiner von uns hatte auch nur annähernd eine gute Kindheit gehabt. Wir sorgten dafür, dass es Daisy beim Aufwachsen an nichts fehlte – weder in finanzieller noch in emotionaler Hinsicht.

„Onkel Kav!"

Als ich den offenen Küchen- und Wohnbereich

betrat, schoss mir die siebenjährige Daisy wie eine Rakete entgegen. Ich hob sie hoch und drehte sie auf den Kopf. Sie kicherte.

Macy lächelte uns von einem Hocker an der großen Kücheninsel aus an. Sie war eine gute Ergänzung für unsere Bande, liebte den grimmigen Colt und vergötterte dieses kleine Mädchen.

Colt stand hinter Macy und spielte mit einer ihrer blonden Locken.

Der mürrische Griesgram war ganz vernarrt.

„Bier?", rief Beau aus der Küche.

„Verdammt, nein. Ich habe eine gute Flasche australischen SSB im Kühlschrank gelassen, als ich das letzte Mal hier war."

„SS was?", murrte Beau.

„Semillon Sauvignon Blanc. Weißwein, du Barbar."

Mit einem Grunzen durchsuchte Beau den Kühlschrank.

„Wo ist Lola?", fragte ich.

„Sie ist mit Freunden auf einer Bayou-Tour", antwortete Colt. „Sie hat Lasagne gemacht. Ist im Ofen."

„Oh." Macy biss sich auf die Lippe. „Ich habe vielleicht ein wenig von dem Wein getrunken, Kav. Aber es ist noch etwas übrig."

„Du hast einen guten Geschmack –", ich beugte mich vor und drückte ihr einen Kuss auf die Wange, „abgesehen von deiner fragwürdigen Entscheidung, mit meinem Bruder zusammenzuziehen, aber trotzdem kannst du jederzeit meinen Wein trinken."

„Hab ihn gefunden." Beau holte die Flasche aus dem Kühlschrank und schnappte sich ein Weinglas aus dem

Schrank. Es sah lächerlich zierlich aus in seiner großen Hand. Ich bemerkte eine Schwellung um eines seiner Augen.

„Jemand hat dich erwischt?" Ich hob eine Augenbraue. Das passierte ... nie.

„Glückstreffer." Er grunzte. „Ich helfe Shea bei einem Selbstverteidigungskurs."

Shea war eine Trainerin, die im Hard Burn arbeitete und Selbstverteidigungskurse für Frauen anbot. Mila hatte sie belegt, als sie auf der Flucht gewesen war.

„Seine Gegnerin war neunundsiebzig", erklärte Colt, wobei seine Lippen zuckten.

„Es war ein Glückstreffer", wiederholte Beau. „Und ich wollte sie nicht verletzen."

„Von älteren Leuten verprügelt, was?", fügte ich hinzu.

Beau warf mir einen bösen Blick zu. „Pass auf, sonst verprügle ich dich."

„Hey." Reath schlenderte herein.

„Bier?", fragte Beau.

„Ja, klar." Reaths Ton war locker, aber er runzelte die Stirn.

Ich lehnte mich gegen die Insel. „Ein Problem?"

„Nein. Ich meine, es gibt immer etwas. Ich habe gerade mit Jack gesprochen." Reath schüttelte den Kopf. „Sein letzter Job ist nicht so toll gewesen."

Jack war Reaths bester Freund. Sie waren zusammen in die Armee gegangen, aber jetzt arbeitete Jack für ein privates Militärunternehmen.

Reath runzelte die Stirn. „Die Jobs werden immer riskanter."

„Entschuldigt die Verspätung!", rief Mila, als sie und Dante hereinströmten.

Wie immer sah Mila ein wenig errötet aus, und Dante wirkte entspannt und selbstgefällig. Ich schüttelte den Kopf. „Wir essen jede Woche zur gleichen Zeit zu Mittag. Kannst du in dieser Zeit nicht die Finger von deiner Frau lassen?"

„Nein", antwortete Dante schlicht.

Mila klopfte mir im Vorbeigehen auf den Arm. „Für mich auch ein Glas Wein, bitte."

Ich schenkte ihr ein Glas ein, und schon bald saßen wir alle um den Tisch herum – aßen, tranken, lachten und machten uns gegenseitig fertig.

Daisy krabbelte auf meinen Schoß, und ich hielt ihr etwas Knoblauchbrot hin. Sie lächelte mich an. So vertrauensvoll.

Als Kind hatte ich null Vertrauen gehabt. Meine erste Erinnerung war, dass ich mich an einem dunklen Ort versteckte, mein Puls raste und mein leerer Magen knurrte.

Ich nippte schnell an meinem Wein und atmete Daisys Apfel-Shampoo-Duft ein.

Nie wieder.

Gegenüber von mir kuschelte sich Dante an Mila und schenkte ihr ein vertrauliches Lächeln.

„Nehmt euch ein Zimmer", sagte ich.

Dante sah aus, als wollte er eine unhöfliche Geste machen, aber sein Blick wanderte zu Daisy, und er begnügte sich mit einem Augenrollen.

„Das hätte ich gestern Abend auch zu dir sagen können", meinte Reath.

Ich lehnte mich in meinem Stuhl zurück. „Ich habe keine Ahnung, was du meinst."

„Spucks aus", forderte Macy.

Mila beugte sich vor. „Auf jeden Fall."

„Unser Bruder hier war mit einer Frau zugange", erzählte Beau ihnen.

„Eine gewisse Agentin des Finanzministeriums, die ihn wegen Geldwäsche festnageln will", fügte Reath hinzu.

„Oh", meldete sich Macy. „Ich habe sie gesehen. Sie ist umwerfend. Wunderschöne braune Haut und Beine, die kilometerlang sind."

„Hast du eine Freundin, Onkel Kav?", fragte Daisy.

Ich zupfte leicht an ihrem Haar. „Nein, Liebling, ich habe keine Freundin."

Sie runzelte die Stirn. „Warum?"

„Ich genieße es ... viele Freundinnen zu haben. Darum finde ich gern neue Freundinnen."

Daisys Nase rümpfte sich. „Macy ist Daddys Freundin, und ich liebe sie. Ich will nicht, dass er sich eine neue Freundin sucht."

„Das wird nicht passieren, Kleines." Colt beugte sich vor und küsste Macy auf den Scheitel.

Die Blondine schlug ihm auf die Brust. „Lieber nicht, Großer, sonst gibts Ärger."

„Dein Daddy und Macy sind verliebt", sagte ich zu Daisy. „Ich verliebe mich nicht." Ich zerzauste ihr Haar. „Ich mag es einfach, Spaß zu haben. Außerdem bin ich zu beschäftigt. Ich muss mich um all meine Geschäfte kümmern."

Ich spürte, dass meine Brüder mich beobachteten. Diese Aufmerksamkeit gefiel mir nicht.

„Ich nehme morgen an einer Kunstauktion teil. Da gibt es ein neues Gemälde zu ersteigern. Außerdem habe ich eine Erweiterung meines Weinguts geplant. Die Renovierung meines neuen Resorts. Und da ist noch eine große Fusion mit einer Immobilienfirma in Kalifornien am Horizont."

„Immer ein neues Geschäft", bemerkte Dante.

„Ja."

„Das klingt langweilig", stellte Daisy fest.

Ich lächelte und kitzelte ihren Nacken. Für mich war es nicht langweilig. Ich würde nie wieder nichts haben. Nie wieder kein Geld, keine Sicherheit, keine Geborgenheit.

Und meine Familie auch nicht.

Ich würde sie immer beschützen, so gut ich es konnte.

9

LONDON

Ich kritzelte ein paar Notizen auf mein Tablet und überprüfte dann die Suche, die ich nach Kunstverkäufen in der Gegend von New Orleans durchgeführt hatte.

Verärgert lehnte ich mich in meinem Bürostuhl zurück. Das Problem war, dass vieles anonym oder nicht öffentlich war. Ich musste die Verkaufsunterlagen der Brennan Auction Gallery einsehen, und nicht nur die winzige Stichprobe, die George mir zugesteckt hatte. Leider hatte ich nicht genug in der Hand, um einen Durchsuchungsbeschluss zu bekommen.

Ich erinnerte mich an die Angst, die George ausgestrahlt hatte. War wirklich jemand hinter ihm her?

Langsam schüttelte ich den Kopf, just in dem Moment, als mein Computer piepte. Als ich auf den Bildschirm schaute, spannte ich mich an.

Heute Abend fand eine weitere Auktion bei Brennans statt. *Heute Abend.*

Aufregung durchströmte mich. Ich würde hingehen.

Ich stand auf und verließ mein Büro. Zwei meiner Kollegen saßen in einem der Konferenzräume, der Bildschirm an der Wand hinter ihnen war voller Informationen. Der Tisch war übersät mit Papieren und leeren Kaffeebechern.

Ich steckte meinen Kopf hinein. „Hallo. Wie läuft es mit der Liste?" Sie versuchten, herauszufinden, was mit den Kunstwerken auf der Liste, die George mir gegeben hatte, passiert war.

„Langsam", antwortete Toby Myers. Er war ein guter Agent, der einmal versucht hatte, mich um ein Date zu bitten. Er war süß, auf eine adrette, nette-Junge-von-nebenan-Art, aber ich ging nicht mit Kollegen aus.

„Wir arbeiten daran", sagte Amy. „Es gibt viele private Sammler. Es ist nicht einfach zu sehen, was sie mit den Gemälden gemacht haben, die sie gekauft haben. Sie könnten einfach an den Wänden in ihren Häusern hängen."

„Oder sie wurde in ein Steuerparadies verschifft und wieder verkauft, um schmutziges Geld zu waschen", meinte Toby.

Ich seufzte und lehnte mich gegen den Türrahmen. „Bleibt dran. Priorisiert alle, von denen wir wissen, dass sie heute Abend an der Auktion teilnehmen."

Amys Kopf schoss in die Höhe. „Heute Abend ist eine Auktion?"

„Ja. Und ich werde daran teilnehmen."

„Soll ich mitkommen?", fragte Toby.

„Danke, aber nein. Ich denke, ich komme allein

zurecht." Ich klopfte mit den Fingern auf den Türrahmen. „Habt ihr das Stück, das Kavner Fury gekauft hat, aufgespürt?"

Amy nickte. „Alles in Ordnung, direkt hier in New Orleans. Alle Steuern bezahlt."

Ich spürte ein seltsames Ziehen in meiner Brust. „Keine Red Flags?"

„Nein. Ich habe die Museumsdirektorin angerufen. Das Gemälde hängt an einem Ehrenplatz an der Wand, und sie hat Kavner Fury in den höchsten Tönen gelobt."

„Ach komm schon", erwiderte ich. „Bei Männern wie ihm gibt es immer Red Flags."

Amy zog eine Augenbraue hoch. „Du meinst attraktive Milliardäre, die ihrer Gemeinschaft etwas zurückgeben wollen?"

Toby schnaubte. „Ich weiß nicht. Eigentlich finde ich, er gibt sich zu viel Mühe. Er veranstaltet Wohltätigkeitsveranstaltungen, spendet teure Kunstwerke. Er verbirgt etwas."

„Es gibt einen Grund, warum er sich so viel Mühe gibt", sagte Amy. „Und alle anderen Fury-Brüder auch."

Ich runzelte die Stirn. „Was meinst du?"

„Ich habe mich ein wenig mehr mit ihrer Herkunft befasst." Amy schüttelte den Kopf. „Die Fury-Brüder sind keine leiblichen Brüder."

Ich richtete mich auf. „Ich weiß. Sie alle kamen aus Pflegefamilien."

Amy nickte. „Ich kenne nicht jedes Detail, aber es gibt Hinweise darauf, dass sie eine schwere Kindheit hatten. Und wenn ich schwer sage, dann meine ich schwer. Die Pflegefamilien waren nicht gerade viel besser."

Ich dachte an Kavners ansehnliches Gesicht und seine maßgeschneiderten Anzüge. Dann stellte ich mir einen Jungen ohne Familie vor. Ganz allein.

Toby schnaubte erneut. „Das gibt mir nur noch mehr den Eindruck, dass sie eher zwielichtig sind."

Amy runzelte die Nase, als sie ihn ansah. „Ist das dein Ernst?" Sie schüttelte den Kopf und sah wieder zu mir. „Die Auktion ist bald?"

Ich nickte. „Ich muss nach Hause und mich umziehen." Es war wichtig, dass ich weniger wie eine Bundesagentin und mehr wie eine wohlhabende Kunstsammlerin aussah. „Haltet mich auf dem Laufenden. Oh, und überprüft weiterhin alle Namen auf der Liste, die euch verdächtig vorkommen."

Toby salutierte kurz. „Wir schaffen das schon."

„Wir sehen uns dann morgen."

Eilig fuhr ich nach Hause, um mich umzuziehen. Das Etuikleid, das ich auswählte, war dunkelgrün, mit einem Rundhalsausschnitt und langen Ärmeln. Für mich fühlte sich das passend an. Ich frisierte mich neu und frischte mein Make-up auf, schlüpfte dann in hautfarbene Pumps und machte mich auf den Weg.

Das Brennan-Auktionshaus war nur ein paar Blocks von meiner Wohnung entfernt. Es befand sich am Ende eines langen, renovierten, zweistöckigen Lagerhauses, das in einem warmen Creme-Ton gestrichen war. Über den tiefroten Eingangstüren befand sich eine Markise.

Ich parkte auf dem Parkplatz neben dem Lagerhaus

und zog meinen Pferdeschwanz fester. Die Nacht brach herein, und ich beobachtete einen steten Strom von Menschen, die in das Auktionshaus gingen. Sie waren alle gut gekleidet, die Frauen mit teuren Handtaschen und die Männer in Anzügen. Am Straßenrand standen mehrere Limousinen und Sportwagen.

Meine Absätze klackerten, als ich über den Parkplatz ging. Dann nickte ich dem stämmigen Wachmann zu, der an der Tür stand.

Anschließend betrat ich das Gebäude und fühlte mich wie in Aladdins Höhle. Es war voller großer Teppiche, eleganter und antiker Möbel und Kunst. An den Wänden hingen große, gerahmte Gemälde, und auf den Regalen und Tischen standen Statuen, Uhren und Vasen. Es sah aus wie eine Schatzkammer.

Ich blieb stehen, um eine Puzzleschachtel zu bewundern, die auf einem Regal stand.

Oh. Sie war wunderschön.

Ich schaute mich um und berührte das glatte Holz. In diesem Moment hatte ich das Gefühl, dass mich jemand beobachtete. Schnell zog ich meine Hand zurück und schaute auf.

Niemand schenkte mir Aufmerksamkeit.

„Meine Damen und Herren, bitte begeben Sie sich nach oben zur Auktion!", rief eine Stimme.

Ich warf der Puzzleschachtel einen letzten Blick zu, bevor ich mich dem Strom der Leute anschloss, die nach oben gingen. Vor einem kleinen Podium waren Stuhlreihen aufgestellt.

Mehrere Kellner liefen mit Tabletts herum und boten Getränke und Kanapees an.

Heimlich beobachtete ich die Menge. Zwei Frauen in der Nähe tauschten einen Luftkuss aus.

Drei Männer in Anzügen standen in einer kleinen Gruppe zusammen und unterhielten sich. Die meisten Leute im Raum schienen allein oder zu zweit zu sein. An der Vorderseite des Raumes stand ein Gemälde auf einer Staffelei.

Wow. Es war wundervoll. Ich ging hinüber und blieb vor dem roten Sicherungsseil stehen, das um das Bild gespannt war. Es bestand aus leuchtenden Farben und Strichen. Ein verzerrtes Gemälde eines typischen Gebäudes im French Quarter, fast so, als würde man es durch Wasser betrachten.

„Unglaublich, nicht wahr?"

Ich drehte mich zu dem jungen Mann neben mir um. Er aß einen Appetithappen.

„Ja. Lustig und farbenfroh. Originell."

„Von James Michalopoulos, einem Künstler aus New Orleans. Mein Chef will es kaufen."

Ich schaute mich um. „Ihr Chef hat einen guten Geschmack."

„Oh, er ist stolz auf seinen guten Geschmack."

„Er wird es dann zweifellos in seine Privatsammlung aufnehmen?"

Der Mann schnaubte. „Wohl kaum. Er hat bereits veranlasst, dass es an eine örtliche Galerie gespendet wird."

„Wirklich?"

„Ach, da könnte ich Ihnen einiges erzählen." Der Mann sah sich um und beugte sich vor. „Ich kenne viele gierige Reiche, aber mein Chef spendet verdammt viel für gute Zwecke. Das meiste davon geschieht unter dem Radar." Der junge Mann schüttelte den Kopf. „Der beste Job, den ich je hatte." Eine Frau trat ans Rednerpult, und der Mann rückte sein Jackett zurecht. „Sieht aus, als würde es gleich losgehen. Viel Spaß."

Ich ging zu den Stühlen und schaute mir jeden der Auktionsgäste an. Mein Blick blieb an einem Mann in der hinteren Reihe hängen, der mich anstarrte. Er schien etwa einen Meter achtzig groß zu sein, hatte schwarzes, rasiertes Haar und viele Bartstoppeln. Einige Gäste gingen zwischen uns hindurch und versperrten mir für ein paar Sekunden die Sicht.

Als ich wieder zurückblickte, konnte ich ihn nicht mehr sehen. Plötzlich brach ein Stimmengewirr aus, und ich drehte meinen Kopf.

Und sah Kavner.

Er schritt herein wie ein Prinz, nickte und lächelte die Leute an. Sein dunkelgrauer Anzug passte ihm wie angegossen. Während ich ihn beobachtete, nahm er neben dem jungen Mann Platz, mit dem ich mich beim Anblick des Gemäldes unterhalten hatte.

Mein Herz zog sich zusammen. War *Fury* der Boss, von dem der junge Mann gesprochen hatte?

Kavner hob den Kopf, und unsere Blicke trafen sich. Ein Lächeln umspielte seine Lippen.

Ich wandte mich ab, und mein Puls raste. *Verdammt.*

Dann spürte ich ein seltsames Kribbeln.

Als ich mich setzte, ließ ich meinen Blick über die Menge schweifen. Der Mann mit dem kahl rasierten Kopf, den ich zuvor gesehen hatte, starrte mich wieder an. Sein Anzug passte ihm nicht gut, und ich hatte den

Eindruck, dass er nicht oft einen trug. Sein Gesicht kam mir nicht bekannt vor.

Ich richtete meinen Blick nach vorn.

„Meine Damen und Herren", sagte die Frau auf dem Podium. „Wir haben heute Abend einige wunderbare Kunstwerke für Sie. Lassen Sie uns beginnen."

I ch sollte mich auf die Auktion konzentrieren, bei der ich eine Menge Geld ausgeben wollte.

Stattdessen sah ich London an.

Ihr schwarzes Haar war zu einem Pferdeschwanz hochgebunden, und ich stellte mir vor, wie ich mit den Händen hindurchstrich. War ihr Haar von Natur aus glatt, oder hatte sie Locken? Ich wollte es unbedingt herausfinden.

Sie drehte ihren Kopf und warf mir einen strengen Blick zu.

Ich lächelte nur.

Mit einem Schnauben wandte sie den Blick wieder ab.

Gott, es machte so viel Spaß, die hübsche Agentin zu ärgern.

Mein Assistent Austin stieß mich mit dem Ellbogen an. „Der Michalopoulos ist als Nächstes dran."

Stimmt. Es war ein wichtiges Werk der lokalen

Kunst. Ich hatte bereits zugesagt, es in einer örtlichen Galerie auszustellen.

Einmal hatte ich mich in ein Museum geschlichen, als ich etwa zehn Jahre alt gewesen war und auf der Straße gelebt hatte. Wenn mich jemand in meinen zerlumpten Klamotten bemerkt hätte, hätte man mich rausgeschmissen, aber ich war gut im Herumschleichen. Ich hatte es geschafft, mich am Rande einer Schulgruppe herumzutreiben. Alle Schüler trugen schöne Kleidung, saubere Schuhe und glänzende Rucksäcke. Die Kunst war faszinierend gewesen, ebenso wie die gesamte Umgebung. Alles hatte so teuer und schön ausgesehen.

Ich hatte gehört, wie die Lehrerin gesagt hatte, dass eines der Gemälde fünf Millionen Dollar wert sei, und mein Hirn hatte ausgesetzt.

Da hatte ich mir geschworen, eines Tages teure Kunstwerke zu besitzen und sie anderen zu zeigen. Außerdem hatte ich mir geschworen, dass ich auch schöne Kleidung haben würde.

Ich schüttelte die Erinnerung ab. Von dem verzweifelten, hungernden Kind hatte ich mich weit entfernt.

„Nun", sprach die Frau auf dem Podium. „Unser nächstes wunderbares Gemälde stammt von dem renommierten lokalen Künstler James Michalopoulos. Es ist wirklich außergewöhnlich."

Ich hob mein Paddel. „Zwanzigtausend Dollar."

Die Auktionatorin, die ich gut kannte, lächelte breit. „Danke, Mr. Fury."

Ein paar andere Leute boten mit, aber niemand wollte es mehr als ich.

Ich bekam immer, was ich wollte.

Mein Blick wanderte zurück zu London.

„Und das Gemälde geht an Mr. Fury." Die Auktionatorin schlug den Hammer. „Wir machen jetzt eine kurze Pause. Genießen Sie die Kanapees und den Champagner. Bitte nehmen Sie sich die Zeit, um den wunderschönen Schmuck zu betrachten, den wir als Nächstes versteigern werden."

Ich erhob mich, richtete meine Anzugjacke und verfolgte London, die den Raum umrundete. Sie beäugte einige ältere Herren, von denen ich annahm, dass sie sie ebenfalls überprüfte.

Amüsiert machte ich eine Show daraus, einige der Schmuckstücke in den Vitrinen zu betrachten. Mein Blick blieb an einer Halskette hängen. Ich stellte mir sofort die Silberkette mit dem tropfenförmigen Smaragd an Londons elegantem Hals vor. Vorzugsweise würde sie nichts anderes tragen.

Mein Schwanz reagierte auf dieses Bild, und ich sog scharf die Luft ein. Jetzt war nicht der richtige Zeitpunkt.

„Also, willst du ein paar Schmuckstücke kaufen?"

Ihre säuerliche Stimme brachte mich zum Lächeln. Sie hatte zwei Gläser mit Champagner in der Hand und hielt mir eines hin.

Ich nahm es und nickte ihr dankend zu. „Ich schaue mich nur um."

„Schmuck eignet sich genauso gut wie Kunst zum Geldwaschen."

„Dazu kann ich nichts sagen." Sie nahm also Kunstverkäufe als Teil ihres Falles unter die Lupe? Gut zu wissen. Es machte Sinn, dass mein Name aufgetaucht war. „Ich nehme an, ich sollte dich hier London nennen? Da du versuchst, dich unauffällig zu verhalten?"

„Ja." Sie nippte an ihrem Champagner. „Willst du das Gemälde wirklich einer Galerie schenken?"

„Natürlich. Du kannst mit dem Kurator sprechen. Er ist sehr aufgeregt."

London gab ein brummendes Geräusch von sich und nippte erneut an ihrem Glas.

„Tut mir leid, dass ich dich enttäuschen muss", warf ich ein. „Ich weiß, dass du mich unbedingt in Handschellen sehen willst."

Sie rollte mit den Augen.

„Habe ich da etwa ein Lächeln gesehen?"

„Hast du nicht."

„Ich glaube schon. Tatsächlich denke ich, wir sind dabei, uns anzufreunden."

Sie trat näher heran, ihre Stimme war leise. „Wir sind keine Freunde, Fury. Wir sind Feinde. Ich ermittle gegen dich."

„Du wirst bald merken, dass ich ein guter Kerl bin." Ich senkte meinen Kopf und streifte mit meinen Lippen ihr Ohr. Dabei hörte ich, wie sie scharf einatmete.

Verdammt, sie roch gut. Etwas besonders Würziges heute Abend.

Bernsteinfarbene Augen trafen meine, ruhig und direkt. „Selbst wenn du kein Geld wäschst, bezweifle ich, dass du ein guter Mensch bist."

„Nun, ich kann auf die richtige Art böse sein."

Londons Wangen waren gerötet. Herrgott, sie war so verdammt schön.

„Ich könnte dir helfen", meinte ich.

Sie blinzelte. „Helfen?"

„Bei deinen Ermittlungen. Wer steht noch auf deiner Liste? Ich kenne die meisten Leute in New Orleans."

„Ich brauche deine Hilfe nicht, Mr. Fury."

Verdammt. Dass sie mich Mr. Fury nannte, machte mich scharf. „Ich bin eine gute Quelle, London. Es wäre ein Fehler, mich nicht zu benutzen."

Sie zögerte und kniff ihre Augen zusammen. „Sind dir irgendwelche verdächtigen Kunstverkäufe aufgefallen? Jemand, der bei diesen Auktionen mitmacht und nicht ins Bild passt?"

Ich runzelte die Stirn. „Nein. Aber ich habe auch nicht wirklich auf andere Verkäufe geachtet." Aber das hier war meine Stadt. Wenn jemand Kunst zur Geldwäsche nutzte, wollte ich, dass das unterbunden wurde.

Etwas funkelte in ihren Augen. „Danke." London wirbelte herum und ging in die Menge. Während sie verschwand, beobachtete ich ihre langen Beine und den Schwung ihres durchtrainierten Hinterns.

Ich notierte mir, dass ich mit Brennan sprechen würde, um mich nach ungewöhnlichen Verkäufen zu erkundigen. Schließlich gab ich hier eine Menge Geld aus, daher wusste ich, dass der Mann meine Fragen beantworten würde.

„Guten Abend, Mr. Fury."

Eine umwerfende Frau mit italienischem Akzent trat vor mich. Ihr schmales, weißes Kleid fiel vorn in einen tiefen V-Ausschnitt und zeigte ihr großzügiges Dekolleté. Sie hatte volle, rote Lippen, die mich an eine junge Sophia Loren erinnerten.

Ich legte meinen Kopf schief. „Hallo."

„Der Schmuck ist sehr schön." Sie lächelte, und mir war klar, dass sie mein Bankkonto anlächelte, nicht mich. Die Frau war wunderschön, aber ich empfand nicht mehr als einfache Wertschätzung für ihr Aussehen.

Kein Funke. Keine Herausforderung. Nur eine weitere Frau, die nehmen, aber nicht geben wollte.

„Genießen Sie Ihren Abend." Ich schaute an ihr vorbei und sah, dass London uns beobachtete.

Die hübsche Agentin des Finanzministeriums hielt meinem Blick einen Moment stand und wandte sich dann ab.

Oh, aber mit nur einem Blick auf London flammte der Funke wieder auf.

11

LONDON

Als ich den Auktionssaal verließ, zog ich mein Handy aus der Handtasche.

Ich versuchte, mich auf meine Arbeit zu konzentrieren und *nicht* auf Kavner Fury und die schmollende Brünette, die ihm starke *Ich-ziehe-mich-gern-aus-und-mache-was-du-willst*-Vibes vermittelt hatte.

Mein Magen kribbelte unangenehm.

„Das geht mich nichts an", murmelte ich. Fury bekam zweifellos ständig Avancen von Frauen, die sich ihm an den Hals warfen. Ich schüttelte den Kopf und rief meinen Chef an.

„Coleman", sagte eine schroffe Stimme. „Was macht die Auktion?"

„Ich gehe jetzt. Keine Sorge, ich habe auf nichts geboten."

Agent Keegan grunzte.

„Es war interessant. Viele der reichsten Leute von New Orleans. Kavner Fury war hier."

Keegan gab einen Laut von sich. „Sie sollten die

Finger von Fury lassen.“

Ich erstarrte. „Wenn er schuldig ist –“

„Es gibt keinen Hinweis darauf, dass er Geld wäscht, Coleman. Er ist ein erfolgreicher Geschäftsmann.“ Es gab eine lange Pause. „Und gut vernetzt.“

Ich rümpfte die Nase, als ich nach draußen trat. Kühle Luft traf auf meine Haut, und eine Gänsehaut lief mir über die Arme. Keegan wurde also unter Druck gesetzt. Ich hasste Politik.

„Wenn er *irgendetwas* Kriminelles tut, werde ich ihn zur Strecke bringen.“ Ich hielt inne. „Aber heute Abend hat er ein Gemälde gekauft, das an eine Galerie geht.“ Was ich überprüfen würde. Sein Angebot, mir zu helfen, erwähnte ich nicht. „Also wäscht er kein Geld, soweit ich das beurteilen kann. Noch nicht.“

„Sie sind eine verdammte Bulldogge.“

„Ich habe mich diskret nach ungewöhnlichen Verkäufen erkundigt. Bisher nichts.“

Keegan grunzte wieder. „Ich werde sehen, was ich tun kann, um Brennan zu zwingen, alle Verkaufsunterlagen herauszugeben. Ich habe es verdammt satt, bei diesen Ermittlungen nicht weiterzukommen.“

Ich blieb kurz stehen und suchte die Straße und den Parkplatz ab. Es war niemand zu sehen, und die anderen Gäste hatten die Auktion noch nicht verlassen. „Ich glaube, wir sind hier an etwas dran. Ob sie es wissen oder nicht, das Auktionshaus Brennan ist involviert.“

„In Ordnung. Ich werde die Agents Myers und Chen bitten, weiter dort zu graben. Jetzt machen Sie Feierabend, Coleman. Ruhen Sie sich etwas aus.“

„Gute Nacht, Sir.“

Ich steckte das Handy zurück in meine Tasche und ging zu meinem Auto. Mir schwirrte der Kopf. Natürlich wegen der Ermittlungen und nicht wegen Fury. Ein Blick zurück auf das Auktionshaus zeigte mir den Schein der Lichter in den Fenstern. Ich fragte mich, ob er Miss Italy mit seinem Charme um den Finger wickeln würde.

Ich ignorierte das aufkommende Gefühl von ... etwas und reckte mein Kinn. Er gehörte mir nicht. Außerdem war ich Frau genug, um zuzugeben, dass ich mich zwar zu diesem Mann hingezogen fühlte, ihm jedoch nicht traute. Ein Gemälde an ein Museum oder eine Galerie zu spenden, könnte nur eine clevere Fassade sein.

Mein Handy klingelte wieder, und als ich es herauszog, sah ich Lexxies Namen.

Auf halbem Weg zu meinem Auto hielt ich inne und drückte das Handy an mein Ohr. „Hey, wie gehts dir?"

„Mir gehts gut." Lexxie klang atemlos, aber glücklich. „Gott, Arizona ist *heiß*. Sogar im Herbst."

Mir wurde warm ums Herz, als ich ihre Stimme hörte. „Es besteht ja auch hauptsächlich aus Wüste."

„Aber nachts wird es eiskalt. Sag mir, dass du dich dieses Wochenende entspannt hast."

„O ja. Ganz und gar."

Meine Schwester stöhnte auf. „Für eine Bundesagentin bist du eine schlechte Lügnerin, London. Du hast gearbeitet, stimmts?"

„Nur ein kleines bisschen. Ich bin ausgegangen. Und gerade bin ich auch unterwegs und auf dem Weg nach Hause."

„Wohin ausgegangen?", fragte sie misstrauisch.

„Ach, eine Party."

„Wirklich?"

„Genug von mir. Hast du schon ein paar gute Fotos geschossen?"

„Noch nicht, aber es wird bestimmt *fantastisch*." Lexxie erzählte davon, wie sie verschiedene Orte erkundet hatte. Als sie über das Fotografieren sprach, war sie ganz aus dem Häuschen.

Ich war so froh, dass meine Schwester ihre Leidenschaft gefunden hatte. Als ich innehielt, zerzauste die kühle Brise mein Haar. Hatte ich meine gefunden? Klar, ich liebte meinen Job. Er war erfüllend. Und Finanzverbrecher hinter Gitter zu bringen, bedeutete mir etwas.

Als mein Vater in einen Betrugsfall verwickelt worden war, hatte das unser Leben und das Leben anderer zerstört. Mein Vater war in die Machenschaften eines reichen Mannes hineingezogen worden, und er hatte sich als schwach und gierig erwiesen.

Meine Lippen pressten sich zu einer schmalen Linie. Mir war klar, dass meine Berufswahl stark von meinem Vater beeinflusst worden war. Eigentlich war ich mir nicht mal sicher, ob ich jemals darüber nachgedacht hatte, was ich sonst tun würde, wenn ich nicht beim Finanzministerium arbeiten würde.

„Ich muss los, Schwesterherz", erklärte Lexxie. „Ich wollte mich nur melden, damit du weißt, dass du nicht die Polizei schicken musst, um mich aufzuspüren."

Ich gab einen seufzenden Laut von mir. „So überfürsorglich bin ich nun auch nicht."

„Doch, das bist du. Aber ich liebe dich trotzdem."

„Na gut. Ich vermisse dich, Lex."

„Ich vermisse dich auch."

„Viel Spaß, und pass auf dich auf."

„Du weißt doch, dass ich das werde."

Ich ließ mein Handy in meine Tasche fallen und holte meine Schlüssel heraus. Gut, Zeit, nach Hause zu fahren und aus diesen Absätzen herauszukommen.

Als ich einen Schritt machte, erklang ein Schuss.

Die Kugel schlug nur einen Meter von mir entfernt auf dem Bürgersteig ein.

O Gott! Mein Herz raste, und meine Handtasche landete mit einem Knall auf dem Boden. Ohne zu überlegen, bückte ich mich und rannte zu meinem Auto.

Weitere Schüsse hallten durch die Nacht und schlugen um mich herum ein.

Mit klopfendem Herzen tauchte ich hinter meinem Auto unter. Ich spürte einen stechenden Schmerz in meinem Knie, als ich dort kauerte.

Wer zum Teufel schießt da auf mich?

Ich holte tief Luft und versuchte, mich zu beruhigen. Meine Hand verkrampfte sich um meine Schlüssel. Es ertönten keine weiteren Schüsse, aber ich sah, dass sich eine Menschenmenge vor der Tür des Auktionshauses versammelt hatte.

„Bleiben Sie zurück!", rief ich. „Rufen Sie die Polizei!"

Schnell schlich ich weiter und ließ die Schlösser piepsen.

Weitere Schüsse prallten an meinem Civic ab. Ich zog den Kopf ein und biss die Zähne zusammen. *Verdammt!*

Da sah ich den Zettel, der im Türgriff auf der Fahrerseite meines Wagens eingeklemmt war. Zittrig nahm ich ihn in meine Hand.

Hör auf, Fragen zu stellen.

Meine Kehle schnürte sich zu, und eine weitere Kugel zischte vorbei. Ich schob den Zettel vorn in meine Bluse und in meinen BH.

„London!"

Der laute Schrei hallte über den Parkplatz. Ich blickte auf und mein Herz schlug schneller.

Kavner sprintete auf mich zu, sein Jackett blähte sich hinter seinem muskulösen Körper auf.

Der Ausdruck in seinem Gesicht …

Purer Zorn.

„Geh in Deckung!", brüllte ich. Er war dabei, sich umzubringen!

In diesem Moment sah ich, dass er eine Pistole in der Hand hatte. Er zielte irgendwo in die Dunkelheit und feuerte.

Mein Puls schlug wie verrückt. *Nein, nein, nein.* Er würde erschossen werden. Ich stand halb auf und versuchte, die Aufmerksamkeit des Schützen auf mich zu lenken.

Weitere Kugeln trafen mein Auto. Ich fiel zu Boden, als ein Fenster zerbrach. Glas zersplitterte über mir, und ich spürte einen scharfen Stich in meinem Gesicht.

Eine Sekunde später schlüpfte Kavner neben mich.

„Bist du verrückt?", brüllte ich.

„Bist *du* verrückt?", schrie er zurück. „Du bist aufgestanden."

„Damit er dich nicht erschießt!"

„Ich war nicht in der Stimmung, zuzusehen, wie du durchlöchert wirst wie Schweizer Käse", knurrte er.

„Ich war in *Deckung*." Er war in Sicherheit. Ich presste eine Hand auf meine Brust und senkte den Blick. „Ich hoffe, du hast eine Erlaubnis dafür."

Kavner gab einen genervten Laut von sich. „Ich muss dich leider enttäuschen, die habe ich."

Als Agentin des Finanzministeriums war ich zwar nicht bewaffnet, aber wann immer ich konnte, besuchte ich den Schießstand.

Ich spürte, wie das Blut langsam an meinem Gesicht herunterlief, und zuckte zusammen. Reifen quietschten.

Kavner spähte über die Motorhaube meines Wagens. Es war seltsam, dass er sich mit einer Waffe in der Hand so sicher fühlte.

„Ein SUV ist gerade losgefahren." Er murmelte einen Fluch. „Ich habe das Nummernschild nicht gesehen."

Jetzt, da die Gefahr vorüber war, machte sich der Schmerz bemerkbar. Mein Knie pochte, und es fühlte sich an, als hätte mir jemand die Haut abgezogen. Die Seite meines Gesichts brannte. Ich streckte die Hand aus und berührte meine Schläfe. Als ich sie wegzog, sah ich Blut. Eine Welle von Schwindel überkam mich.

Ich wäre fast gestorben.

Wenn der Schütze besser gewesen wäre, würde ich jetzt tot auf der Straße liegen.

12

KAVNER

Die Wut brannte heiß, wie ein Feuer, das sich zu einem Inferno entwickelte. Ich hasste jeden aus tiefstem Herzen, der eine Frau angriff.

Meine Brüder und ich hatten eine Kindheit voller Gewalt durchlitten, bis wir alt genug gewesen waren, uns zu wehren.

Jetzt zu sehen, wie ein Arschloch auf London schoss ...

Die Kugeln zu sehen, die für sie gedacht gewesen waren, hatte mich in den Wahnsinn getrieben. Ein Teil von mir wollte den Mistkerl jagen und ihn bezahlen lassen. Aber ein größerer Teil von mir musste sich vergewissern, dass es ihr gut ging.

„London?" Ich berührte ihr Kinn.

Sie sah auf, und da bemerkte ich, dass sie ein wenig benommen aussah. Blut lief an ihrem Kopf herunter, und mein Kiefer krampfte sich zusammen. Sie war von einer Glasscherbe getroffen worden. Ich schob meine Handfeuerwaffe zurück in den Hosenbund.

„Lass mich mal sehen." Ich neigte ihren Kopf.

„Mir gehts gut." Ihre Stimme war zittrig.

„Nein, geht es dir nicht. Lass mich dir helfen."

Sie schluckte und nickte knapp.

An ihrer Schläfe befand sich eine hässliche Wunde. Ich holte ein sauberes Taschentuch heraus und drückte es auf die Verletzung.

„Du hast eine Schnittwunde. Ich kann nicht sehen, wie schlimm es ist. Halte dich an mir fest, dann helfe ich dir auf."

London zögerte.

Verärgerung durchfuhr mich. Ihr goldbrauner Blick traf den meinen, und sie legte eine Hand auf meine Handfläche.

Endlich. Ich half ihr auf die Beine. Ihr Kleid war zerrissen, und es klebte noch mehr Blut daran. Sie hatte sich eindeutig ein Knie aufgeschürft, aber ich machte mir mehr Sorgen um ihr Gesicht.

Vorsichtig berührte ich ihren Wangenknochen. „Er hat dich verletzt." Mein Ton war schärfer als eine Klinge.

Ihr Blick wanderte nach oben, und sie studierte mein Gesicht. „Mord ist ein Verbrechen, Fury."

Ich holte tief Luft. „Für Männer, die Frauen angreifen, gibt es einen besonderen Platz in der Hölle."

Sie beäugte mich einen Moment lang, dann strich sie ihr Kleid glatt. „Mir gehts gut."

Ich entspannte mich ein wenig.

„Ein Glück für mich, dass er kein besserer Schütze war."

Die Wut flammte wieder auf – brennend heiß.

„Fury –" Sie packte meinen Arm.

„Kavner."

Ihre Lippen verzogen sich.

„Du schaffst das", drängte ich.

„Kavner."

Die Genugtuung, die es mir verschaffte, dass sie meinen Namen aussprach, war unverhältnismäßig groß. „Du musst die Wunde vielleicht nähen lassen."

„Das wird schon wieder."

„Du musst ins Krankenhaus, London."

Ihr Gesicht wurde trotzig. „Nein, muss ich nicht."

„Ich lasse dich nicht allein nach Hause fahren, London. Nicht, bevor du dich untersuchen lässt."

„Ich werde nicht stundenlang in der Notaufnahme sitzen."

„London –"

Sie packte mich am Arm, und als ich ihren Gesichtsausdruck sah, hielt ich inne.

Langsam leckte sie sich über die Lippen. „Meine Mom ist in einem Krankenhaus gestorben. Ich habe sie immer zu ihren Terminen begleitet." London wandte den Blick ab. „Ich kann den Geruch nicht ertragen. Ich kann nicht ..."

„Okay. Okay." Ich legte einen Arm um sie und zog sie an meine Brust. „Dann kommst du mit mir nach Hause, und ich lasse dich von meiner Ärztin durchchecken."

Zu meiner Überraschung wich sie nicht zurück. Einen Moment lang lehnte sie sich an mich.

„Deiner Ärztin?" Sie rollte mit den Augen. „Natürlich hast du deine eigene persönliche Ärztin." Dann blieb ihr Blick an meinem Hemd haften. „Mist, ich habe dich mit Blut vollgesaut."

Ich blickte nicht einmal nach unten. „Mein Hemd ist mir scheißegal." Ich stemmte meine Hände in die Hüften. „Entweder meine Ärztin oder das Krankenhaus. Such es dir aus."

Einen Moment lang sah sie weg. Ihr Gesicht verzog sich, und sie zuckte zusammen. „Mir gehts gut, Fury."

„Kavner."

Sie legte ihre Hände auf meine Brust und stieß mich weg. Dann machte sie einen Schritt, aber stolperte sofort.

Ich fing ihren schlanken, sexy Körper auf. Sie fühlte sich so gut an. Besser, als ich es mir vorgestellt hatte, und ich hatte es mir oft genug vorgestellt. Ich war ein großer Mann und schätzte große Frauen.

Das ist nicht der richtige Zeitpunkt, Fury. „Komm schon." Ich führte sie zu meinem Auto.

„Nein, ich ..."

Da ich nicht vorhatte, mit ihr zu streiten, löste ich das Problem, indem ich sie in meine Arme hob.

„Fury", keuchte sie.

In diesem Moment durchschnitten Sirenen die Nacht, und ein Streifenwagen der Polizei von New Orleans fuhr vor.

Ich schritt auf meinen dunkelroten Lamborghini zu. „Ich kümmere mich um dich, ob du es willst oder nicht. Überlass es mir, mit der Polizei zu sprechen, danach kümmern wir uns um die Wunde."

Sie stieß einen Atemzug aus. „Meine Handtasche. Ich habe sie fallen lassen."

„Ich werde sie holen." Ich öffnete mein Auto und sah, wie Londons Blick auf die sich senkrecht öffnenden Flügeltüren fiel.

„Ich wette, ich will nicht wissen, wie viel dieses Auto gekostet hat", meinte sie säuerlich.

„Wahrscheinlich nicht. Aber es wurde legal erworben, das versichere ich dir." Ich setzte sie auf den Beifahrersitz ab. „Und es ist ein Hybrid."

Sie schnaubte und berührte sanft ihre Schläfe.

Ich hasste es, das verschmierte Blut auf ihrer Haut zu sehen.

Zögernd berührte sie meine Hand. „Es geht mir gut, Kavner."

Langsam nickend erwiderte ich: „Gib mir ein paar Minuten, damit ich mich um die Polizei kümmern kann."

Es dauerte nicht lange, bis die Cops unsere Aussagen aufnahmen. Es war ein Vorteil, dass ich gut vernetzt und bekannt war. Ich erzählte ihnen, was passiert war und dass ich den Schützen nicht beschreiben konnte. Bei diesen Worten runzelte ich die Stirn, denn ich wünschte, ich könnte es.

Ich blieb in der Nähe, als sie London befragten. Ihr Auto war ein einziges Wrack. Ich machte mir eine gedankliche Notiz, dass ich mich darum kümmern würde. Ihre Handtasche hatte ich schon geholt.

Endlich hatten die Polizisten alles, was sie brauchten.

„Wahrscheinlich ein zufälliger Angriff", sagte ein Beamter. „Sie hatten es auf einen Ort mit wohlhabenden Zielpersonen abgesehen."

London nickte nur. „Wahrscheinlich."

Schließlich schlüpfte ich in den Wagen. Der Revuelto sprang mit dem kehligen Knurren des Motors an, dann fuhr ich auf die Straße. Zum Glück waren wir nicht weit von meiner Wohnung entfernt. Ich berührte das Armaturenbrett, und der Anruf wurde verbunden.

„Mr. Fury, was verschafft mir die Ehre?", fragte eine ruhige Frauenstimme.

„Können Sie mich in meiner Wohnung treffen?" Unsere Ärztin war an nächtliche Anrufe gewöhnt.

„Ich bin unterwegs."

Innerhalb weniger Minuten fuhr ich an Dantes Restaurants, seinem Club und seiner Bar vorbei. Wir passierten auch Beaus Fitnessstudio.

Der Erwerb von Immobilien war eine meiner ersten Investitionen gewesen. Ein eigenes Zuhause, echter Ziegelstein und Mörtel, war mir wichtig gewesen. Als ich mein erstes Haus gekauft hatte, war ich ziemlich emotional gewesen. Meine Brüder hatten mich zur Feier des Tages abgefüllt. Seitdem hatte ich ihnen geholfen, sich ebenfalls Eigentum zuzulegen.

Mein Gebäude lag direkt an der Ecke. Der Ignis Tower beherbergte die Büros meiner Unternehmen und mein Zuhause.

Ich fuhr auf den reservierten Parkplatz in der Tiefgarage.

„Das ist dein Bürogebäude", meinte London.

„Stimmt." Ich half ihr beim Aussteigen. Sie war immer noch ein wenig unsicher auf den Beinen. Im Privataufzug drückte ich meine Handfläche auf den schicken Scanner, den Reath installiert hatte.

Er brachte uns automatisch in das oberste Stockwerk des Gebäudes. Die Türen öffneten sich direkt zu meiner Wohnung, und Londons Augen weiteten sich.

„O wow."

Mein Penthouse mit vier Schlafzimmern hatte einen warmen Holzfußboden, der einen Ausgleich zu den glatten, weißen Wänden bildete. Die zahlreichen Fenster waren schwarz umrahmt und gaben den Blick auf die Stadt frei.

„Setz dich", befahl ich.

Sie kniff die Augen zusammen. „Ich bin nicht gut darin, Befehle zu befolgen, Fury."

„Ich heiße Kavner." Ich hob eine Hand und gab dem Zwang nach, ihr Haar zu berühren. „Bitte setz dich, London. Ich hasse es, dass du verletzt wurdest."

13

LONDON

Heiliger Strohsack, Kavners Wohnung war erstaunlich.

Es gab viel Schwarz und Weiß, aber der Holzboden und die Kunstwerke bewahrten sie davor, kalt oder langweilig zu wirken. Die breite, cremefarbene Couch sah stilvoll und teuer aus. In der Nähe der hochwertigen Küche befand sich eine riesige Marmorinsel, die mit interessanten goldenen Maserungen durchzogen war.

Aber der Blick aus den raumhohen Glasfenstern war der eigentliche Höhepunkt. Sein Penthouse hatte eine noch bessere Aussicht als das Rooftop. Ich hatte das Gefühl, ich könnte ganz New Orleans sehen. Mir wurde klar, dass sich sein Büro wahrscheinlich auch auf dieser Etage befand.

„Komm." Er führte mich zu einem langen, eleganten Esszimmertisch rüber.

Gott, da stand ein Klavier in der Ecke des Wohnzimmers. Ich fragte mich, ob er spielte.

Bevor ich merkte, was geschah, packte er mich an der

Taille und hob mich auf den Tisch. Ich keuchte, ein Schuh rutschte ab.

„Nicht bewegen." Er ging weg, und ich atmete tief durch. Ich fühlte mich immer noch ein wenig zittrig. Da ich in Sachen Wirtschaftskriminalität ermittelte, waren körperliche Auseinandersetzungen für mich nichts Alltägliches.

Als ich meine Schläfe berührte, zuckte ich zusammen.

Kavner kam mit einem großen Erste-Hilfe-Kasten zurück und stellte ihn neben mich. Er hatte sich seiner Anzugjacke entledigt und die Ärmel seines Hemds hochgekrempelt. Sein Hemd bedeckte, wie ich jetzt wusste, eine harte, muskulöse Brust. Und diese kräftigen Unterarme ...

Ich zwang mich, den Blick abzuwenden. „Der berühmteste Milliardär von New Orleans spielt Krankenschwester?"

Er riss ein Päckchen auf. „Ich bin ein Mann mit vielen Talenten. Halte still, während ich die Wunde reinige." Er trat näher heran und drückte ein kühles Tuch an meine Schläfe.

Das Stechen ließ mich zusammenzucken.

„Tut mir leid", meinte er.

„Es brennt nur ein wenig. Ist schon gut."

Er war so nah, dass ich seinen frischen Duft wahrnehmen konnte – er roch nach einem Sommergewitter. Kavner berührte meine Haut und tastete sanft meine Schläfe ab.

„Der Schnitt ist nicht so tief, wie ich befürchtet hatte, aber die Ärztin wird ihn sich dennoch ansehen. Der

Sicherheitsdienst wird sie hereinlassen, wenn sie eintrifft."

Mein Atem ging stoßweise. Es war schon lange her, seit sich jemand um mich gekümmert hatte. Das war normalerweise meine Aufgabe. Ich war die ältere Schwester.

Ich hatte bei allem geholfen, nachdem Dad im Gefängnis gelandet war. Ich hatte Lexxie bei allem unterstützt, was sie brauchte – bei den Hausaufgaben, beim Säubern ihrer Schnitte und Kratzer, beim Schulweg, beim Kochen. Und ich hatte mich auch um meine eigenen Schürfwunden gekümmert. Schließlich hatte ich meiner Mutter nicht noch mehr Arbeit aufbürden wollen, da sie bereits zwei Jobs hatte.

Ich blickte auf, dann drückte er mein Gesicht sanft an seine Brust.

Langsam atmete ich ihn ein, meine Hände klammerten sich an sein Hemd. Fast wäre ich heute Abend erschossen worden. Der Tod hätte mich zu sich holen können.

„Ist schon gut." Er drückte sein Gesicht gegen mein Haar. „Du bist jetzt in Sicherheit."

Ich hielt mich an ihm fest. Der feste Schlag seines Herzens unter meinem Ohr beruhigte mich. Kavner fuhr mit einer Hand meinen Rücken hinauf und hinunter, und ich schloss die Augen, weil es sich so gut anfühlte. Von jemandem gehalten zu werden, tat unendlich gut.

Nach einer Weile sagte er: „Ich muss mir dein Knie ansehen."

Dann trat er zurück, ging dann in die Hocke und

schob mein zerrissenes Kleid hoch, damit mein aufge-schürftes Knie zum Vorschein kam.

„Es tut mir leid, dass das Kleid ruiniert ist. Ich mochte es."

Bei seinen Worten biss ich mir auf die Lippe und versuchte, mich nicht zu sehr darüber zu freuen.

Kavner sah auf. „Eigentlich ist es mehr das, was unter dem Kleid ist, das mir gefällt." Dann sah er mein Knie und zuckte mitfühlend zusammen. Anschließend machte er sich daran, auch das zu reinigen.

Kavner Fury hockte vor mir und kümmerte sich um meine Verletzungen.

Er hatte sich auch in die Schießerei gestürzt, um mir zu helfen. Mein Herz klopfte gegen meine Rippen.

Bevor ich realisierte, dass er fertig war, stand er auf. Ein Finger strich über meine Wange, und ich zuckte zusammen. Seine dunkelblauen Augen rissen mich in ihren Bann.

Alles in mir wurde warm. Meine Hände krallten sich an der Tischkante fest, und ich konnte den Blick nicht abwenden.

Wie konnte er so sanft sein, so fürsorglich? Er sollte doch ein rücksichtsloser, ehrgeiziger Milliardär sein.

„London", murmelte er leise.

Eine Stimme in meinem Kopf rief mir zu, ich solle vom Tisch aufstehen und von ihm weggehen, aber der Rest von mir wollte nicht auf sie hören.

Als er sich näher an mich heran lehnte, drückte ich meine Hände auf seine Brust. Meine Finger krallten sich in den weichen Stoff seines Hemds.

Warme Lippen legten sich auf meine Schläfe. „Ich will ihn dafür bezahlen lassen, dass er dir wehgetan hat."

Ich schloss meine Augen, als seine Stimme mich erschaudern ließ. Seine Worte sollten mir nicht so gefallen.

Kavners Lippen wanderten über meine Wange.

„Ich hasse es, dich verletzt zu sehen."

Eine Hitzewelle erfüllte mich, und ich konnte es nicht mehr ertragen.

Ich drehte meinen Kopf und presste meine Lippen auf seine.

Er stöhnte auf. Seine Lippen bewegten sich über meine – heiß, elektrisch und viel zu verlockend. Ich bekam einen Vorgeschmack von ihm, etwas Dunkles und Weiches.

Dann legte er seinen Arm um meinen Hinterkopf und vertiefte den Kuss. Es war nicht überstürzt oder grob. Nein, Kavner Fury ließ sich Zeit, erforschte und genoss. Seine Zunge streichelte meine. Sein Kuss war eine berauschende Mischung aus besitzergreifend und verführerisch.

Hitze explodierte in mir. Das war falsch, aber es fühlte sich verdammt richtig an. Ich wollte aufhören, zu denken. Ausnahmsweise wollte ich einfach nur fühlen.

„Entschuldigen Sie die Störung."

Die amüsierte Frauenstimme ließ mich zusammenzucken.

Kavner richtete sich auf, und der Blick in seinen Augen ließ meinen Bauch kribbeln. *Hitze.* Reine, weiß glühende Hitze.

Noch nie hatte mich jemand so angesehen.

Es war das Räuspern, das uns beide dazu brachte, den Kopf zu drehen.

Eine afroamerikanische Frau mittleren Alters stand in der Tür. Ihr schwarz-graues Haar war zu einem eleganten Bob geschnitten, der ihr kräftiges Gesicht umspielte, und sie trug eine kastenförmige, schwarze Ledertasche bei sich.

„Hallo, Dr. Hamilton", begrüßte Kavner sie. „Sie sehen wie immer umwerfend aus."

„Kavner. Charmant wie immer." Ihr Blick fiel auf mich, und ich kämpfte gegen das Bedürfnis an, mit etwas herumzufummeln oder vom Tisch zu rutschen und zu hoffen, dass sich der Boden öffnete und mich verschluckte.

„Dr. Hamilton, das ist London. Agent London Coleman vom Finanzministerium."

Die Ärztin legte den Kopf schief. „Es ist mir ein Vergnügen, London. Auch wenn die Umstände nicht ganz so sind, wie wir sie uns wünschen würden." Sie schleppte ihre Tasche herüber.

Kavner trat einen Schritt zurück. „London ermittelt gegen mich wegen Geldwäscherei."

Er sagte das, als würde ihn das kein bisschen beunruhigen, und ich warf ihm einen Blick zu.

Die Ärztin stellte ihre Tasche auf den Tisch, und ihr holziges Vanilleparfüm schlug mir entgegen.

„Sie mögen es anscheinend, wenn die Dinge ein wenig komplizierter sind, Kavner." Dr. Hamilton gab ein gackerndes Geräusch von sich und musterte mein Gesicht. „Sieht aus, als hätten Sie eine üble Schnittwunde am Kopf, London."

Kavners Tonfall änderte sich. „Ein Arschloch hat auf sie geschossen. Dabei ist eine Glasscheibe an ihrem Auto zerbrochen. Ich habe die Schürfwunden gesäubert." Er rückte zur Seite, damit die Ärztin näher herankommen konnte.

„Sehen wir uns das mal an", sagte Dr. Hamilton.

Die Ärztin untersuchte mich fachkundig. „Ich glaube nicht, dass Sie genäht werden müssen. Ein Steri-Strip wird genügen." Sie drückte einen Streifen auf die Schnittwunde an meiner Schläfe.

„Danke, dass Sie sich heute Abend dafür Zeit genommen haben", murmelte ich.

„Gern geschehen. Aber machen Sie sich keine Gedanken, die Fury-Brüder zahlen mir ein gutes Honorar."

„Wirklich?" Ich legte den Kopf schief. „Werden Sie oft gebraucht?"

Die Ärztin lächelte. „Ich verspreche Ihnen, ich habe noch nie etwas Schändliches gesehen. Obwohl ich schon das Vergnügen hatte, ein paar muskulöse Flanken zu betrachten, wenn sie Injektionen brauchten."

Kavner schnaubte.

Dr. Hamilton lächelte. „Sie sollten sich ein wenig Ruhe gönnen, London. Und halten Sie sich von Männern fern, die Sie erschießen wollen."

Ich nickte.

„Kavner." Die Ärztin neigte ihren Kopf in Richtung Küche. „Auf ein Wort."

Als die beiden sich entfernten, fiel mein Blick auf seine schlanken Hüften und die Art, wie sein Hintern die Anzughose ausfüllte. Mein Herz klopfte wie wild.

Er war ein potenzieller Verdächtiger. Mein Feind. Teil meiner Ermittlungen. Er war genau wie der Mann, der meinen Vater in seine Machenschaften gelockt hatte – reich, privilegiert.

Das stimmte doch, oder?

Ich rutschte vom Tisch.

Kavner war eine große Verlockung. Nicht nur, weil er in einem Anzug sexy aussah, sondern auch, weil er sich um mich kümmerte. Mein Puls schlug heftig. Daran durfte ich mich nicht gewöhnen.

Leise schlich ich mich zum Aufzug, während Kavner und die Ärztin noch miteinander sprachen.

Er vernebelte mein Urteilsvermögen. Das konnte ich nicht zulassen.

Auf keinen Fall durfte ich mich zu Dingen hinreißen lassen, von denen ich wusste, dass sie schlecht für mich waren, so wie mein Vater es getan hatte.

Ich schlüpfte in den Fahrstuhl, bevor Kavner es bemerkte.

14

KAVNER

S ie war abgehauen.

Mein Kiefer war angespannt, als ich mir einen *Whiskey on the Rocks* einschenkte.

Während ich mit Dr. Hamilton gesprochen hatte, war mir London entglitten. Wie ein verdammter Geist.

Die Erinnerung an den Kuss und ihre sanften, weichen Lippen kamen mir in den Sinn. Ich nippte an meinem Drink und ging zu den Fenstern. Seufzend blickte ich abwesend auf die Lichter der Stadt hinaus.

Alles, was ich schmecken konnte, war sie.

Ich wollte mehr von ihr.

Wenigstens wusste ich, dass es ihr gut ging.

Langsam nahm ich noch einen Schluck, dann hielt ich inne, das Glas an den Lippen.

Aber war sie in Sicherheit? Jemand hatte auf sie geschossen, und ich hatte keine Gelegenheit gehabt, sie zu fragen, ob der Angreifer etwas gesagt oder ob sie etwas gesehen hatte. Auch der Polizei hatte sie nichts gesagt.

Erneut spürte ich wieder dieses Kribbeln meines Instinkts. London ermittelte wegen Geldwäscherei. Ich war mir sicher, dass es Leute gab, die sie aufhalten wollten.

Mist.

Schnell zückte ich mein Handy und tippte auf den Bildschirm.

„Ich hoffe, es ist was Wichtiges", knurrte Reath.

„Habe ich ein heißes Date gestört?" Ich bezweifelte es. Reath war ein Workaholic mit Vertrauensproblemen. Seine Kindheit und seine Zeit bei der CIA hatten nicht gerade zur Verbesserung beigetragen.

„Ich bin am Arbeiten."

„Natürlich. Du musst etwas für mich tun."

„Red' schon."

Kein Zögern. Wir fünf waren Brüder auf eine Art und Weise, die die meisten Menschen nie verstehen würden. Ich wusste, dass Reath und die anderen alle hinter mir standen. Egal, was passierte.

„Ich möchte, dass du einen Mann auf Agent Coleman ansetzt."

Es gab eine lange Pause. „Ich soll jemanden auf eine Agentin ansetzen?"

„Ja."

„Warum? Glaubst du, sie ist korrupt?"

Ich schnaubte. „Nein, verdammt. Sie ist das Gegenteil von korrupt. Engagiert, zielstrebig, starrköpfig."

„Jetzt bin ich verwirrt."

„Bei der Kunstauktion heute Abend hat jemand auf dem Parkplatz auf sie geschossen."

„Gehts ihr gut?" Reaths Tonfall änderte sich augenblicklich.

„Sie ist ein bisschen angeschlagen, weil eine Glasscherbe sie erwischt hat, aber nichts Schlimmes. Ich habe sie von Dr. Hamilton durchchecken lassen."

„Wirklich?" Der Ton meines Bruders wurde nachdenklich.

„Reath, sie wurde verletzt. Sie könnte in Gefahr sein."

„Hat der Schütze etwas zu ihr gesagt? Vielleicht war es ein zufälliger Angriff?"

„Mein Gefühl sagt mir, dass es kein Zufall war. Und ich hatte keine Gelegenheit, sie dazu zu befragen."

„Warum?"

Ich schaute an die Decke. „Sie ist gegangen, bevor ich es konnte."

„Gegangen? Du meinst, sie hat sich rausgeschlichen." Reaths leises Lachen ging mir auf die Nerven. „Es *gibt* also eine Frau auf diesem Planeten, die deinem Charme widerstehen kann. Eine Frau, die sich dem Milliardär Kavner Fury nicht zu Füßen wirft."

„Bist du fertig?"

„Kav, sie ermittelt *gegen* dich. Sie will dich verhaften."

„Sie begreift langsam, dass wir keine Feinde sind."

Mein Bruder gab einen nicht überzeugt klingenden Laut von sich.

„Feinde oder nicht, ich glaube, sie ist in Gefahr", erklärte ich. „Das werde ich nicht hinnehmen."

Reath seufzte. „Gut. Ich werde einen Mann auf sie ansetzen."

Erleichterung erfüllte mich. „Danke, Reath. Wenn sich etwas ergibt, halte mich auf dem Laufenden."

„Geht klar."

Nachdem ich das Gespräch beendet hatte, trank ich meinen Whiskey und sah aus dem Fenster.

Hatte London Schmerzen? Wer zum Teufel hatte sie angegriffen?

Und ich fragte mich unwillkürlich, ob sie in ihrem Bett lag und an mich dachte?

DIE SONNE SCHIEN, als ich meinen Wagen vor Londons umgebautem Wohnblock zum Stehen brachte.

Eine Sekunde später trat sie aus der Haustür, gekleidet in eine graue Hose und eine schwarze Bluse. Gott, ihre Beine schienen kilometerlang zu sein.

Als sie mich entdeckte, blieb sie stehen. Im Sonnenlicht sah ich das Pflaster an ihrer Schläfe, und mein Mund verzog sich.

Schließlich schritt sie heran. „Ein Ferrari heute, wie ich sehe."

„Ich dachte, der Lamborghini wäre zu auffällig für dich."

Sie rollte mit den Augen. „Nur du würdest denken, dass ein roter Ferrari weniger auffällig ist als ein Lamborghini. Warum bist du hier, Fury?"

„Ich fahre dich zur Arbeit, weil dein Auto defekt ist. Du bist weggefahren, bevor wir gestern Abend reden konnten."

Sie schaute weg und sah aus, als würde sie nachdenken.

„Ich habe dir was mitgebracht." Ich hielt einen Takeaway-Becher hoch.

Ihre Augen verengten sich. „Fourth Wall?"

Ich nickte. „Chai Latte."

Sie kniff die Augen noch mehr zusammen. „Woher weißt du, dass das mein Lieblingsgetränk ist?"

Lässig zuckte ich mit den Schultern. „Ich bin zwar kein Bundesagent, aber ich habe meine Methoden. Steig in den Wagen, London."

Schnell schlüpfte sie hinein und schlug die Tür zu.

Ich schimpfte: „So behandelt man doch keinen Ferrari." Mit einem Tritt aufs Gaspedal fuhr ich los.

Sie schnappte nach Luft und schnallte sich sofort an. „Fahr nicht zu schnell."

„Trink deinen Chai Latte."

Ich hielt mich an die Geschwindigkeitsbegrenzung, während wir zum FBI-Büro fuhren. London nahm einen Schluck von ihrem Getränk und stöhnte auf.

Meine Zähne knirschten. Dieses Geräusch. Ich wollte andere Dinge tun, die sie dazu brachten, so zu klingen.

„Weißt du, wer dich angegriffen hat?", fragte ich.

„Nein. Dummerweise konnte ich ihn nicht befragen, während er auf mich schoss."

„Weißt du, warum du sein Ziel warst?"

Eine winzige Pause. „Nein."

Mein innerer Lügendetektor war schon seit meiner Kindheit fein eingestellt. „London."

„Für dich Agent Coleman." Sie verschränkte die Arme. „Ich werde mit dir nicht über die Ermittlungen sprechen."

„Der Angriff stand also im Zusammenhang mit deinen Ermittlungen." Tatsächlich war ich fuchsteufelswild. Jemand hatte es auf sie abgesehen.

Ich fuhr auf den Parkplatz vor dem FBI-Büro. Ein großer schwarzer Zaun umgab das Gebäude, und ein Sicherheitstor sorgte dafür, dass niemand hineinkam, der keine Freigabe hatte.

„Ich spreche *nicht* darüber, weil du ein Teil der Ermittlungen bist."

Wut durchzuckte mich. „Ich bin *kein* Krimineller, London." Meine Hände schlugen gegen das Lenkrad des Ferraris.

„Das muss ich erst noch beweisen, Kavner. Ohne jeden Zweifel. Ich ..." Sie schaute durch die Windschutzscheibe. „Mein Leben wurde zerstört, weil ein charmanter, reicher Mann meinen sehr schwachen Dad zu einem Betrug verleitet hat."

Sie begegnete meinem Blick, und ich sah ihren alten, tiefsitzenden Schmerz.

Die Art von Schmerz, die einen für den Rest des Lebens begleitete. An manchen Tagen sah ich denselben in meinen eigenen Augen.

„Verwechsle mich nicht mit einem anderen Arschloch."

Einen Moment lang sah sie mich einfach nur an. „Danke fürs Mitnehmen und meinen Latte."

Ich sah ihr nach, als sie in Richtung des Sicherheitstors ging. Eine Sekunde später erkannte ich Reaths Mann, der neben einem Auto auf dem Parkplatz des Nachbargebäudes stand. Als ich nickte, hob er kurz sein Kinn.

Wenigstens wusste ich, dass sie in Sicherheit war. Zumindest für den Moment.

15

LONDON

„Ich brauche den nächsten Satz Akten aus dem Auktionshaus, Toby." Ich wühlte durch einige Papiere, wobei der Frust wie Eiswasser durch meine Adern floss.

Alles, was ich bisher herausgefunden hatte, hatte mich nur in Sackgassen geführt.

Keegan hatte es immerhin geschafft. Toby und Amy hatten alle Verkaufsunterlagen von Brennan bekommen. Die gesamte Task-Force war dabei, sie durchzusehen.

„Hier." Toby erhob sich und reichte mir einen Stapel Papiere. „Ich habe dir auch die digitalen Kopien gemailt."

Ich stieß einen Atemzug aus. Ich hatte zu viel Kaffee getrunken und war verdammt nervös. „Danke."

„Bist du sicher, dass es dir gut geht?" Er musterte meine verletzte Gesichtshälfte.

„Ja. Danke."

Ich machte mich auf den Weg in mein Büro. Das war eine kleine Lüge gewesen. Eine Lüge, die ich versuchte, in die Wahrheit zu verwandeln.

Angeschossen zu werden, stand nicht auf der Liste meiner Lieblingsbeschäftigungen.

Ich ließ mich auf meinen Schreibtischstuhl fallen. Meinen Chef hatte ich über den Zettel informiert, den ich an meinem Auto gefunden hatte, und er war stinksauer.

Wer zum Teufel hatte auf mich geschossen? Offensichtlich wollte jemand die Ermittlungen stoppen. Mein Kiefer spannte sich an. Das musste bedeuten, dass ich nah dran war.

Ich glättete die Verkaufsakten auf meinem Schreibtisch und holte tief Luft. Die Verbindung zu den Geldwäschern musste hier in den Brennan-Auktionsunterlagen zu finden sein.

Konzentriert machte ich mich an die Arbeit ... doch meine Gedanken schweiften zu einem gewissen umwerfenden Milliardär ab. Meine Hände ballten sich. Oder genauer gesagt, dachte ich an die Tatsache, dass ich Kavner geküsst hatte.

Und daran, dass es mir gefallen hatte.

Ich presste eine Hand auf meine Augen. Was hatte ich mir nur dabei gedacht?

Die Beweise führten von ihm weg, klar, und ich wusste, dass er nicht die Person war, die auf mich geschossen hatte. Er hätte jemanden anheuern können, aber tief in meinem Innern ahnte ich, dass er das nicht tun würde.

Ich will, dass er dafür bezahlt, dass er dir wehgetan hat.

Ich hasse es, dich verletzt zu sehen.

Ein Schauer durchlief mich, und ich lehnte mich in

meinem Stuhl zurück. Es änderte nichts an der Tatsache, dass er ein reicher, mächtiger Mann war. Und ich hatte gute Gründe, mich nie mit Männern wie ihm einzulassen.

Aber aus irgendeinem Grund fiel es mir schwer, Douglas Newport und Kavner Fury überhaupt miteinander zu vergleichen.

Ich zwang mich, einen Blick auf die Zusammenfassung der Verkäufe zu werfen. Ein Name tauchte ein paar Mal auf und stach mir ins Auge. Es war ein Firmenname. Platinum Holdings. Ich markierte alle Verkäufe, an denen die Firma beteiligt war, und runzelte die Stirn.

Tatsächlich musste ich die detaillierten Verkaufsunterlagen prüfen, um genau zu sehen, was die Inhaber gekauft hatten.

„Amy?"

Die Agentin erschien an der Tür. „Du hast mich gerufen?"

„Es gibt eine Firma, die mehrere Kunstwerke gekauft hat. Platinum Holdings. Hast du etwas über sie herausgefunden?"

„Nein." Sie zog ein Tablet heraus und wischte darüber. „Warte, doch. Es ist eine Briefkastenfirma auf den Bahamas. Keine Auffälligkeiten, aber ich kann noch weiter recherchieren, um herauszufinden, wem sie gehört."

„Tu das. Sag mir Bescheid, falls du etwas findest."

Ich schob meinen Laptop näher heran, rief die detaillierten Verkaufsunterlagen auf und tippte den Namen der Firma ein.

Meine Augenbrauen huschten nach oben. Über den

ersten Verkauf war nichts zu finden. Dieser Datensatz war verschwunden.

Ich überprüfte den nächsten Verkauf. Keine Informationen.

Alle Unterlagen über Platinum Holdings waren weg.

Toby erschien in meiner Tür. „Hey, ich gehe etwas essen. Willst du mir Gesellschaft leisten?"

„Ich kann nicht, tut mir leid. Tatsächlich habe ich etwas herausgefunden. Die Unterlagen für einige der Verkäufe an eine bestimmte Firma fehlen."

Tobys Brauen zogen sich zusammen. „Es sollte alles da sein. Brennan war bereit, seine Unterlagen auszuhändigen, und er schien ernsthaft besorgt darüber zu sein, dass in seinem Revier Geld gewaschen werden könnte."

„Sie sind nicht hier."

Ich war an etwas dran, das konnte ich spüren.

Schnell stand ich auf.

„Ich muss zurück zu Brennan Auction." Ich schnappte mir meine Tasche. „Ich nehme einen Dienstwagen. Ein ... Freund hat mich heute Morgen mitgenommen, weil mein Auto repariert werden muss."

Verdammt. Ich musste mich darum kümmern, mein Auto instand setzen zu lassen. Ich seufzte. Gott allein wusste, wie viel das kosten würde.

„Soll ich mitkommen?", fragte Toby.

„Nein, alles gut." Ich war schon halb aus der Tür.

Während der gesamten Fahrt zu Brennan Auction arbeitete mein Gehirn auf Hochtouren.

Wer zum Teufel steckte hinter Platinum Holdings?

Das musste ich unbedingt herausfinden.

Als ich bei Brennan Auction ankam, stellte ich fest,

dass mein Auto weg war. Verdammt! Ich nahm an, dass das NOPD es hatte abschleppen lassen. Jetzt musste ich herausfinden, wo es geblieben war.

Ich parkte meinen FBI-SUV und stieg aus. Meine Nerven waren angespannt, und ich schaute mich um, sah jedoch keine Möchtegern-Schützen in der Nähe.

„Dir gehts gut, London", murmelte ich, während ich auf die Eingangstür zuging. Als ich das Auktionshaus betrat, kam eine elegante Frau aus dem großen Ausstellungsraum. Sie sah aus wie ein Model, mit kunstvoll frisiertem blondem Haar, einer schlanken Figur und einem eleganten schwarzen Wickelkleid.

Sie beäugte meine Hose und meine Schuhe mit einem Anflug von Verachtung. „Kann ich Ihnen helfen?"

„Ich bin Agent London Coleman vom Finanzministerium. Ich arbeite mit der Task-Force des FBIs zusammen. Sie haben Unterlagen an unser Büro geschickt, Ms ...?"

„Ms. Leary. Estelle. Ich erinnere mich, ja."

„Einige Akten fehlen."

„Ich habe Ihnen alles geschickt, was wir hatten, Agent Coleman."

„Es fehlen die detaillierten Aufzeichnungen über die Verkäufe an eine Firma namens Platinum Holdings."

Sie runzelte die Stirn, aber es schien ihr schwerzufallen. Ich vermutete, dass Botox der Grund dafür war.

„Ich muss diese Akten sehen", fuhr ich fort.

„Ich fürchte, Mr. Brennan ist im Moment nicht da."

„Estelle, ich brauche die Unterlagen. Sofort."

Sie richtete sich auf, und Botox hin oder her, ihr

Gesichtsausdruck war jetzt eindeutig zickig. „Ich kann nichts tun, ohne Mr. Brennans ...“

„Gibt es ein Problem?“

Die tiefe Stimme hinter mir ließ mich fast zusammenzucken. Ich konnte ihn spüren, als würde er eine Energie ausstrahlen, die nur ich wahrnehmen konnte. Auf die ich sehr gut eingestellt war.

Estelles Gesicht veränderte sich, ebenso wie ihre Körpersprache. „Mr. Fury, es ist eine Freude, Sie zu sehen.“

Er blieb neben mir stehen. Heute trug er wieder einen perfekten Anzug, dieses Mal in dunkelblau. Wahrscheinlich kostete er mehr als mein Monatsgehalt.

Kavner streckte die Hand aus und fuhr mit ihr über meinen Pferdeschwanz. „London.“

Ich kniff die Augen zusammen. Was hatte er vor?

„Mr. Fury“, sagte ich.

Er lächelte, was definitiv *nichts* in mir dahinschmelzen ließ.

„Du hast deine Schlüssel in meinem Auto vergessen, als ich dich heute bei der Arbeit abgesetzt habe.“ Er hielt sie mir hin.

Ich schnappte sie mir und biss mir vor Ärger auf die Zunge.

Estelles Gesicht glättete sich, aber sie konnte ihre Enttäuschung nicht ganz verbergen.

„Ich bin sicher, Mr. Brennan möchte, dass Sie mit den Behörden kooperieren, Estelle. Holen Sie bitte die Unterlagen für Agent Coleman. Können wir uns irgendwo hinsetzen, während wir sie durchsehen?“

„Natürlich, Mr. Fury." Sie drehte sich um und ging auf ihren hohen Absätzen davon.

Ich war stinksauer über die Einmischung. Natürlich war die Frau zu allem bereit, um ihm zu helfen.

Er lehnte sich vor. „Du kannst mir später danken."

„Spar dir das. Warum bist du hier?"

„Das ist ein Rätsel, das du lösen musst."

16

KAVNER

Wir saßen an einem großen Holztisch in einem Nebenraum. Die Regale waren mit Kunstobjekten bestückt. Ich nahm einen Glaswürfel in die Hand, der das Licht im Raum reflektierte, bevor ich ihn absetzte.

Gegenüber von mir ging London auf und ab, die Schultern angespannt.

Estelle ließ mit eisiger Miene Akten auf den Tisch fallen. „Es tut mir leid, aber es scheinen mehrere Akten zu fehlen. Es gibt keine Spur von ihnen."

„Diejenigen, die mit Platinum Holdings zu tun haben?", fragte London.

„Ja. Das ist ungewöhnlich, das versichere ich Ihnen. Mr. Brennan führt akribisch Buch."

London nickte.

„Danke, Estelle", meinte ich.

„Keine Unterbrechungen, bis wir fertig sind", bat London.

Estelle hob ihr Kinn und schloss die Tür fest hinter sich.

London setzte sich und beugte sich über die Akten. Auf ihrer Stirn bildete sich bereits eine Furche.

Sie war so konzentriert. Ich fragte mich, wie es sich wohl anfühlen würde, wenn sich diese Konzentration auf mich richten würde. Und das nicht, weil sie mich verhaften wollte.

Ich war schon mit vielen Frauen ausgegangen, aber die hatten meist nur Geld, Macht und Einfluss im Blick. Selten sahen sie mich wirklich. Wie Reath mir zu sagen pflegte, war ich keine große Hilfe, da ich mein wahres Ich oft versteckte.

Wenn man auf der Straße aufwuchs, zahlte es sich aus, seine Schwächen nicht zu zeigen. Es gab eine Menge Raubtiere, die sie ausnutzen wollten.

London gab einen Laut von sich. „Platinum Holdings hat letzten März einen William Tucker gekauft. Bezahlt per Überweisung."

„Das ist eine Skulptur."

Sie fand ein Foto davon und zuckte zusammen. „Sie ist ... interessant."

Ich schnaubte. „Sie sieht aus wie ein Felsbrocken."

Bei meinen Worten lachte sie überrascht auf. „Das stimmt."

Dann runzelte sie wieder die Stirn.

„Ich habe dieses Lächeln gesehen, Agent Coleman. Ich wachse dir ans Herz." Ich setzte mich neben sie.

„Ich habe mich gerade daran erinnert, dass es deine Anwesenheit brauchte, damit Ice-Queen Barbie da draußen mir gab, was ich wollte. Für mich hat sie sich standhaft gewehrt und wie eine Schlange gezischt. Für dich wollte sie diese Absätze zusammen mit dem Rest ihrer Kleidung abwerfen."

„Du hast bekommen, was du wolltest."

„Außer, dass einige Akten fehlen. Die meisten von denen, die ich brauche."

Ich schaute hinüber, als sie mit dem Finger auf eine der Seiten zeigte. „Es geht um die Platinum Holdings. Komisch, ich habe noch nie von dieser Firma gehört." Was echt seltsam war. Ich kannte alle wichtigen Akteure in meiner Stadt.

Sie schlug mit der Hand auf den Tisch. „Ich diskutiere nicht mit dir darüber. Warum bist du hier?"

„Du wurdest angegriffen." Ich kämpfte hart, um die schwelende Wut in mir nicht zu zeigen.

Das Bild, wie jemand auf sie geschossen hatte, würde mir noch jahrelang im Kopf herumschwirren. „Ich dachte, ich stelle mal ein paar Fragen."

Sie starrte mich nur an.

„London?"

„Du ... passt auf mich auf?"

Ich hasste es, dass sie so überrascht klang. „Kümmert sich denn nie jemand um dich?"

„Es gibt nur mich und meine Schwester, und ich passe auf sie auf."

Ah, die ältere Schwester und Streberin. Das ergab Sinn. Dante war genauso, obwohl er nach Beau der Zweitälteste von uns war.

„Meine Mom starb, als meine Schwester Lexxie sechzehn war. Sie blieb bei mir, bis sie achtzehn wurde und ihren Abschluss machte."

Sanft drückte ich ihre Hand. „Das ist bewunderns-
wert, London. Du hast eine große Verantwortung über-
nommen. Ich bewundere dich. Meine Brüder und ich
waren bei Pflegefamilien untergebracht, und als unsere
Situation ... unhaltbar wurde, hatten wir immer noch
einander. Wir gingen weg und bauten uns ein neues
Leben auf."

Ihre Augen wanderten über mein Gesicht. „War die
Pflegefamilie schlimm für dich?"

„Sehr schlimm." Ich wandte den Blick ab. „Was ist
mit deinem Dad?" Der, der in kriminelle Machenschaften verwickelt gewesen war.

Sie erstarrte. „Er ist von der Bildfläche verschwunden, seit ich neun war. Als er ins Gefängnis kam. Wir
brauchten ihn nicht. Meine Mom war unglaublich."

Ich senkte meine Stimme. „Was ist mit ihr passiert?"

„Herzversagen." London schüttelte den Kopf und
blickte wieder auf die Akten. „Ich muss mehr über
Platinum Holdings herausfinden."

„Ich kann helfen."

In ihren hellbraunen Augen funkelte es. „Ich ... kann
das nicht annehmen."

„London, du ermittelst seit Wochen gegen mich. Du
weißt, dass ich kein Geld wasche."

Sie schob sich eine lose Haarsträhne hinters Ohr.
„Das wäre nicht richtig."

„Ich habe bessere Mittel und Verbindungen. Ich
möchte helfen." Vorsichtig streichelte ich ihre Finger.
„Lass mich dir helfen."

„Du bist zu sehr daran gewöhnt, deinen Willen zu
bekommen."

Ihre Worte trafen mich. „Weil ich früher nie meinen Willen bekommen habe. Niemals."

„Kavner ..." Sie schlang ihre Hand um meine und drückte sie. „War es so schlimm?"

„Nicht immer. Und selbst wenn es am schlimmsten war, war die Pflegefamilie besser als das Leben auf der Straße."

Ihre Augen weiteten sich. „Du hast auf der Straße gelebt?"

Das war etwas, das ich nie mit jemandem geteilt hatte. Nur meine Brüder wussten es.

„Mehrere Jahre lang."

„Das wird nirgendwo erwähnt."

„Und ich arbeite hart daran, dass es so bleibt."

„Niemand wird es von mir erfahren." Sie hielt inne. „Deine Eltern?"

Ich zuckte mit den Schultern. „Sie waren beide Junkies und in den Drogenhandel verwickelt. Irgendwann bin ich weggelaufen." Ein paar Mal war ich in Versuchung gewesen, sie zu suchen, aber ich hatte beschlossen, die Vergangenheit ruhen zu lassen. Sie bedeuteten mir nichts.

„Gott." Sie drückte erneut meine Hand. „Kavner."

Ich sah kein Mitleid in ihren Augen, nur Mitgefühl. Und einen Blick, als würde sie Puzzleteile umherschieben und sie zusammenfügen.

Langsam richtete sie sich auf. „Wenn du etwas über Platinum Holdings herausfindest, sag Bescheid."

Ein Lächeln zuckte auf meinen Lippen. „Natürlich."

Sie nahm die Akten in die Hand und fuhr fort, die Auktionsunterlagen zu scannen. Während sie das tat, schickte ich eine Nachricht an Reaths wichtigsten Techniker, Lincoln, und bat ihn, sich Platinum Holdings anzuschauen.

Dann richtete sie sich auf. „Mein Gott, du hast etwas für zwei Millionen Dollar gekauft."

„Das habe ich. Eine atemberaubende Giacometti-Bronze. Sie steht in meinem Penthouse. Ich hätte sie dir neulich Abend gezeigt, wenn du geblieben wärst."

„Platinum Holdings hat auf der gleichen Auktion ein Gemälde erworben. Ein Warhol."

„Ich erinnere mich an das Gemälde ..." Ich runzelte die Stirn. „Ich weiß nicht mehr, wer es gekauft hat, aber ich war an dem Tag da."

„Wirklich? Wenn ich Brennans Überwachungskameras überprüfen kann, können wir vielleicht herausfinden, wer es für Platinum gekauft hat. Würdest du einen Blick darauf werfen?"

„Klar."

Ein Glitzern erfüllte ihre Augen. London mochte den Nervenkitzel bei der Jagd, genau wie ich.

„Ich muss zurück ins Büro." Sie erhob sich.

Das musste ich auch. Mein Assistent Austin war bestimmt schon panisch. Trotzdem widerstrebte es mir seltsamerweise, mich zu verabschieden. Ich schüttelte mich innerlich.

Natürlich freute ich mich über die Anziehungskraft zwischen uns, aber ich ließ niemanden außer meinen Brüdern zu wichtig für mich werden.

Ich drehte mich um, und sie stieß gegen meine Brust.

„Vorsicht." Mit einer Hand griff ich nach ihrem Ellbogen.

Ihr Blick blieb auf meinem Hals haften. Ihr Parfüm hatte heute etwas Frisches an sich, mit einem Hauch von Limette.

Sie wich nicht zurück, und mein Herzschlag beschleunigte sich.

„Wirst du dich für meine Hilfe bedanken?", fragte ich leise.

„Danke." Sie blickte auf. „Warum musst du immer so gut riechen?"

„Wäre es dir lieber, ich würde schlecht riechen?"

Während sie die Augen rollte, drückte sie eine Handfläche auf meine Brust. Mein Bauch zog sich zusammen, und plötzlich fühlte es sich an, als gäbe es nur uns beide. Niemand sonst auf der Welt war noch wichtig.

„Ich sage mir immer wieder, dass ich mich von dir fernhalten soll", flüsterte sie.

„Aber ich kann anscheinend nicht aufhören, dich sehen zu wollen."

Sie atmete tief ein und aus. „Wir sollten gehen."

Keiner von uns bewegte sich.

„Verdammt", murmelte sie. Ihre Hand krallte sich in mein Hemd, und sie zog mich näher heran.

Ihr Mund traf auf meinen.

Scheiße. Ich presste meine Hände auf ihre Hüften und übernahm die Kontrolle über den Kuss.

17

LONDON

O *Gott.*

Ein irritierendes Gefühl durchfuhr mich. Ich versenkte eine Hand in seinem seidigen Haar und küsste Kavner Fury.

Seine Lippen waren entschlossen, und er schmeckte wie die reine Sünde.

Es war heiß, intensiv und hatte etwas Verruchtes an sich. Ich stöhnte, presste mich an ihn und hörte auf zu denken. Alles, was ich wollte, war, meine Disziplin, meine harte Arbeit und den Versuch, mich um alles zu kümmern, zu vergessen. Ich wollte fühlen und genießen.

In mir sammelte sich brennend heiße Hitze, die alles zum Schmelzen brachte.

Kavner bewegte sich, seine geschickten Hände glitten über mich, dann hob er mich auf den Tisch. Ich spreizte meine Beine, und er drückte sich zwischen sie, während er mich weiter küsste.

Ein leises, männliches Knurren entfloh seinen Lippen.

Ich spürte, wie seine harte Erektion gegen mein Schambein drückte. *Herrgott*. Pure Hitze ballte sich in meinem Bauch und meiner Brust. Ich ließ meine Zunge über seine gleiten.

„Du schmeckst noch besser, als ich es mir vorgestellt habe." Seine Stimme war leise, und er biss mir auf die Unterlippe. Ich schmiegte mich an seinen harten Körper. „Besser als alles andere."

Seine Hand glitt nach oben und umfasste meine Brust. Ein leises Murmeln löste sich von meinen Lippen, als ich seine Hand drückte. „Ich muss dich berühren." Meine Stimme war atemlos.

Sein Gesicht war ernst, seine Augen voller Verlangen. Mir wurde klar, dass Kavner normalerweise sehr beherrscht war. Oh, er lächelte, er runzelte die Stirn, aber er zeigte anderen nur, was sie *sehen sollten*.

Aber genau hier, genau jetzt, zeigte er sich *mir*. Das, was sich unter seiner glatten Oberfläche verbarg.

„Berühre mich", forderte er mich auf.

Ich öffnete mehrere Knöpfe seines Hemds und ließ meine Hände gierig über seine Brust gleiten. Sie war leicht bronzefarben, mehrere Nuancen heller als meine eigene Haut.

Als ich die starken Muskeln knetete, spürte ich seinen hämmernden Herzschlag. Mit einem Finger fuhr ich über seine Brustwarze, und er zuckte zusammen.

Ich fühlte mich benommen und erfüllt von einem berauschenden Gefühl der Macht. Meine Hände lagen auf diesem Mann, diesem mächtigen Mann, und es war meine Berührung, die ihn so stark beeinflusste.

„Wenn du mich berühren darfst ...", seine Stimme war ein leises Knurren, „... dann darf ich das auch."

„Ja", flüsterte ich.

Sein Mund wanderte über meinen Kiefer, hinunter zu meinem Hals. Ich ließ meinen Kopf in den Nacken fallen, während mich heißes Verlangen überkam. Er zog mir mein Oberteil über den Kopf. Ein BH aus schwarzer Spitze umschloss meine Brüste.

Kavner stieß ein hungriges Geräusch aus. „Wunderschön. Ich habe mir schon vorgestellt, wie du aussiehst."

Er schob die Körbchen nach unten und entblößte meine Brüste. Ich keuchte. Seine Hände streichelten meine Brustwarzen, bis sie hart wurden. Als die Lust zwischen meinen Beinen hochkochte, unterdrückte ich ein Seufzen.

Dann beugte er sich vor und schloss seinen Mund über meiner Brustwarze.

Alles in mir war angespannt und heiß. Feuchte Hitze breitete sich zwischen meinen Schenkeln aus, und mein Slip war in einer Sekunde durchnässt.

Sein Mund war nicht sanft. Er ließ sich Zeit und machte mich verrückt.

Es gab nichts anderes auf der Welt. Nur uns und das Vergnügen, das sich zwischen uns aufbaute. Ich hatte das Gefühl, dass ich bei der kleinsten Berührung kommen würde.

Das Klingeln eines Handys ließ uns beide zusammenzucken.

Ich blinzelte, kämpfte mich durch das heftige Verlangen und versuchte, mein Gehirn in Gang zu bringen.

Die Realität war eine gemeine Hexe.

Mein Blick war fest auf ihn gerichtet, während Kavner Fury seinen Mund auf meiner nackten Brust hatte.

Seine Hand lag auf meiner Hüfte.

„Kav", flüsterte ich.

Er schloss für eine Sekunde die Augen, sein Kiefer angespannt, dann trat er einen Schritt zurück. Er sah zerzaust aus, sein Hemd halb aufgeknöpft.

„Das ist noch nicht vorbei, London."

Ich drehte mich halb um und richtete meine Kleidung.

Knurrend riss er sein Handy aus der Tasche. „Was?" Er atmete tief ein. „Entschuldigung. Was gibts?"

Ich rutschte vom Tisch.

Im Moment wollte ich mich nicht auf die Tatsache konzentrieren, dass ich mit dem Lieblingsmilliardär von New Orleans rumgemacht hatte. Ich presste meine Finger auf meine Augen und versuchte, das brodelnde Verlangen in meinem Inneren zu beruhigen. Meine Haut war gerötet, meine Brüste fühlten sich geschwollen an.

Mein Gott.

Ich straffte meine Schultern und warf einen Blick zu ihm hinüber. Kavner sah mich an.

„Alles klar. Danke, Linc." Er steckte das Handy weg. „Hast du noch ein anderes schickes Kleid?"

„Was?" Ich war abgelenkt von dem Dreieck aus Haut an seinem Halsansatz. Seine Knöpfe waren noch offen.

„Ein schickes Kleid. Wie das, das du bei der Kunstauktion getragen hast."

Hör auf zu sabbern, London. „Warum?"

Er lächelte, und ich konnte es tief in meinem Inneren spüren.

„Ich liebe deinen misstrauischen Tonfall. Mein Mann ... na ja, eigentlich der Mann meines Bruders Reath ...“

„Reath ist der Besitzer von Phoenix Security Services.“

„Genau der. Es gibt einen Treffer bei jemandem, der mit Platinum Holdings in Verbindung steht.“

Mein Puls schoss in die Höhe. „Jetzt schon? Wer ist es?“

„Sein Name ist Spencer Bates.“ Kavners Lippen verzogen sich. „Ein lokaler *Unternehmer*.“ Er sagte das Wort mit einer Spur von Verachtung. „Er hat eine Reihe regionaler Start-ups gegründet, die alle mit Wellness zu tun haben. Ein Hydrationsgetränk, ein Yoga-Programm und eine App, so eine Art tragbares Gesundheitsgerät. Jedenfalls hat er eine Reihe von Investitionen getätigt, aber die Investoren haben ihr Geld nie wieder gesehen. Seine Eltern sind wohlhabend und springen immer wieder für ihn ein, sodass er nie untergeht. Soweit ich weiß, ist er derzeit mit einer lokalen Erbin zusammen. Jedenfalls hat er Verbindungen zu Platinum Holdings. Er hat für sie einige Unterlagen unterschrieben.“

„Was hat das mit einem Kleid zu tun?“

Kavners Lächeln wurde breiter. „Nun, er wird heute Abend auf einer Party sein, die von einem örtlichen Geschäftsmann veranstaltet wird. Zufälligerweise habe ich eine Einladung.“

„Wo findet die Party statt?“

„*Audubon Place*.“

Das passte ins Bild. *Audubon Place* war eine einge-
zäunte Privatstraße in der Nähe der Tulane University,
in der sich einige der teuersten Häuser der Stadt
befanden.

„Ich habe noch ein anderes Kleid."

„Gut. Ich hole dich um sieben ab."

18

LONDON

Ich trug noch ein wenig dunklen Lidschatten auf und holte dann meinen Lippenstift raus – meinen bernsteinfarbenen, schimmernden Lieblingston.

Als Nächstes fummelte ich an meinem Haar herum. Es war zu meinem typischen Pferdeschwanz gebunden, denn ich wollte keine Aufmerksamkeit auf mich ziehen.

Anschließend betrachtete ich mein Kleid. Okay, nicht *zu* viel Aufmerksamkeit.

Auf den ersten Blick sah das Kleid zurückhaltend aus. Es war schlicht schwarz und schmiegte sich an meinen Körper, mit einem hohen Halsausschnitt und langen Ärmeln. Aber es hatte zwei große Cutouts an den Seiten, die meine Haut und meine Hüftknochen zeigten, und die losen Enden wurden von einer Kette aus schimmernden Kristallen zusammengehalten.

Es war von irgendeinem Designer. Lexxie hatte darauf bestanden, dass ich es kaufe. Zum Glück war es im Sale gewesen.

Ich hatte es vor heute Abend noch nicht getragen.

Und ich freute mich darauf, dass Kavner es sehen würde.

Kavner. Ich presste meine Hände auf den kühlen Granit des Waschtischs. Ich hatte Kavner geküsst. Ihn berührt. Sein Mund war auf mir gewesen.

Und ich wollte mehr.

Langsam glaubte ich, dass er nichts mit meinen Ermittlungen zu tun hatte, aber heute Abend wollte ich meine Hände trotzdem bei mir behalten.

Ich fand meine Abendhandtasche, steckte mein Handy hinein und ging hinaus. Als ich die Straße erreichte, heulte ein starker Motor auf.

Es war wieder der Lamborghini. Er passte zu ihm – teuer, schnittig, ein bisschen auffällig. Ich hätte nie vermutet, dass er als Kind auf der Straße gelebt hatte. Meine Brust zog sich zusammen. Mir wurde klar, dass viel mehr an ihm dran war, als ich vermutet hatte.

Der leistungsstarke Wagen kam vor mir zum Stehen. Ich öffnete die Autotür. Er trug einen Anzug, und es sah aus, als wäre er am Steuer eines schnellen Autos geboren worden. Heute Abend war der Anzug schwarz, ebenso wie das Hemd darunter. Es ließ ihn tödlich und gefährlich aussehen.

„Mr. Fury."

„Ich glaube, das haben wir hinter uns, London."

Ich schlüpfte hinein und nickte. „Kavner."

„So. Das hat doch nicht wehgetan, oder?"

Er fuhr los.

„Also, wessen Party ist das?", fragte ich.

„Jeffrey M. Fields veranstaltet sie."

Meine Augen weiteten sich. „O wow." Er war in

New Orleans sehr bekannt. Einer der wohlhabendsten Einwohner.

„Bitte beschuldige ihn nicht der Geldwäscherei."

Ich warf ihm einen Blick zu.

Wir fuhren auf der St. Charles Avenue nach Westen. Ich achtete nicht auf den vorbeifahrenden Verkehr, sondern auf Kavner.

„Ich schätze, ich verstehe, warum du so versessen darauf bist, reich zu sein."

Er blickte in meine Richtung. „Glaube mir, Geld zu haben ist wichtig, wenn man überhaupt nichts hatte. Es verschafft dir Kontrolle, Wahlmöglichkeiten. Aber man muss aufpassen, dass es einen nicht verändert. Tief im Inneren muss man seinen Werten treu bleiben."

„Worauf legst du wert?"

„Auf die Familie. Mehr als auf alles andere." Er zuckte mit den Schultern. „Harte Arbeit, Freundlichkeit, Loyalität."

Ich starrte ihn nur an. Wie sehr hatte ich mich in diesem Mann getäuscht? Wie sehr hatte ich zugelassen, dass meine Vergangenheit mein Urteilsvermögen vernebelte?

Ich räusperte mich. „Und die Besessenheit für scharfe Anzüge verstehe ich jetzt auch."

Sein strahlendes Lächeln blitzte im schwachen Licht auf. „Als ich jung war, habe ich davon geträumt, schöne Kleidung zu besitzen. Ohne Löcher in den Knien. Kleidung, die vor mir noch nie jemand getragen hat."

Meine Brust zog sich bei dem Gedanken an den kleinen Jungen, der er mal gewesen war, zusammen.

Es dauerte nicht lange, bis die schattige Dunkelheit

des Audubon Parks und die Gebäude der Universität auftauchten. Wir bogen in das steinerne Torhaus ein, das zum *Audubon Place* führte. Das Sicherheitspersonal kontrollierte Kavners Ausweis, dann fuhren wir hinein.

„Wow." Ich starrte auf die riesigen, stattlichen Häuser. „Ich meine, ich sehe tagtäglich eine Menge Reichtum bei meiner Arbeit, aber hauptsächlich auf dem Papier."

Wir hielten vor einem riesigen Haus, und ein Parkwächter nahm Kavner mit einem freundlichen Lächeln die Schlüssel ab.

„Schönes Auto, Sir. Ich werde gut darauf aufpassen."

„Danke." Kavner nahm meine Hand, und ich beschloss, mich darauf einzulassen. Immerhin tat er mir einen Gefallen. Ich verschränkte meine Finger mit seinen.

Wir gingen den Weg zum Herrenhaus hinauf. Es gab üppige Gärten und einen grünen Rasen, und das cremefarbene, steinerne Haus war unglaublich prachtvoll. Säulen flankierten die große, gewölbte Eingangstür.

„Ich mag das Kleid. Sehr sogar." Kavners Stimme war leise und voller Wertschätzung.

Schließlich führte er mich die Treppe hinauf und ins Gebäude hinein.

Ich versuchte, nicht zu glotzen, aber das Haus war umwerfend. Es schrie förmlich nach Reichtum – von den glänzenden, honigfarbenen Holzböden bis hin zu den kunstvollen Stuckarbeiten. Außerdem war es voll mit Gästen.

Ich lehnte mich an Kavner. „Wir müssen Spencer

Bates finden und ihn dann allein erwischen, damit ich ihm ein paar Fragen stellen kann."

Kavner nickte. „Das können wir schaffen."

„Fury!", dröhnte eine Stimme. „Du tauchst bei diesen Dingen sonst nie auf."

Wir drehten uns um. Ein gut aussehender Silberfuchs kam auf uns zu. Er trug einen dunkelblauen Anzug mit einer silbernen Krawatte. Sein Haar war eine Mischung aus Schwarz und Grau, aber das Silber kam in seinem ordentlich gestutzten Bart gut zur Geltung. Ich erkannte Jeffrey Fields von Fotos, die ich von dem wohlhabenden Gastronomen gesehen hatte.

„Jeffrey", erwiderte Kavner. „Ich war in der Stimmung für eine Party." Er streckte eine Hand aus.

Fields schüttelte Kavners Hand enthusiastisch, dann wanderte sein Blick zu mir. „Und wer ist dieses schöne Geschöpf?"

„Ich bin London." Ich reichte ihm die Hand.

„Freut mich, Sie kennenzulernen. Kavner kommt selten zu meinen Partys, und wenn, ist er immer allein."

Ich wölbte eine Braue. „Das klingt wie eine Lüge."

„Ist es nicht, ich verspreche es." Fields lächelte. „Ich bin froh, dass Sie ihn begleiten." Er wandte sich wieder Kavner zu. „Und jetzt holt euch ein paar Drinks. Mischt euch unter die Leute."

Wir bewegten uns durch das überfüllte Wohnzimmer, wobei Kavner seine Hand auf die Mitte meines Rückens legte. Mehrere Leute riefen seinen Namen. Er nickte, und ich bewunderte die Art und Weise, wie er in Bewegung blieb und es vermied, anzuhalten oder sich an den Gesprächen zu beteiligen. Ich blickte mich um und nahm das *Who's who* von New Orleans in Augenschein. Mein Mund verschloss sich. Es waren ein paar Leute anwesend, von denen ich wusste, dass sie in einige zwielichtige Geschäfte verwickelt waren. Gegen sie wurde entweder ermittelt, sie waren in der Vergangenheit angeklagt worden, oder die Anklagen hatten sich nicht bestätigt.

„Du kannst nicht jeden verfolgen", flüsterte mir Kavner ins Ohr.

Seine Nähe ließ mich frösteln. „Ich weiß." Ich musste bei der Sache bleiben.

Wir warteten an der Bar, während Kavners Hand durch den Stoff meines Kleides brannte.

Sein Finger streifte meine Haut, als er über einen der Cutouts fuhr, und ich drehte meinen Kopf. „Fury."

Er strich noch einmal absichtlich über meine Haut.

Schnell griff ich nach seinem Handgelenk. Es missfiel mir, dass ich das Brennen bis in den Bauch hinein spürte. Der Mann hatte einfach eine unfassbare Art, mich zum Glühen zu bringen.

„Ich habe vorhin viel mehr als nur deine Hüfte berührt", erinnerte er mich.

„Das war ein Fehler", flüsterte ich.

„Wirklich?"

Es hatte sich nicht wie ein Fehler angefühlt. Ich wandte den Blick ab. „Ich arbeite."

Der Barkeeper fragte nach unserer Bestellung. Während Kavner mit ihm sprach, suchte ich nach Bates.

„Kavner Fury." Ein Mann in den späten Dreißigern mit wirklich glänzenden Veneers blieb neben uns stehen. „Ich bin Richard Everett. Ich hatte gehofft, einen

Moment mit Ihnen über ein Geschäft sprechen zu können, an dem ich arbeite."

Zum ersten Mal konnte ich ehrlich sagen, dass Kavners Lächeln nicht echt war.

„Nicht heute Abend, Everett. Ich bin hier, um die Party zu genießen. Und meine Begleitung."

Everett konnte seine Enttäuschung nur sehr schlecht verbergen. „Aber sicher. Ich werde Ihr Büro anrufen."

Was er wohl schon getan hatte und abgewiesen worden war. „Das passiert dir oft."

Kavners Mund verzog sich. „Leider, ja. Es gibt eine Menge Leute mit hervorragenden Ideen und brillanten Plänen ... für die sie gern mein Geld verwenden würden."

Er reichte mir ein schickes Glas, auf dessen Rand eine Kirsche thronte.

„Keine Sorge, das ist nur Soda und Limette. Und ich trinke ein Glas Wein, da ich fahre."

„Danke."

Er nahm meinen Arm. „Komm. Lass uns eine Runde drehen und nach Bates Ausschau halten."

Als er durch den Raum ging, starrten die Leute ihn an und versuchten, seine Aufmerksamkeit zu erregen. Ich merkte sehr schnell, dass jeder mit Kavner sprechen wollte. Sie wollten Hallo sagen, nach einem Treffen fragen, über Geschäfte reden. Frauen warfen ihm begehrliche Blicke zu und ignorierten mich völlig.

Ich sah, wie sich eine Maske auf sein Gesicht legte – seine Augen waren kühl, sein Tonfall höflich. Musste er sich ständig mit so etwas herumschlagen?

Nachdenklich nippte ich an meinem Getränk. Ein

älterer Mann begann mit einem Verkaufsgespräch und versuchte, Kavner eine geschäftliche Investition anzudrehen.

Genug war genug. Ich lehnte mich an Kavners Brust. „Schatz, ich brauche frische Luft."

Er schlang einen Arm um meine Taille. „Entschuldige mich, Silas, ich muss mich um meine Frau kümmern."

Bei diesen Worten wäre ich fast zusammengeschreckt. Seine *Frau*?

Wie würde es sich wohl anfühlen, die Frau von Kavner Fury zu sein? Das Zentrum seines Universums? Wie wäre es, sein Herz zu besitzen?

Er nahm unsere Gläser und stellte sie auf einen Tisch. Dann öffnete er die Hintertür, und wir traten auf die Terrasse hinaus.

Der kühle Abend umhüllte uns. Wir befanden uns auf einer langen, steinernen Terrasse mit kunstvoll geschnitztem Steingeländer. Dahinter erhellte eine diskrete, elegante Beleuchtung einen Swimmingpool und die makellosen Gärten.

„Alles in Ordnung?", fragte er.

„Ja. Das war nur ein Trick, um dich vor Silas' Verkaufsgespräch zu retten."

Kavner erstarrte. „Das hast du für mich getan?"

„Ich habe keine Ahnung, wie du mit all den Leuten klarkommst, die ständig hinter dir her sind. Wegen deines Bankkontos oder deines Geschäftssinns."

Er warf mir einen seltsamen Blick zu, wobei seine Augen über mein Gesicht wanderten. „Danke."

Ich räusperte mich. Bevor ich etwas Dummes tat, sah

ich lieber schnell weg. „Und natürlich müssen wir Bates finden."

„Natürlich." Er lehnte sich neben mich gegen das Geländer. „Und wie es aussieht, haben wir ihn gefunden." Kavner nickte.

Ich drehte mich um und entdeckte ein Paar im Garten. Der Mann versuchte offensichtlich, die Frau zu einem Kuss zu überreden. Die Frau war wunderschön, hatte eine volle, kurvenreiche Figur und langes, braunes Haar. Der Mann war eindeutig Spencer Bates, groß und schlank, mit zotteligem, blondem Haar. Er hatte die wettergegerbte, gebräunte Haut eines Mannes, der zu viel Zeit in der Sonne verbracht hatte.

„Also, wie lautet der Plan?", flüsterte Kavner in mein Ohr.

19

KAVNER

Spencer Bates sah genauso aus wie der Typ Mann, den ich verabscheute.

Er hatte diesen wohlhabenden Playboy-Look, den geschmacklosen Glanz von *zu viel Zeit in der Sonne*, mit dem Zusatz, dass er in seinem Leben noch nie für etwas gearbeitet hatte. Ich wusste, dass sich dahinter seichter Egoismus verbarg.

Im Moment versuchte er, die arme Frau, die er in die Enge getrieben hatte, davon zu überzeugen, ihn zu küssen, obwohl sie nicht sonderlich gewillt aussah. Er war die Art von Mann, die glaubte, ein Anrecht auf alles zu haben – Frauen, Geld, Möglichkeiten –, ohne dass er dafür arbeiten oder Opfer bringen musste.

Schließlich riss sich die Erbin los und winkte zum Haus. Als sie ging, warf Bates ihr einen frustrierten Blick zu und fuhr sich mit der Hand durchs Haar.

„Ich glaube, ich habe einen Plan." London hatte einen Blick in ihren Augen, der mir nicht gefiel.

„London ..."

Sie stieß sich vom Geländer ab und schlenderte die Treppe hinunter zu Bates.

Ich schluckte ein Knurren hinunter. Sie war ein großes Mädchen und eine ausgebildete Agentin.

Aber das bedeutete nicht, dass mir das gefallen musste.

Ich tat so, als würde ich sie nicht beobachten, als sie auf den Mann zu schlenderte.

Verdammt, sie war wunderschön. Dieser lange, geschmeidige Körper, mit genug verführerischen Kurven an genau den richtigen Stellen.

Köpfchen und Schönheit, aber mit etwas Biss. Für mich war das offenbar eine tödliche Kombination.

Ich sah, wie sie sich überrascht tat, als sie Bates im Garten sah. Sie begannen, miteinander zu reden.

Mein Stirnrunzeln vertiefte sich. Bates lächelte, und London erwiderte sein Lächeln. Irgendetwas durchbohrte mein Herz. Bates streckte die Hand aus und berührte ihre.

Dem Mann gefiel eindeutig, was er sah.

Einen Fluch murmelnd, schlich ich mich von der Terrasse. Zum Glück blieben die meisten Partygäste drinnen. Ich umrundete einige Hecken und näherte mich London und Bates.

„Du bist so schön. Exquisit. Bist du ein Model?"

Ich verdrehte die Augen. Sein Tonfall war einfach nur schleimig. Fielen Frauen wirklich auf so etwas herein?

„Nein, bin ich nicht." Londons Stimme klang locker. „Was machst du so? Du musst ein erfolgreicher Geschäftsmann sein, wenn du auf dieser Party bist."

„Ich bin bekannt dafür, Geschäfte zu machen."

„Wirklich? Welche Art von Geschäften?"

„O Schätzchen, das würdest du nicht verstehen. Ich stecke meine Fühler in viele, viele Dinge, die mich interessieren."

Ich schlich um die Hecke herum und blieb neben einem sanft plätschernden Brunnen stehen.

Bates umfasste mit einer Hand Londons Gesicht. Ich spürte einen scharfen Stich von etwas, das ich nicht sofort einordnen konnte. Dann stellte ich mit vagem Entsetzen fest, dass es Eifersucht war.

„Das klingt alles so wichtig." Londons Tonfall war atemlos. „Gehört zu diesen Dingen auch die Geldwäsche für Platinum Holdings?"

Bates erstarrte. „Was?" Seine Brauen zogen sich zusammen. „Wer bist du?"

„Sagen wir einfach, dass mein Job oft Männer wie dich beinhaltet. In Handschellen, natürlich."

Bates trat einen Schritt zurück. „Ich werde gehen ..."

„Nein, das wirst du nicht." London trat näher heran.

Bates schüttelte den Kopf. „Ich bin fertig ..."

Ich stürmte nach vorn, meine Muskeln waren angespannt, bereit zuzuschlagen.

Aber London packte den Arm des Mannes und verdrehte ihn hinter seinem Rücken, dann stieß sie ihn mit dem Gesicht voran gegen die Hecke.

„Bates, Sie werden meine Fragen beantworten, und vielleicht werde ich Sie dann nicht verhaften." Ohne zu zögern, wechselte sie von dem Du, mit dem Bates das Gespräch begonnen hatte, zum förmlichen Sie.

Der Mann gab einen erstickten Laut von sich.

„Ich wollte gerade helfen", meinte ich.

Sie warf mir einen Blick zu.

„Aber wie ich sehe, hast du alles unter Kontrolle." Ich senkte meine Stimme. „Und siehst dabei heiß aus."

Sie schubste Bates erneut. „Platinum Holdings. Ich will alles wissen."

„Wenn ich rede, bringen sie mich um."

„Wenn Sie nicht mit mir reden, wandern Sie hinter Gitter. Sie scheinen mir nicht der Typ zu sein, der fürs Gefängnis geschaffen ist."

Bates gab einen erschrockenen Laut von sich, und ich rollte mit den Augen. Der Mann war erbärmlich.

„Platinum Holdings", wiederholte London.

„Ich habe eine E-Mail erhalten. Sie haben mir Geld versprochen. Gutes Geld. Ich musste nur ein bisschen für sie arbeiten. Ein paar Besorgungen machen. An ein paar Auktionen teilnehmen. Es hat Spaß gemacht, und ich wurde bezahlt."

„Sie haben die Auktionen bei Brennan Auction besucht?", fragte London.

„Ja."

„Bezahlt von wem?", fragte sie.

„Ich habe niemanden gesehen oder mit jemandem gesprochen. Es lief alles anonym über E-Mail."

London runzelte die Stirn. „Wohin haben Sie die Kunstwerke geliefert, die Sie für Platinum gekauft haben?"

Der Körper des Mannes versteifte sich. „Ich weiß es nicht. Ich ... Ich ..."

„Bates, wenn Sie mich anlügen, werden wir uns in

einem Verhörraum im FBI-Hauptquartier unterhalten müssen."

Erneut wimmerte er.

Meine Lippen kräuselten sich.

„Ich habe noch nie jemanden von Platinum getroffen." Bates schluckte hörbar.

Londons Augen blitzten auf. „Fahren Sie fort."

„Sie werden mich umbringen."

„Das werde ich nicht zulassen. *Reden Sie.*"

Der Mann stieß einen zitternden Atemzug aus. „Ich habe die Kunst an den Ort transportiert, den sie mir genannt haben."

„Wohin?"

„Zum Hafen. Ich habe sie an ein Büro im Hafen geliefert. Platinum Export."

Ich musste zugeben, dass es mir wirklich Spaß machte, London bei der Arbeit zuzusehen.

Sie ließ Bates los und trat einen Schritt zurück. „In Ordnung. Gehen Sie."

Der Mann drehte sich um, sah mich, und seine Augen weiteten sich. „Sie sind Kavner Fury ..."

„Sie hat gesagt, Sie sollen gehen", schnauzte ich.

Mit einem Nicken stieß er sich von der Hecke ab, stolperte und eilte dann zurück zum Haus.

„Platinum Holdings, zu der auch Platinum Export gehört, wäscht mit Sicherheit Geld", stellte London fest.

„Und transportiert Kunst aus dem Land."

„Danach verkaufen sie sie zu einem überhöhten Preis und schicken das saubere Geld zurück an die Kartelle."

„Welches Kartell?", fragte ich.

Ihr Blick verengte sich. „Das muss noch geklärt

werden. Aber das Wichtigste ist, dass ich mehr Informationen habe als vorher. Eine solide Spur."

Ich trat näher heran. „Wie ich schon sagte, es war sehr heiß, dir bei der Arbeit zuzusehen."

Ihr Blick begegnete dem meinen. „Fury –"

„Kavner." Ich berührte ihr Gesicht. „Ich hasse es, dass der Trottel dich angefasst hat."

Er hatte das berührt, was ich langsam, aber sicher als *meins* ansah.

„Ich mochte es auch nicht besonders."

Ich schloss die Zentimeter zwischen uns. „Und was ist, wenn ich dich berühre?"

Sie leckte sich über die Lippen. „Das gefällt mir zu sehr."

„Gut."

„Kavner." Sie drehte ihr Gesicht in meine Handfläche. „Verdammt seist du, weil du nicht so ein Arschloch bist wie Bates. Das macht es schwerer, dir zu widerstehen."

London stellte sich auf die Zehenspitzen und küsste mich.

Ich zog sie an mich heran und schob meine Zunge tief in ihren Mund. Sie stöhnte, und das Verlangen traf mich hart. Vorsichtig hob ich sie hoch und trug sie zum Rand des nahen Brunnens.

„Ich glaube, das ist eine schlechte Idee." Auf dem Rand des Steins sitzend, neigte sie ihren Kopf zurück.

Ich küsste ihren Hals, dann fuhr ich mit meinen Zähnen hungrig an ihrer Kehle entlang. „Dann halte mich auf."

Sie gab einen gierigen Laut von sich, und ihre Hände glitten in mein Haar. „Das sollte ich."

Meine Hände wanderten zu den Cutouts dieses wahnsinnigen Kleides und streichelten ihre Hüften. „Die machen mich verrückt, seit ich dich heute Abend gesehen habe."

Sie wölbte sich gegen mich. „Das war der Plan. Du machst mich verrückt, seit ich dich das erste Mal gesehen habe."

Plötzlich hörte ich Stimmen in der Nähe.

Ich stieß einen mentalen Fluch aus und presste meine Stirn an ihre. „Es gibt immer zu viele verdammte Unterbrechungen."

Sie küsste mich auf die Lippen. „Vielleicht ist es das Universum, das uns etwas sagen will."

„Scheiß auf das Universum. Ich habe die Dinge immer auf meine Art gemacht."

Wir schnappten beide in der kühlen Nacht nach Luft.

„Wir sollten gehen", sagte sie leise.

„Ja." Aber ich wollte sie nicht gehen lassen.

20

LONDON

Als ich am nächsten Morgen an meinem Schreibtisch saß, versuchte ich, mich zu konzentrieren.

Kavner erschwerte mir das ziemlich.

Ich lehnte mich zurück und schloss die Augen. In Bezug auf ihn hatte ich eine Grenze überschritten. Beruflich und persönlich.

Ich ließ nie zu, dass irgendetwas oder irgendjemand meine Arbeit beeinträchtigte. Mein Job machte mich aus. Er war mir enorm wichtig.

Wieder einmal atmete ich tief durch. Lexxie warf mir immer vor, nie zur Ruhe zu kommen und nie Spaß zu haben.

Und dass ich Männer nie an mich ranlassen würde. Klar, ich hatte Dates. Es war nicht meine Schuld, dass keiner von ihnen interessant oder clever genug war, um mit mir mitzuhalten.

Jetzt gab es Kavner.

„Er gehört nicht mir", murmelte ich.

Wenn Keegan herausfand, dass ich eine Grenze überschritten hatte, könnte das Auswirkungen auf meinen Job haben.

Außerdem würde nie etwas daraus werden. Ich lebte in Virginia und arbeitete im ganzen Land.

Kavner war ein attraktiver, wohlhabender Mann. Ich schnaubte. Vermutlich hing ich einer kleinen Fantasie nach. Männer wie Kavner hatten Dutzende von Frauen. Sie blieben nicht lange bei ihnen.

Ich holte tief Luft und konzentrierte mich wieder auf meine Arbeit. Offensichtlich musste ich mich am Hafen ein wenig umsehen. Viv hatte die Überwachungsvideos von Brennans überprüft, und ich hatte bestätigt, dass Bates derjenige war, der die Kunst für Platinum Holdings gekauft hatte. Ich hatte alles Mögliche versucht, um herauszufinden, wo Platinum Export am Hafen Geschäfte machte. Bisher ohne Erfolg.

Ich musste wissen, wohin das Geld floss, und wer dahintersteckte. Dann konnte ich sie ausschalten.

Außerdem musste ich mein verdammtes Auto finden. Ich hatte ein paar Anrufe getätigt, aber niemand schien zu wissen, wo es war.

Mein Handy klingelte, und Kavners Name erschien auf dem Bildschirm.

Mein Herz flatterte, als ich antwortete. „Mr. Fury."

„Guten Morgen, London. Nun, es ist fast Nachmittag."

Mein Magen knurrte. Zum Frühstück hatte ich nur Kaffee getrunken und am späten Vormittag einen alten Muffin gegessen.

„Wie laufen die Ermittlungen?"

„Gut. Und wie läuft das Verdienen von Millionen von Dollar?"

„Ziemlich passabel." Er klang amüsiert. „Ich würde dich gern zum Mittagessen einladen."

Das war keine gute Idee. Ich musste einen kühlen Kopf behalten, was ihn anging.

„Ich kann dich bis in mein Büro denken hören, aber ich habe ein paar Informationen über Platinum Export, die dich vielleicht interessieren könnten."

„In diesem Fall nehme ich an."

„Gut. Ein Wagen wird auf dich warten und dich in mein Büro bringen", beendete Kavner das Gespräch.

Offensichtlich war ich vorgeladen worden. Ich starrte finster aufs Handy und stand auf. Schnell zog ich meine marineblaue Jacke an, die zu meinem figurbetonten Rock passte. Ich hatte vor, dem herrischen Milliardär die Meinung zu sagen.

Und ich hoffte, dass er ein paar gute Informationen für mich hatte.

Ich erwischte Viv im Flur. „Hey, ich verfolge gerade eine Spur und werden dann in die Mittagspause gehen. Ich bin später zurück."

Die andere Agentin hob die Hand. „Alles klar. Ich esse ein schrumpeliges Clubsandwich an meinem Schreibtisch, während ich arbeite."

„Du Glückliche."

Unten sah ich die schwarze BMW-8er-Limousine am Straßenrand warten. Ich ging durchs Sicherheitstor, und als der Fahrer mich sah, stieg er aus und nickte. Er öffnete die Tür. „Agent Coleman."

„Danke." Ich stieg ein. Der Ledersitz war butterweich. Als wir zu Kavners Gebäude fuhren, musste ich zugeben, dass es wirklich schön war, viel Geld zu haben.

Meine Finger krallten sich in den Sitz. Vor allem für einen Mann, der mit nichts aufgewachsen war. Meine Mutter hatte es schwer gehabt, aber wir hatten nie gehungert.

Kavner hatte als kleines Kind auf der Straße gelebt. Bei dem Gedanken daran tat mir das Herz weh. Er musste so verletzlich gewesen sein. Gott, hatte ihm jemand wehgetan?

Ich war noch in Gedanken versunken, als wir am Ignis Tower ankamen. Ich dankte dem Fahrer und öffnete die Tür. Als ich die Tür zur Lobby erreichte, erschien eine Frau in einem Rock und einer schicken Bluse und lächelte. „Agent Coleman, Sie sollen mit dem Aufzug nach oben fahren. Er wartet auf Sie."

„Danke."

In der Lobby kamen wir an der interessanten Metallstatue vorbei. Ich hatte mich seit meinem letzten Besuch schlau gemacht und wusste, dass sie von einem jungen Künstler aus Florida namens Dustin Miller stammte.

Die tüchtige Frau zog eine Karte durch den Aufzug und drückte einen Knopf. „Einen schönen Tag noch."

Nachdem ich den Aufzug betreten hatte, sauste er nach oben. Als er langsamer wurde, merkte ich, dass ich auf dem Dach war.

Ich stieg aus, und der Wind peitschte mir ins Gesicht.

Kavner wartete.

Mein Herz zog sich zusammen. Seine Wirkung

schien einfach nicht nachzulassen. Vor allem nicht, wenn er einen gut geschnittenen Anzug trug.

„London." Ein langsames Lächeln breitete sich auf seinem Gesicht aus. Sein Blick war wachsam, und mir wurde klar, dass ich ihn noch nie wirklich entspannt gesehen hatte. Er war immer auf dem Sprung, berechnend. Einschätzend.

„Essen wir auf dem Dach?", fragte ich.

„Nicht ganz."

Ich runzelte die Stirn. „Fury."

Er streckte mir eine Hand entgegen. „Vertraust du mir?"

Gott im Himmel, das tat ich. Wie zum Teufel war das passiert? Ich nahm seine Hand.

Kavner führte mich übers Dach, und da sah ich den schnittigen schwarzen Hubschrauber auf dem Landeplatz. Ich zog die Augenbrauen hoch.

„Es ist ein kurzer Flug, versprochen. Ich muss mich um einen Auftrag kümmern, also kann ich das erledigen und gleichzeitig mit einer gewissen hartnäckigen Agentin des Finanzministeriums zu Mittag essen."

„Ist es wirklich nicht weit?" Ich musste heute Nachmittag noch arbeiten.

„Nein."

Er half mir beim Einsteigen, was mit einem Stiftrock nicht einfach war. Ich war schon bei einigen Einsätzen in Hubschraubern mitgeflogen, aber noch nie in einem so luxuriösen.

Als Kavner auf den Pilotensitz kletterte, erstarrte ich. „*Du* willst fliegen?"

Er lächelte. „Sieht so aus."

„Hast du das schon mal gemacht?"

„Nein. Noch nie."

Meine Augen wurden groß, als er ein Headset aufsetzte.

Dann zwinkerte er mir zu.

So ein Arschloch. Ich schlug ihm auf den Arm.

„Setz dein Headset auf und schnall dich an, London."

Minuten später bediente er die Steuerelemente, und der Hubschrauber flog los.

Mein Magen machte einen aufgeregten Hüpfer. Ich redete mir ein, dass das nur an der Aussicht auf die Stadt unter uns lag und nichts mit dem Mann zu tun hatte, der neben mir saß.

21

KAVNER

Wir fegten über mein Resort hinweg, und ich sah den Kran und die Baufahrzeuge. Sobald die Renovierungsarbeiten abgeschlossen waren, würde es das exklusivste Resort in Louisiana sein. Es befand sich am Rande des Toledo Bend Lake, nahe der Grenze zwischen Louisiana und Texas.

Während des gesamten Fluges saß London ans Fenster gepresst da. Diese Frau liebte es, zu fliegen. Ich machte mir eine gedankliche Notiz, sie wieder mitzunehmen.

„Gehört die Anlage dir?", fragte sie.

„Ja. Der ursprüngliche Besitzer ist pleitegegangen, und ich habe sie für einen Spottpreis bekommen. Sie war ziemlich veraltet und brauchte eine gründliche Überholung." Ich konzentrierte mich, während ich den Hubschrauber landete.

Als wir am Boden waren, umrundete ich die Maschine und half London beim Aussteigen.

„Das Resort wird gerade renoviert. Das Hauptge-

bäude, das Restaurant und der Pool sind dort drüben."
Ich zeigte auf das graue Dach des weitläufigen Gebäudes.
„Näher am See bauen wir kleinere Hütten. Mit einem
luxuriösen, rustikalen Flair. Wenn ich fertig bin, wird es
das Nonplusultra in Sachen Luxus am See sein."

„Ein Spielplatz für die Reichen und Berühmten."

„So etwas in der Art. Ich kann auch einen ständigen
Nachschub an lokalen Jobs bieten." Ich führte sie einen
geschwungenen Weg hinunter. „Und ich habe vor, lokale
Produkte für das Resort zu beziehen. Ich habe bereits
einen Vertrag mit einer Frau abgeschlossen, die Lotionen,
Shampoos und Seifen aus heimischen Wildblumen
herstellt."

London drehte sich um und warf mir einen tiefen
Blick zu.

„Komm." Ich nahm ihre Hand, und als ich unsere
Finger verschränkte, wich sie nicht zurück.

Weiter den Weg hinunter waren die Gärten zuge-
wachsen, aber ich konnte das Potenzial erkennen. In der
Nähe befand sich eine große, moderne Hütte deren
Dach zum Teil mit einer Plane abgedeckt war.

„Das ist die Hütte des Eigentümers." Das Gebäude
war aus Stein, mit vielen hölzernen Akzenten.

„Schön." Ihr Blick schweifte über das Häuschen.
„Oder zumindest wird sie es sein."

Ich führte sie hinein. Starke Farbdämpfe erfüllten
die Luft, und an der Wand lehnten Leitern und Werk-
zeuge. Der große Steinkamin sah wunderbar aus und war
seit meinem letzten Besuch eingebaut worden. Der Holzboden musste noch geschliffen und poliert werden, aber
wenn das erledigt war, würde er fabelhaft aussehen.

„Es soll natürlich großartig aussehen, wenn es fertig ist."

Ich öffnete die großen Glasschiebetüren, und als wir auf die Terrasse traten, staunte sie nicht schlecht. Der Blick auf das Wasser war wunderschön. Meine Muskeln entspannten sich. Ich liebte meine Geschäfte und die Herausforderung, aber das konnte alles auch ziemlich stressig werden. Daher genoss ich die seltenen Momente, in denen ich mich erholen konnte.

Ich konnte es kaum erwarten, meine Familie hierherzubringen. Daisy würde den See lieben.

London wandte ihren Blick vom See ab und betrachtete den Pool. Es war ein kleines Becken mit einem angrenzenden, eingebauten Whirlpool. Dann fiel ihr der Tisch auf, der daneben stand. Er war mit einem weißen Tischtuch und mehreren Tellern mit Speisen bedeckt.

„Im Hauptgebäude gibt es eine funktionierende Küche. Ich habe meine Leute gebeten, das Mittagessen für uns zu organisieren."

„Das ist kein Date", meinte London.

„Nein, natürlich nicht. Nur zwei Kollegen, die sich eine Mahlzeit teilen."

Sie setzte sich an den Tisch. „Wir sind keine Kollegen."

„Ich helfe dir bei deinem Fall." Als ich mich ebenfalls setzte, winkte ich mit einer Hand. „Austern Rockefeller als Vorspeise und Shrimps Creole mit Reis."

Sie sah auf, ihr Blick verengte sich. „Woher kennst du meine Lieblingsspeisen?"

„Wie ich dir schon gesagt habe, habe ich meine Quellen."

London nahm eine der Austern und eine Gabel in die Hand. Als sie sie aß, schloss sie die Augen.

„Sie sind so frisch."

Ich hatte sie heute extra für sie einfliegen lassen. Diese Frau ging mir nahe. Nein, sie ging mir unter die Haut, und ich war mir nicht sicher, ob mir das gefiel.

Aber ich war kein Feigling. Ich wollte das durchziehen und sehen, wohin es uns führte.

Weil du sie für dich haben willst.

Ich ignorierte die dunkle Stimme in mir und streckte die Hand aus, um den Weißwein einzuschenken.

„Ich habe nur für die Mittagspause frei", erklärte sie.

„Ein kleines Glas wird nicht schaden."

Sie nickte. „Und? Hast du Informationen für mich?"

Ich nickte. „Ich habe mich über Platinum Export erkundigt."

„Und?"

„Die Firma gehört Cade Bernard."

Sie schnappte nach Luft. „Wir hatten noch kein Glück, herauszufinden, wem sie gehört."

Grinsend nippte ich an meinem Wein. „Ich schätze, ihr habt nicht die richtigen Leute gefragt."

Die Informationen stammten von einem Kontakt von Reath, der das Gesetz zu meiden wusste.

„Wer ist Bernard?"

„Oberflächlich betrachtet ist er ein legaler Import-Export-Händler."

Sie lehnte sich in ihrem Stuhl zurück. „Aber in Wirklichkeit ist er ein Schmuggler."

Erneut nickte ich. „Für den richtigen Preis transportiert Bernard alles, was transportiert werden muss. So heißt es zumindest. In letzter Zeit ist er oft nach Genf gereist."

Bei diesen Worten erstarrte sie. „Zum Genfer Freihafen."

„Könnte sein."

Ein Freihafen war eine steuerfreie Zone, in der Waren gelagert werden konnten, ohne den Zöllen des jeweiligen Landes zu unterliegen. Eigentlich waren sie für Waren im Transit gedacht, aber der Genfer Freihafen war für die langfristige Lagerung von Kunstgegenständen der Superreichen bekannt geworden. Er stand auch im Verdacht, für den Handel mit geraubten Antiquitäten und für Geldwäsche genutzt zu werden.

Sie beäugte mich. „Lagerst du etwas im Genfer Freihafen?"

Ich spürte ein leichtes Stechen, weil sie diese Frage stellte. „Nein."

„Tut mir leid." Ihre Hand griff über den Tisch nach meiner.

„Da ist noch mehr."

Sie nickte.

„Cade Bernard hat Verbindungen zum Accosta-Kartell."

Londons Augen wurden groß. „Das Accosta-Kartell. *Verdammt noch mal.* Die stecken hinter dieser Geldwäsche." Ihr Gesicht verzog sich. „Das ist eines der schlimmsten Drogenkartelle des Südens."

„Und sie sind gefährlich." Die Accosta-Mitglieder hatten keine Skrupel zu töten, um den Drogenfluss zu schützen.

Und sie würden auch nicht zögern, eine Bundes-agentin zu erschießen.

Sie lehnte sich vor. „Dann ist es umso wichtiger, dass ich den Geldfluss an sie stoppe. Drogen töten, Kavner. Sie ruinieren Leben."

Sanft drückte ich ihre Hand. „Ich will dich nicht in Gefahr bringen."

„Ich bin eine Bundesagentin, und du weißt, dass ich auf mich selbst aufpassen kann."

„Außer, wenn du in einen Hinterhalt gerätst."

Sie drückte meine Finger. „Die Shrimps sind fantastisch."

Damit wechselte sie das Thema. Ich seufzte. Für den Moment würde ich sie gewähren lassen. „Lass uns zu Ende essen, dann trinken wir einen Kaffee."

Nachdem wir aufgegessen hatten, ließ sich London auf der Außencouch am Pool nieder. Sie war breit und bequem und bot einen perfekten Blick auf das Wasser. Ich stellte mir vor, dass der Sonnenuntergang hier spekta-kulär sein würde, und schwor mir, wieder mit ihr herzukommen.

Meine Leute hatten eine Thermoskanne mit Kaffee auf den Beistelltisch gestellt, und ich schenkte zwei Tassen ein.

Ich zog mein Jackett aus und legte es über die Rückenlehne der Couch. Danach knöpfte ich die Manschetten meines Hemdes auf und krempelte die Ärmel hoch.

London gab einen Laut von sich. „Du weißt doch, wie sehr das Frauen in den Wahnsinn treibt, oder?"

Ich wölbte eine Braue. „Wenn ich die Ärmel hoch-kremple?"

Sie schüttelte nur den Kopf.

„Eigentlich habe ich noch ein Geschenk für dich", erklärte ich.

„Du meinst wohl, du willst mich bestechen", erwiderte sie in einem neckischen Ton.

Ich griff nach meinem Jackett und hielt dann eine kleine, geschnitzte, achteckige Schachtel hoch.

Sie schnappte nach Luft und setzte sich auf. „Eine Puzzleschachtel."

„Nun, ich weiß ja, wie sehr du sie magst." Ich reichte sie ihr und griff nach einem kleinen Tablett mit Pralinen, das neben dem Kaffee stand.

„Woher willst du das wissen?"

„Ich –"

„Du hast deine Quellen. Schon klar." Sie warf einen Blick auf die Schachtel und sah dann mich an. Ihr Blick wanderte an meinem Körper hinunter. Es gefiel mir, den gleichen begehrlichen Blick zu sehen, mit dem sie die Schachtel betrachtet hatte. „Du verbringst viel Zeit am Schreibtisch, in Meetings, auf schicken Partys und bei Abendessen. Wie hältst du dich in Form?"

„Meinem Bruder gehört ein Fitnessstudio."

„Ich weiß. Jeder in New Orleans kennt das Hard Burn."

Nickend nippte ich an meinem Kaffee. „Ich trainiere dort und verprügle gelegentlich meine Brüder im Boxring."

Ihre Augenbrauen huschten hoch. „Der elegante,

wohlhabende Kavner Fury beim Boxen? Das kann ich mir kaum vorstellen."

„Ich stecke voller Überraschungen. Meine Brüder sind zwar nicht meine Blutsbrüder, aber wir haben trotzdem den Drang, uns gegenseitig zu schlagen." Mein Blick fiel aufs Wasser. „Wir haben das Kämpfen gelernt, als wir jung waren."

„Es muss gefährlich gewesen sein, als du auf der Straße gelebt hast. Hat jemand jemals ...?"

Ich streckte die Hand aus und berührte ihr Haar. „Ich wurde ein paar Mal verprügelt, aber nichts Schlimmes. Tatsächlich war ich sehr gut darin, mich herumzuschleichen und außer Sichtweite zu bleiben. In der Pflegefamilie habe ich zudem gelernt, mich zu wehren."

Sie holte tief Luft. „Wirklich?"

„In einem bestimmten Zuhause. Der Pflegevater sah sich gezwungen, widerspenstige Teenager zu disziplinieren." Mir wurde flau im Magen. Ich sprach selten über Harvey Tucker. Er war Teil der Vergangenheit.

Wut stieg in Londons Gesicht auf, aber zum Glück sah ich kein Mitleid.

„Das tut mir leid", sagte sie.

„Es war nicht alles schlecht, aber das war am schlimmsten. Er hat jeden von uns geschlagen, aber am meisten hat er sich an Reath vergangen. Er ist Afroamerikaner, und ich glaube, Tucker war nicht nur ein Arschloch, sondern auch ein Rassist."

„Was ist passiert?"

„Irgendwann haben wir uns gewehrt und sind Brüder geworden. Wir sind gegangen und haben uns unseren eigenen Weg gesucht. Sie sind die besten

Männer, die ich kenne, und ich weiß, dass sie immer hinter mir stehen."

„Das ist großartig. Es gibt nur mich und Lexxie, also verstehe ich das." Sie drehte die Schachtel, und ein Teil davon öffnete sich. Ihr Lachen erklang.

Dieses Geräusch. Ich spürte es tief in mir, und mir wurde klar, dass diese Frau eine Gefahr für mich sein könnte. Zuerst waren wir Feinde gewesen, aber jetzt war ich mir nicht sicher, was wir waren.

Doch ich war mir verdammt sicher, dass ich sie wollte.

Ich wollte unter die komplexen Schichten blicken. Ich wollte alle Seiten von London sehen. Vor allem die, die sie verschlossen und geschützt hielt, so wie die Puzzleschachteln, die sie mochte.

Ihre Finger glitten weiter über mein Geschenk, bis sie vor Frustration fluchte.

„Hängen geblieben?", fragte ich.

Sie warf mir einen scharfen Blick zu. „Ich schaffe das schon."

Nach ein paar weiteren Minuten vertiefte sich ihr Stirnrunzeln.

„Willst du einen Tipp?"

Ihr Blick fiel auf mich. „Na gut."

„Was wirst du mir dafür geben?"

Sie legte den Kopf schief. „Willst du mich bestechen?"

Ich lächelte nur. „Ich bin ein Geschäftsmann. Es ist wichtig, zu verhandeln."

Einen Moment lang dachte sie nach. „Was willst du?"

„Du kannst damit anfangen, dein Haar herunterzulassen."

Sie rollte mit den Augen, aber sie griff nach oben und zog das Band aus ihrem Haar. Die dunkle Seide umspielte ihre Schultern.

„Und?", fragte sie.

„Das ist ein guter Anfang, aber ich will mehr. Verrate mir ein Geheimnis. Etwas, das du noch nie mit jemand anderem geteilt hast."

Sie verstummte.

Ah, meine reizende Agentin verriet nicht gern ihre Geheimnisse.

„Oder", ich spielte wieder mit ihrem Haar, „du kannst ein paar Knöpfe deiner Bluse öffnen."

„Ich sehe, du bist es gewohnt, zu verhandeln." Sie sah mich kurz an und öffnete dann die obersten drei Knöpfe. Ich sah einen verlockenden Hauch von Spitze und Haut unter der weichen Baumwolle.

Und einfach so wurde ich hart.

Verdammt, sie bedrohte die Kontrolle, die ich mir ein Leben lang aufgebaut hatte.

Zur Hölle, vielleicht hatte ich dieses Spiel nicht durchdacht.

22

LONDON

Die aufflackernde Hitze in Kavners Augen zu sehen, erregte mich.

Zum ersten Mal dachte ich nicht an Konsequenzen und Regeln. Ich hatte einfach nur Spaß.

Er räusperte sich. „Die kleine geschnitzte Blume oben links dreht sich im Uhrzeigersinn."

Ich fuhr mit den Fingern über die Blume und drehte sie. Als ein Klicken erklang, drückte ich das Teil nach unten. Der Deckel des Kästchens entfaltete sich zu einer wunderschönen, geschnitzten Blume.

Meine Lippen öffneten sich. „Sie ist wunderschön."

„Stimmt."

Er schaute mich an. Mein Herz pochte heftig. Hatte mich schon einmal ein Mann so angeschaut?

„Es ist eine Lilie." Ich strich über das Holz. „Meine Lieblingsblume."

Seine Lippen schürzten sich. „Was für ein Zufall."

Nein, das war es nicht. Dieser Mann wusste alles.

„Ich habe noch eine weitere Rätselschachtel für dich."

Ich stellte die Blume auf den Tisch und musterte seine Hände. „Wo?"

Er lehnte sich zurück und streckte sich auf der Couch aus wie ein König auf dem Thron.

Dieser große, muskulöse Körper war eine Augenweide. Der Wind zerrte an seinem dichten, braunen Haar.

Kavner griff nach seinem Jackett und zog ein kleines, wunderschön verziertes Puzzlespiel heraus, und ich schnappte nach Luft.

Es war exquisit. „Ein Himitsu-Bako. Ich wollte schon immer eins haben." Aber ich wusste, wie teuer sie waren.

Kavner nickte. „Eine japanische Puzzleschachtel aus der Region Hakone."

Auf der Oberseite und den Seiten des Kästchens befanden sich atemberaubende geometrische Intarsienmuster.

Mit einer schnellen Handbewegung war die Schachtel im Nu verschwunden. Offensichtlich hatte er sie irgendwo versteckt.

„Komm und such sie." Es lag ein Hauch von Herausforderung in seiner Stimme.

Ich spürte eine zarte Faser der Verlockung. Das Verlangen war eine heiße Flamme, die in meinem Unterleib brannte. Lexxies Stimme in meinem Kopf sagte mir, ich solle lockerer werden und mich amüsieren.

Ich rutschte über die Couch und rückte näher heran. „Sie ist in der Tasche deines Jacketts."

Er schenkte mir dieses spöttische, wahnsinnig blendende Lächeln. „Vielleicht."

Mit einer ausgestreckten Hand fuhr ich über sein Jackett, das über der Rückenlehne des Sofas lag. Ich runzelte die Stirn. Die Taschen waren leer.

Er starrte mich herausfordernd an. Langsam griff ich hinüber und tätschelte die Vorderseite seines Hemdes. Nichts. Nun, nichts außer festen, warmen Muskeln. Ich ließ meine Hand tiefer gleiten und fuhr schnell über seinen steinharten Bauch. Dann streichelte ich hinunter zu den Vordertaschen seiner Anzughose. Ich vermied es sorgfältig, zu nahe an ... andere Stellen zu kommen.

Keine Puzzleschachtel.

„Wo ist sie?"

„Weißt du, ich war schon immer gut mit meinen Händen." Er hielt etwas hoch. „Vielleicht ist es das, wonach du suchst?"

Ich erkannte, dass es mein Handy war.

„Was? Das ist meins." Ich tippte auf die Tasche meiner Jacke, wo es gewesen war.

Seine dunkelblauen Augen waren voller Humor. „Ich habe auf der Straße gelebt und gelernt, sehr flinke Finger zu haben."

Niemand würde je vermuten, dass der Milliardär Kavner Fury ein geschickter Taschendieb war. Ich schnappte mir mein Handy zurück und drückte ihm eine Hand auf die Brust. Er lächelte, und mein Bauch kribbelte wie wild. Erneut berührte ich ihn, um die Puzzleschachtel zu finden. Mein Atem ging stoßweise. Es war viel zu einfach, sich von all den harten Muskeln ablenken zu lassen. Ich schob eine Hand unter seinen Körper und beugte mich über ihn.

„Oh, ist es das, was du suchst?" Er hielt ein glänzendes Stück silbernes Metall hoch.

Ich holte tief Luft. „Mein Ring. Wie zum Teufel …?" Flink schnappte ich ihn mir. Er hatte ihn von meinem Finger genommen, ohne dass ich es gemerkt hatte. „Ich muss dich vielleicht wegen Raubes verhaften."

Sein Blick blieb auf meinem haften. Ich ließ eine Hand über seinen Bauch gleiten und fühlte die harten Erhebungen unter der superfeinen Baumwolle. *O Gott.* Wie sah er wohl ohne seine Kleidung aus?

Kavners Blick senkte sich und fiel auf meine Brust. Ich holte schnell Luft. Meine teilweise aufgeknöpfte Bluse klaffte auf und gab ihm einen perfekten Blick auf meine Brüste frei.

Als ich meine Hand nach unten und in die Gesäßtasche seiner Hose gleiten ließ, schlossen sich meine Finger um die Puzzleschachtel. Lächelnd legte ich meine andere Hand auf seinen Oberschenkel … und strich über den Rand seines harten Schwanzes.

Er stöhnte auf, und mein Herz klopfte wie wild. Sein Schwanz war voll erigiert und zeichnete sich als langer, breiter Umriss in seiner Anzughose ab.

Ich schluckte und hielt die Schachtel hoch. „Hab sie gefunden."

„Ja, das hast du. Und was jetzt?"

„Ich bin nicht in der Stimmung für ein Rätsel." Mit diesen Worten ließ ich die hübsche Schachtel auf den Tisch fallen.

Ein Knurren entfloh ihm. „Was willst du dann, London?"

Ich leckte mir über die Lippen und schlug alle Vorsicht in den Wind. „Dich."

Mit einem weiteren Knurren rappelte er sich auf. Bevor ich mich versah, fand ich mich auf dem Rücken auf der Liege wieder. Kavner öffnete die restlichen Knöpfe meiner Bluse, und sein Mund schloss sich über einer meiner Brüste, mit Spitze und allem Drum und Dran.

Ich schrie auf und krümmte mich unter seinem heißen Mund. Meine Hände krallten sich in sein Haar. „*Gott*, Kavner –"

„Ich fühle mich, als hätte ich dich schon immer gewollt." Er wechselte zur anderen Brust, knabberte und saugte. „Du hast mich verrückt gemacht." Aus den Augenwinkeln sah er mich an. „Ich kann an nichts anderes mehr denken als an dich. Dich zu berühren, zu küssen, mit dir zu reden. Dich dazu zu bringen, für mich zu lächeln." Er senkte seinen Kopf und küsste meinen Bauch.

Ich wölbte mich wieder, das Verlangen in mir brannte heiß und lodernd. Erregte Lust erfüllte mich, machte mich gierig und nervös.

Dann rutschte er zurück und schob meinen Rock bis zu den Hüften hoch. „Ich muss dich schmecken."

Ein harter Druck stieg in meinem Unterleib auf.

Er senkte seinen Kopf zwischen meine Beine und knabberte dann an meinem Innenschenkel. Ich zuckte zusammen, aber seine großen Hände hielten mich fest.

Flink schob er mein Höschen beiseite und legte seinen heißen Mund auf meine hungrige Pussy.

Meine Schreie hallten durch die Luft. Ich war verdammt froh, dass niemand in der Nähe war, aber ich war mir nicht ganz sicher, ob es mir etwas ausgemacht hätte, wenn es so gewesen wäre.

Kavner leckte und saugte. Seine Zunge stach in mich hinein, und ich konnte kaum noch atmen. Meine Finger zerrten an seinem Haar, und ich starrte in den blauen Himmel. Dann fand er meinen Kitzler.

Meine Gedanken zerstreuten sich, doch der Mann war ein sinnlicher Folterknecht. Sein geschickter Mund bewegte sich, er leckte mich, dann wechselte er zwischen Saugen und Lecken ab. *Heilige Scheiße.* Er ließ ein leises, lustvolles Knurren gegen meine geschwollene Haut ertönen und genoss eindeutig alles, was er mit mir tat.

Meine Hüften schaukelten gegen ihn, und ich schnappte nach Luft. „Kav –"

„Ich kann es nicht erwarten, dass du auf meinem Mund kommst, London. Ich kann es nicht erwarten, es zu fühlen, zu schmecken, zu hören."

Mit einem Stöhnen hob ich meine Hüften an, auf der Suche nach mehr. Der Druck in mir wurde immer stärker.

Seine Hände glitten unter meinen Arsch, kneteten meine Pobacken, dann saugte er an meinem Kitzler.

Alles zersplitterte. Ich schrie seinen Namen und zerrte an seinem Haar, als der Orgasmus mich durchzuckte. Das Gefühl der Lust war heiß, fast schmerzhaft, und ich genoss es in vollen Zügen.

Dann erschlaffte jeder Muskel in meinem Körper, und ich war kaum noch in der Lage, zu denken. Mein Atem kam in kurzen, flachen Stößen.

Er hob den Kopf, ein selbstzufriedenes Lächeln auf seinen glitzernden Lippen.

Ich starrte ihn an und wünschte mir, ihn ebenfalls so zu erregen. Ihn vor Vergnügen verloren sehen.

Langsam setzte ich mich auf und stieß ihn zurück.

Er sank zurück in die Kissen. „London –"

„Ich bin dran." Ich hob ein Kissen auf und ließ es auf den Steinboden fallen, rutschte von der Couch und kniete mich zwischen seine Beine. Mir war bewusst, wie unanständig wir aussahen – unsere Kleidung war verrutscht und wir waren hungrig vor Verlangen –, aber ich sah nur die Hitze in seinen Augen.

Er gehörte mir.

Ich wollte ihn berühren und schmecken.

Langsam griff ich nach seinem Gürtel und riss ihn auf, bevor ich seine Anzughose herunterzog. Darunter trug er schwarze Boxershorts, die seinen erigierten Schwanz kaum verbargen.

Er stöhnte auf. *„London."*

„Ich bin dran, Mr. Fury." Sanft befreite ich seinen langen, dicken Schwanz. Er war genauso schön wie der Rest von ihm. Ich legte meine Hand um den Ansatz, streichelte ihn und beobachtete, wie sich die Muskeln in seinen Schenkeln anspannten. Sein Schwanz fühlte sich wie warmer Stahl an.

Während ich ihn streichelte, genoss ich das laute Stöhnen, das er von sich gab.

Ich beugte mich vor und ließ meinen Atem über die Spitze seines Schwanzes strömen. Er gab einen weiteren rauen Laut von sich, dann schlang ich meine Lippen um sein hartes Teil.

„Scheiße. *Verdammt.*"

Ich saugte an ihm, glitt tiefer, kostete es aus, seinen dicken erregten Schwanz in meinem Mund zu haben. Er nahm mein Haar in eine Hand, und seine Atmung wurde schwerer.

„Gott, Baby, ja." Seine Stimme war tief und rau.

Konzentriert glitt ich an ihm hinauf und zeichnete mit meiner Zunge eine pulsierende Ader nach. Ich spürte, wie er zusammenzuckte und leise vor sich hin murmelte. Mit leicht erhobenem Kopf lächelte ich ihn an. Tatsächlich genoss ich es, diesem Mann Freude zu bereiten, ihn zu brechen.

Ich fand einen Rhythmus, der mir passte, entspannte mich, um ihn tief in meinen Mund zu nehmen, und spannte dann meine Backen an, um einen Sog zu erzeugen, der ihn verrückt zu machen schien.

„Gott, *London.*" Seine Stimme war gutural. „Ich bin nah dran."

Vorsichtig nahm ich ihn tiefer auf und konzentrierte mich darauf, ihn kommen zu lassen. Er holte hörbar Luft. Als ich aufsah, merkte ich, dass sein lustgetränkter Blick auf mein Gesicht gerichtet war.

„Scheiße, ich liebe es zu sehen, wie sich deine Lippen um meinen Schwanz spannen."

Mein Bauch war heiß vor Lust, und ich rieb meine Schenkel aneinander. Ich war gerade gekommen, aber das Saugen an Kavners Schwanz ließ meine Erregung wieder aufflammen.

Eine Sekunde später krallten sich seine Finger in mein Haar. *„London.“*

Ich saugte noch fester, dann gab er einen tiefen Laut von sich und sein Körper zuckte. Er stieß ein wenig tiefer und explodierte in meinem Mund. Als sein Sperma auf meine Zunge floss, schluckte ich alles herunter.

Ein wenig benommen krallte ich meine Hände in seine Oberschenkel.

Mit einem Plopp zog er sich aus meinem Mund zurück.

„Komm her.“ Er zog mich an seinem Körper hoch, berührte mein Gesicht, strich mit dem Daumen über meine geschwollenen Lippen und drückte dann mein Gesicht an seinen Hals.

Wir lagen da, beide aneinander gekuschelt, und holten Luft.

Mit einem Finger neigte er mein Kinn nach oben. Sein Kuss war sanft und erfüllt von … Ich war mir nicht sicher, was, aber mein Bauch flatterte nervös.

Ein Handy klingelte.

Diesmal stöhnten wir beide auf.

„Das ist meins“, sagte ich. „Arbeit. Ich brauche …“

„Nimm es.“ Er rieb seinen Daumen an meinem Kiefer entlang. „Ich verstehe.“

Ich setzte mich auf, griff nach meinem Handy und zog meine Bluse zu. „Coleman.“

„London.“ Es war Viv. „Der Chef hat in etwas mehr als einer Stunde eine Lagebesprechung einberufen. Er befindet sich auf dem Kriegspfad.“

Seufzend schloss ich die Augen. „Ich bin auf dem Weg. Ich habe eine vielversprechende Spur. Zum Accosta-Kartell."

„Wirklich?" Vivs Stimme wurde schärfer. „Hast du Beweise?"

„Noch nicht, aber ich werde nicht aufhören, bis ich welche habe."

„Du bist eine verdammt gute Ermittlerin, London. Wir sehen uns."

„Wenn ich mich verspäte, musst du vielleicht für mich übernehmen."

„Klar, ich halte dir den Rücken frei."

Ich legte das Handy beiseite und sah Kavner an. „Ich muss zurück."

Er beugte sich vor und knöpfte meine Bluse wieder zu. Anschließend nahm er sich einen Moment Zeit, um mit seinen Fingerknöcheln sanft über mein Schlüsselbein zu streichen. Ich erschauderte. Es war eine so einfache Berührung, aber sie fühlte sich so intim an.

„Bringen wir dich zurück in die Stadt."

„Kavner." Ich ergriff seine Hand. „Ich bin mir da nicht sicher. Was dich und mich angeht."

Bei meinen Worten erstarrte er, und ein Muskel kribbelte in seinem Kiefer. „Weil du denkst, dass ich ein Krimineller bin?"

„Nein." Ich vermutete, dass Kavner das Gesetz beugen konnte, wenn es ihm passte, wenn er glaubte, das schützen zu müssen, was er als sein Eigentum betrachtete. Aber er wusch ganz sicher kein Geld für die Kartelle.

Seine Hand berührte meine Wange. „Du bist dir

nicht sicher, weil dir die Intensität dieser Sache ein wenig Angst macht?"

Ich nickte.

„Da bist du nicht allein." Er drückte mir einen schnellen Kuss auf den Mund. „Wir kriegen das schon hin. Wir werden gemeinsam sehen, wo uns das hinführt."

23

LONDON

„Ich will Ergebnisse sehen, Leute." Special Agent Keegan schlug mit der Faust auf den Tisch des Konferenzraums. „Wir haben seit Wochen nichts als Fehlschläge erlebt, und ich bin es wirklich leid. Auf eine unserer Agentinnen wurde schon geschossen, aber wir haben immer noch keine Antworten."

Das Meeting heute Morgen war im Wesentlichen eine Wiederholung der Besprechung von gestern Nachmittag. Ich fummelte mit meinem Stift herum. Keegans Frustration war verständlich.

Seine Augen musterten den Raum. „Ich glaube langsam, dass derjenige, hinter dem wir her sind, uns zu leicht einen Schritt voraus ist."

Ich hob die Brauen. „Sie glauben, wir haben eine undichte Stelle, Sir?"

Keegan verschränkte die Arme vor der Brust. „Das ist eine verdammt gute Möglichkeit."

Gott, das ergab Sinn. Die Untersuchung war von Anfang an ins Stocken geraten.

Vielversprechende Kontakte waren verschwunden, andere hatten ihre Aussagen geändert. Ich hasste die Vorstellung, dass jemand in diesem Raum uns verraten haben könnte.

„Sir." Toby erhob sich von seinem Stuhl. Amy neben ihm wirkte erschüttert. Die anderen Agenten runzelten alle die Stirn. „Jeder hier hat viele Stunden in diese Ermittlungen investiert. Ich habe keine Anzeichen dafür gesehen, dass da jemand gegen uns arbeitet."

„Dann lassen Sie uns hoffen, dass ich falschliege." Keegan nickte. „Und jetzt gehen Sie und finden Sie diese verdammten Geldwäscher."

Ich erhob mich und beäugte Keegan misstrauisch. Normalerweise war er ziemlich entspannt, aber heute war das Gegenteil der Fall.

Viv lehnte sich nah zu mir. „Anscheinend bekommt er Druck von ganz oben."

„Klar." Wir verließen den Konferenzraum. „Glaubst du, wir haben eine undichte Stelle?"

Vivs Gesicht wurde ernst. „Ich hoffe nicht."

Wenn ich ehrlich war, hatte ich dem Meeting nicht meine volle Aufmerksamkeit geschenkt. Mein Körper war noch ganz aufgewühlt von meinem gestrigen Mittagessen mit Kavner.

Der beste Orgasmus, den ich seit Langem gehabt hatte, kribbelte immer noch in mir. Ganz zu schweigen von der Tatsache, dass ich Kavners Schwanz gelutscht hatte. Mein Bauch machte einen wilden Sprung.

Gott, mitten im Büro war *nicht* der richtige Ort, um darüber nachzudenken.

„London, geht es dir gut?" Viv musterte mich. „Du bist ganz schön rot."

„Ja, alles gut." Ich ging zurück zu meinem Schreibtisch. Mittlerweile hatte ich meine Fühler nach Cade Benard und Platinum Export ausgestreckt. Ich war dankbar, dass Kavner seinen Namen herausgefunden hatte. Mit den Fingern trommelte ich auf die hölzerne Oberfläche meines Schreibtischs. Natürlich brauchte ich noch einen handfesten Beweis, um Platinum Holdings und Platinum Export mit dem Accosta-Kartell in Verbindung zu bringen.

Bevor Agent Keegan einen Schlaganfall bekam.

Ich war kurz davor. Das konnte ich spüren.

Mein Handy klingelte, und ich nahm den Hörer ab. „Coleman." Es war kein Ton zu hören, nur ein röchelnder Atem.

Ich lehnte mich in meinem Stuhl zurück. „Hallo? Haben Sie Informationen für mich?"

Ein nervöses Schlucken erklang. „Gebiet siebenundzwanzig. Hafen von New Orleans. Fahren Sie dorthin, sofort." Wieder ein rauer Atemzug. „Sie werden finden, was Sie brauchen, bei Platinum Export."

Die Leitung war tot.

Wer war das? Adrenalin schoss durch mich hindurch. Irgendetwas ging gerade vor sich.

Vielleicht wurden Waren verschoben? Vielleicht war Cade Bernard dort? Verdammt, vielleicht konnte ich tatsächlich einige Mitglieder des Accosta-Kartells auf frischer Tat ertappen?

Oder vielleicht war es gar nichts.

Zu viele Hinweise waren erfolglos geblieben. Ich musste vorsichtig sein.

Ich erhob mich und machte mich auf den Weg zu Vivs Büro. „Ich bin auf dem Weg zum Hafen, um eine Spur zu verfolgen."

„Soll ich mitkommen?"

„Nein. Mein Gefühl sagt mir, dass es wahrscheinlich nichts ist, aber ich muss es überprüfen."

„Viel Glück."

Schnell ging ich nach unten, um nach einem freien Dienstwagen zu suchen, als mein Handy wieder klingelte. „Coleman."

„Agent Coleman, hier ist Ted, vom Eingangstor. Jemand hat gerade Ihr Auto abgestellt."

„Meinen Privatwagen?"

„Ja."

Ich blinzelte. „Okay. Ich bin auf dem Weg."

Als ich aus dem Eingangstor trat, fiel mein Blick auf meinen roten Honda Civic. Meinen *makellosen* Civic.

Ich umkreiste ihn. Es gab keine Einschusslöcher, die Scheiben waren intakt, und er sah aus, als hätte er einen neuen Satz Reifen bekommen. Als ich ihn aufschloss, sah ich ein gefaltetes Stück Papier auf dem Beifahrersitz.

Mit den Fingern schnappte ich es und klappte es auf.

Gern geschehen, Agent Coleman. Fahr vorsichtig.

~K

Ich schloss meine Augen. Im Moment wusste ich nicht, ob ich verärgert oder dankbar sein sollte. Also steckte ich den Zettel in die Mittelkonsole und entschied mich für ein bisschen von beidem.

Ich würde mich später mit Mr. Fury darüber unterhalten, dass er herrisch war und Dinge tat, ohne zu fragen.

Schließlich fuhr ich zum Hafen und versuchte, mir keine allzu großen Hoffnungen wegen dieser Spur zu machen. Mein Auto war noch nie so gut gefahren, und ich hatte den Verdacht, dass eine Menge Arbeit dahintersteckte.

Als ich mich dem Hafen von New Orleans näherte, betrachtete ich die Weite des Mississippi. Ich sah Portalkräne, die hoch in den Himmel ragten, und Reihen von gestapelten Schiffscontainern.

Ein gelangweilter Sicherheitsbeamter am Tor kontrollierte meinen Ausweis. Gott, war der jung und unerfahren.

„Der Bereich Siebenundvierzig liegt rechts. Ziemlich ruhig da draußen. Platinum Export hat ein kleines Büro auf der anderen Seite dieser Container." Der junge Mann zuckte mit den Schultern. „Man sieht dort eigentlich nicht wirklich oft jemanden."

„Danke." Langsam fuhr ich hinein und folgte den Schildern zum richtigen Ort. Ich parkte meinen Civic neben einigen dreifach gestapelten Frachtcontainern. Als ich ausstieg, hörte ich den leisen Klang eines Schiffshorns. Mein Handy vibrierte, und ich holte es aus meiner Tasche.

Es war eine Textnachricht von Kavner.

ICH HOFFE, *du hast einen Guten Tag, Agent Coleman vom Finanzministerium.*

Ich kniff die Augen zusammen und tippte.

Bin damit beschäftigt, die bösen Jungs zu schnappen.

Kling spannend. Ich habe letzte Nacht von dir geträumt.

Alles in mir zog sich zusammen.

Ich habe auch an dich gedacht.

Echt? War es heiß?

Nein. Ich habe dich wegen deiner Selbstherrlichkeit angeschnauzt.

Es gab eine kurze Pause.
Dein Auto wurde gebracht.

Ja. Du hattest kein Recht, es reparieren zu lassen, ohne mit mir zu reden.

Du hast recht. Tut mir leid.

Sei nicht so herablassend. Und ich weiß, dass du mehr hast machen lassen als nur Karorresseriearbeiten.

Ich wollte nur etwas für dich tun und dir helfen. Wenn man Hilfe bekommt, bedankt man sich normalerweise, London.

Ich atmete tief aus und sah zum Himmel.

Danke.

Gern geschehen. Ich muss in ein Meeting. Es wird lang und langweilig werden. Pass auf dich auf.

ICH HATTE mich mit einem Milliardär eingelassen, den ich einst für meinen Feind gehalten hatte. Nervös kaute ich auf meiner Unterlippe. Was mir wirklich gefiel, waren die Einblicke in den Mann unter der polierten Fassade. Einen, von dem ich vermutete, dass er ihn nicht vielen Leuten zeigte.

Keine Zeit für Tagträume über Kavner. Ich steckte mein Handy weg und ging zwischen einer Reihe von Containern hindurch. Im Moment musste ich mich auf meine Arbeit konzentrieren.

In der Nähe waren keine Geräusche zu hören, nur das entfernte Dröhnen der Maschinen am geschäftigen Ende des Hafens. Ich hielt inne. In der Ferne konnte ich Stimmen hören, aber sie waren leise und undeutlich.

Ich fand das Büro von Platinum Export in einem umgebauten Schiffscontainer. Die Tür war verschlossen, und als ich durchs Fenster spähte, sah ich einen staubbedeckten Schreibtisch. In letzter Zeit war niemand drinnen gewesen, aber es gab frische Reifenspuren in der Nähe. Jemand war hier draußen gewesen.

Vorsichtig schlenderte ich zu einigen der Container hinüber. Jeder Einzelne war mit großen Vorhängeschlössern verschlossen.

Es gab keine Anzeichen für Schmuggel oder kriminelle Aktivitäten. Es sah so aus, als wäre mein anonymer Tipp ein Reinfall gewesen. Ich bog um die Ecke der Container.

Der Angriff kam aus dem Nichts.

Ein großer Körper rammte mich, und ich stolperte. Ich versuchte mich umzudrehen, aber er war schon wieder auf mir.

Eine harte Hand packte mich im Nacken. Ich wurde mit dem Gesicht voran gegen die Seite des Containers gerammt.

Schmerzen schossen durch meinen Kopf, und ein erstickter Schrei entwich mir.

Mein Angreifer schob sich hinter mich, und ich merkte, dass er verdammt groß war.

Adrenalin schoss durch meinen Körper. Ich rammte meinen Ellbogen zurück und traf auf einen festen Muskel. Der Kerl schleuderte mich mit dem ganzen Körper gegen den Container und hielt mich dort fest.

Sein heißer Atem streifte meinen Nacken, und meine Haut kribbelte.

„Ich habe dir gesagt, du sollst dich aus unseren Angelegenheiten raushalten", knurrte er. „Eine Kugel war wohl nicht Warnung genug."

Mein Magen krampfte sich zusammen. Es war der Mann, der beim Auktionshaus auf mich geschossen hatte.

Blut gefror in meinen Adern. Er hatte mich hierhergelockt. „Eine Bundesagentin anzugreifen, ist ein Verbrechen."

Er grunzte, als ob ihn das nicht interessierte. Wut stieg in mir auf, und ich stampfte mit dem Fuß auf seinen. Jetzt fluchte er.

Aber meine Genugtuung währte nicht lange. Ein schwerer Schlag traf mich im unteren Rücken. O *verdammt, das hat weh getan.* Ich biss die Zähne zusammen, rammte meinen Ellbogen zurück und hörte ein schmerzhaftes Grunzen.

Schnell wirbelte ich herum. Das Gesicht meines Angreifers war von einer schwarzen Sturmhaube verdeckt. Ich versuchte, ein paar Schläge zu landen, aber er war zu groß und stark. Er wehrte meine Arme einfach ab.

Erneut griff ich ihn an, aber er stieß mich gegen einen Container. Mein Hinterkopf prallte am Metall ab. Der nächste Schlag traf mich in den Bauch, dann in die Seite. Der Schmerz explodierte überall, und ich stöhnte.

Ich muss weg. Ich muss verschwinden.

Mit einer schnellen Drehung wich ich zur Seite aus. Der Typ packte mich an den Haaren und riss meinen Kopf nach unten. Ich sah, wie er sein Knie nach oben rammte.

Nein. Ich drehte meinen Kopf gerade noch rechtzeitig zur Seite. Sein Knie verfehlte meine Nase, traf aber die Seite meines Kopfes, sodass mein Schädel vibrierte und meine Ohren klingelten. Eine Sekunde lang verschwamm meine Sicht.

Verdammt!

Als Nächstes schubste er mich nach hinten. Ungelenk schlug ich hart mit dem Kopf auf dem Boden auf. Ich rollte mich ab, dann knallte ein Stiefel in meine Körpermitte.

Schmerz. Alles, was ich fühlte, war Schmerz. Alles war verschwommen.

Keuchend blieb ich auf dem Boden liegen und wartete auf den nächsten Schlag. Ich spürte, wie er sich neben mich kauerte. Als ich versuchte, mich zu bewegen, spielte mein Körper nicht mit.

Ich sah eine blasse Hand und eine Tätowierung auf seinem Unterarm. Ein Totenkopf mit seelenlosen Augen.

„Und jetzt halte deine Nase aus den Angelegenheiten anderer heraus. Und übrigens, einer von euren Leuten hat dich verraten." Ein leises Lachen ertönte. „Wir haben unseren eigenen, persönlichen Bullen." Als er wegging, hörte ich, wie seine Stiefel auf dem Kies knirschten.

Ich lag da und kämpfte gegen die Bewusstlosigkeit an. Ich konnte nicht ... aufgeben.

Doch als ich versuchte, mich aufzusetzen, schluchzte ich vor Schmerz. Ich schaffte es, auf Hände und Knie zu klettern. Übelkeit überkam mich.

Verschwinde. Bring dich in Sicherheit.

Ich konnte nicht klar denken, aber ein Bild füllte meinen Kopf.

Kavner.

Kavner lächelte mich an. Er berührte mein Haar und ließ eine Hand über meine Hüfte gleiten.

Seine Geste beruhigte mich. *Kavner.* Ich musste zu Kavner.

Ich hatte mich immer auf mich selbst verlassen, aber im Moment wollte ich einfach nur zu ihm.

An einem Container festhaltend, schaffte ich es, mich aufzurichten. Ich taumelte vorwärts.

Geh zum Auto und fahr zu Kavner.

Blut rann mir übers Gesicht. Alles tat weh.

Du bist in Ordnung. Du wirst wieder gesund. Irgendwie schaffte ich es zu meinem Wagen. Ich brauchte drei Anläufe, um meinen Schlüssel zu drücken und ihn aufzuschließen. Als die Schlösser piepten, merkte ich, dass meine Hand blutverschmiert war. Ich rutschte hinters Lenkrad und stöhnte angesichts der Qualen.

Mit einem Biss auf die Lippen versuchte ich, mich zu konzentrieren. Nach mehreren Versuchen gelang es mir, den Motor zu starten, und ich klammerte meine Hände mit einem Todesgriff ums Lenkrad.

Es gab keinen anderen Gedanken in meinem Kopf außer Kavner. Er war der Einzige, dem ich vertrauen konnte.

Irgendwie schaffte ich es, aus dem Hafen zu fahren. Meine Finger umklammerten das Lenkrad so fest, dass meine Knöchel weiß wurden. Ich stöhnte auf. Alles in meinem Körper pochte.

Ich winkte dem Wachmann nicht zu, als ich durchs Sicherheitstor fuhr.

Irgendwie schaffte ich es auf die Straße. *Einfach fahren. Zu Kavner fahren.* Es war kein Platz für andere Gedanken.

Die Fahrt zum Warehouse District fühlte sich an, als würde sie ewig dauern. Endlich sah ich den Ignis Tower vor mir und schluckte einen Schluchzer herunter. *Kavner.*

Ich hielt schräg vor dem Gebäude an, und mein Auto stand schief. Taumelnd stürzte ich aus dem Wagen und schaffte es bis zur Eingangstür der Lobby.

„O mein Gott!", rief eine Frau. „Geht es Ihnen gut?"

Unsicher schritt ich hinein. „Ich brauche Kavner. Bitte."

„Miss?" Ein Sicherheitsbeamter in Uniform kam stirnrunzelnd herüber.

„Kavner. Ich brauche ihn. *Sofort*."

Der Wachmann nahm meinen Arm. „Wir werden das in Ordnung bringen."

Ich biss mir auf die Lippe. „*Bitte*. Ich brauche ihn."

24

KAVNER

Ich saß am Ende des Konferenztischs und hatte die Hände über dem Kopf zusammengeschlagen, während mein CFO Nathan seine Präsentation über eine mögliche Übernahme hielt.

Die Finanzdaten hatte ich mir bereits angesehen. Es war ein gutes Geschäft, und es passte gut zu meinem Unternehmen.

Die Tür des Konferenzraums öffnete sich. Max, mein Sicherheitschef, stand mit ernster Miene da.

Ich richtete mich auf und hob eine Hand, um Nathan zum Schweigen zu bringen.

„Max?"

„Tut mir leid, dass ich störe, Sir." Mein Sicherheitschef kam näher und senkte seine Stimme.

„Da ist eine Frau in der Lobby. Sie fragt nach Ihnen. Sie ist blutüberströmt und wurde offensichtlich geschlagen. Ich habe bereits einen Krankenwagen gerufen."

Mir wurde kalt ums Herz. „Wie ist ihr Name?"

„Das wollte sie nicht sagen. Sie ist nicht ganz bei

Sinnen, aber ... ich glaube, es ist die Agentin des Finanzministeriums, die hierherkam ...“

London. Ich schoss von meinem Stuhl auf und
verließ im Laufschritt den Sitzungssaal.

„Wo ist sie?“ Ich drückte auf den Aufzugsknopf.

„Im Sicherheitsbüro in der Lobby.“

Ich betrat den Aufzug, und Max folgte mir. Als er
nach unten fuhr, wünschte ich mir, dass er sich schneller
bewegte. Mein Kiefer fühlte sich so eng an, dass es
schmerzte. „Ist sie verletzt?“

Max' Gesicht verhärtete sich. „Ja.“

„*Verdammt.*“ Mein Herz schlug hart in meiner Brust.
Ich versuchte, ruhig zu bleiben, aber es war unendlich
schwer. Meine Hände ballten sich zu Fäusten, und ich
kämpfte um meine Beherrschung.

Die Etagen verstrichen langsam, und bevor sich die
Türen ganz öffneten, schlüpfte ich seitlich heraus und
schritt durch die Lobby.

Eine kleine Gruppe von Mitarbeitern stand in der
Nähe der Tür zum Sicherheitsbüro.

„Aus dem Weg.“ Ich schob mich hindurch.

Und sah sie.

Mein Herz sank.

Sie war blutverschmiert, eine Gesichtshälfte war
geschwollen, und ihr Haar hing lose herab.

„London. *Scheiße.*“

Meine Wut war heißer als alles andere, was ich
seit Jahren, nein Jahrzehnten, gefühlt hatte. Sie fegte
durch mich hindurch und verbrannte mein Inneres zu
Asche.

„Kavner.“ Ein Schluchzen entkam ihr.

Ich ging zu der Ledercouch hinüber, auf der sie saß, und ließ mich vor ihr auf die Knie fallen.

„Verdammt." Sanft berührte ich ihr Gesicht.

Sie gab einen weiteren Laut von sich, der mir das Herz brach.

Ich setzte mich auf die Couch und zog sie in meine Arme. „Du bist jetzt in Sicherheit."

Schluchzend drückte sie ihr Gesicht an meinen Hals, ihre Hände klammerten sich an mein Hemd.

„Niemand wird dir mehr wehtun." Ich wiegte sie. Wer auch immer sie angefasst hatte, würde dafür bezahlen. Dafür würde ich sorgen. „Erzähl es mir." Ich streichelte ihr übers Haar.

„Ich bekam einen anonymen Hinweis. Ich sollte zum Hafen fahren." London schluckte. „Ich wurde in eine Falle gelockt."

Angestrengt schluckte ich einen Fluch hinunter, und meine Hände legten sich auf ihren Körper. Sie war geschlagen worden. Welche anderen Verletzungen hatte sie, die ich nicht sehen konnte?

„Es war derselbe Mann, der bei Brennan Auction auf mich geschossen hat."

Wer auch immer er war, er hatte sein Todesurteil unterschrieben, aber eigentlich wollte ich wissen, für wen er arbeitete.

„Es ist okay."

„Ich habe sein Gesicht nicht gesehen." Sie holte tief Luft. „Er hat ein Totenkopf-Tattoo auf dem Unterarm."

„In Ordnung. Wir kümmern uns später um ihn."

„Kav, da ist noch mehr." Sie hob ihren Kopf.

Ich hasste es, das Blut und die Schwellungen in ihrem schönen Gesicht zu sehen.

„Er sagte, jemand aus meiner Task-Force hätte mich verraten."

Jetzt wurde meine Wut eiskalt. „In Ordnung. Wir können das später herausfinden. Entspann dich jetzt einfach. Du musst ärztlich untersucht werden."

„Kavner." Max tauchte wieder auf. „Der Kranken-wagen ist da."

Ich nickte. „Wir müssen dich ins Krankenhaus bringen."

„Nein –"

„Doch, London. Ich weiß, du magst keine Kranken-häuser, aber du bist verletzt. Die Ärzte müssen nach inneren Blutungen suchen ..." Ich holte tief Luft.

Sie biss sich auf die Lippe. „Bleibst du bei mir?"

„Jede Sekunde."

Sie nickte, und ich hob sie in meine Arme. Meine Mitarbeiter sahen zu, wie ich sie hinaustrug. Es würde Gerede geben, aber das war mir scheißegal.

Ich trat vor mein Gebäude und sah, wie die Sanitäter eine Trage aus ihrem Wagen zogen.

„Kavner." Sie packte mich an den Schultern.

„Ich verlasse dich nicht. Ich verspreche es."

———

ICH SASS auf einem unbequemen Stuhl neben dem Krankenhausbett. London schlief.

Die Ärzte hatten sie untersucht, sie gesäubert und ihr Gesicht gekühlt. Wir warteten nur noch auf die Ergebnisse der Ultraschalluntersuchung, um festzustellen, ob sie eine Gehirnerschütterung hatte. Glücklicherweise hatte sie keine inneren Blutungen.

Aber ich hatte einen Blick auf die blauen Flecken auf ihrem Bauch erhascht. Meine Hände gruben sich in meine Oberschenkel. Das Arschloch hatte sie schwer verprügelt.

Er war so gut wie tot.

Sie rührte sich.

„Hey." Ich streckte meine Hand aus und nahm ihre Hand.

Ihre Augen flatterten auf, und ihr Mund verengte sich. „Ich will hier raus."

Das hatte sie schon oft gesagt.

„Sobald wir deine Scan-Ergebnisse haben."

„Es geht mir *gut*."

„Da du keinen Doktortitel hast, ist das nicht deine Entscheidung."

Sie setzte einen sturen Gesichtsausdruck auf, aber mein Blick war zu sehr damit beschäftigt, die Schrammen, Schwellungen und blauen Flecken zu betrachten. Ich hasste es, sie zu sehen. Ich strich ihr Haar zurück, und ihre Augen schlossen sich für eine Sekunde.

„Kav, bitte bring mich hier raus", flüsterte sie.

Mein verdammtes Herz zog sich zusammen. „Das werde ich, meine liebste Agentin. Ich verspreche es. Sobald der Arzt dir sein Okay gibt."

Sie stieß einen tiefen Seufzer aus.

„Ruh dich jetzt aus." Ich küsste sie auf den Scheitel.

Zum Glück schlief sie wieder ein. Ich hielt weiterhin ihre Hand und streichelte ihr Handgelenk. Der gleichmäßige Rhythmus ihres Pulses beruhigte mich zwar, aber etwas Dunkles regte sich in mir.

Sie hätte einen Hirnschaden davontragen können. Sie hätte getötet werden können.

„Kavner?"

Ich drehte mich um und sah Reath in der Tür stehen. Sein Gesicht war starr und ernst.

Ich hob mein Kinn an. „Hey."

„Wie gehts ihr?"

Tief einatmend antwortete ich: „Sie sagen, es sieht schlimmer aus, als es ist. Dass sie Glück gehabt hat. Die Rippen sind geprellt, und sie ist mit Blutergüssen übersät. Aber es ist nichts gebrochen." Ich lachte dunkel. „Ja, sie hatte *so ein* Glück, dass man ihr die Scheiße aus dem Leib geprügelt hat."

Reath musterte sie. „Sieht aus, als hätte sie sich gewehrt. Sie ist zäh."

„Das ist sie." Soweit ich das beurteilen konnte, war London Coleman von dem Moment an, als ihr Vater im Gefängnis gelandet war, gezwungen worden, hart zu sein.

Dieser Scheiß war vorbei. Und zwar ab sofort.

Vielleicht gefiel es ihr nicht, aber ich würde mich verdammt noch mal einmischen.

„Wo zum Teufel war der Kerl, den du auf sie hast aufpassen lassen, Reath?"

Ein Muskel im Kiefer meines Bruders zuckte. „Er kam nicht durch das Sicherheitstor am Hafen. Er war gerade dabei, einen anderen Weg hineinzufinden, als er sie da raus rasen sah. Er macht sich Vorwürfe, dass sie verletzt wurde."

Ich atmete scharf aus.

„Es tut mir verdammt leid, Kav. Das hätte nicht passieren dürfen."

Es hörte sich so an, als würde sich mein Bruder auch selbst fertigmachen. „Der Schuldige ist das Arschloch, das das getan hat."

„Alle wollten nach euch beiden sehen, aber ich konnte es ihnen ausreden."

„Danke. Sie ist nicht in der Verfassung für Besucher." Ich fuhr mir mit der Hand durchs Haar und starrte auf ihr zerschlagenes Gesicht. „Reath, ich möchte, dass du herausfindest, wer das getan hat. Er hat sie zweimal angegriffen. Er hat keine Skrupel, eine Frau zu verprügeln, egal ob Agentin oder nicht. Das werde ich nicht dulden."

Mein Bruder nickte. „Ich werde mein Team darauf ansetzen."

„Sie sagte, er hat ein Totenkopf-Tattoo auf dem Unterarm."

„Das wird uns helfen, ihn zu identifizieren."

„Der Angreifer hat ihr auch erzählt, dass ein anderer Agent aus ihrer Task-Force sie verraten hat."

Reath murmelte einen Fluch. „Sie könnte immer noch in Gefahr sein."

Ich strich ihr wieder mit der Hand übers Haar. „Sie kommt mit mir nach Hause. Meine Wohnung ist sicher."

Reath nickte. „Ich dachte mir, dass du das sagen würdest."

„Finde ihn, Reath. Und den, der das angeordnet hat." Ich begegnete dem Blick meines Bruders. „Ich werde sie in Sicherheit bringen und dafür sorgen, dass sie bereuen, was sie ihr angetan haben."

25

LONDON

Die Schmerztabletten waren erstaunlich. Ich lehnte mich im Aufzug an Kavner, als er uns zu seinem Penthouse hinaufbrachte.

„Ich *liebe* Schmerztabletten."

Er lächelte auf mich herab, seine Hand fest auf meiner Hüfte. „Ich nehme an, du nimmst sie nicht oft."

„Nein. Ich meide sie, aber diese hier ..." Ich drehte mich zu ihm um und fummelte an dem Knopf seines Hemdes herum. „Du bist so hübsch, Kavner Fury."

Seine Augenbrauen wanderten nach oben. „Du magst diese Schmerztabletten wirklich."

„Ich glaube, ich mag dich auch." Ich runzelte die Stirn. „Ich habe versucht, es nicht zu tun."

Er strich mir die Haare hinters Ohr. „Ist mir aufgefallen. Und damit du es weißt: Ich mag dich auch."

„Ich küsse dich wirklich gern."

Er stöhnte. „Heute wird nicht mehr geküsst."

Ich rückte näher an ihn heran, weil ich seinen Körper einfach liebte. Bei ihm fühlte ich mich sicher. Beschützt.

Das hatte ich bisher noch bei niemandem erlebt. Als mein Vater ins Gefängnis gewandert war und meine Mutter zu kämpfen gehabt hatte, hatte ich erwachsen werden müssen. Meine bequeme, sichere Existenz war mit einem Wimpernschlag zerstört worden.

Aber in Kavs Armen fühlte ich mich wieder sicher.

„Warum küsst du mich nicht?", fragte ich.

„Weil du verletzt bist. Deine Gesichtshälfte ist geschwollen, und du stehst unter dem Einfluss der Schmerzmittel, die dir so gut schmecken." Er strich mir sanft über die Schläfe. „Du musst dich ausruhen."

Ich legte meinen Kopf schief. „Du kümmerst dich doch um mich."

„Ja."

Der Aufzug wurde langsamer, und er führte mich ins Penthouse. Er schaltete das Licht an, dann setzte er mich auf seine Couch.

Ich kuschelte mich in die bequemen Kissen. „Mir wäre es in meiner Wohnung auch recht gewesen."

„Nein." Kavner legte seine Hände auf beide Seiten meines Kopfes und lehnte sich dicht an mich. „Du bist verletzt, und ich kümmere mich um dich. Außerdem bist du in Gefahr. Hier bist du sicher."

Wärme breitete sich in mir aus. „Okay."

Mit einem zufriedenen Nicken richtete er sich auf. „Ich werde dir etwas zu trinken bringen. Ich habe ein paar Sachen aus deiner Wohnung holen lassen."

Wahrscheinlich sollte ich mich darüber ärgern, dass er jemanden in meine Wohnung geschickt hatte, aber im Moment war es mir egal. „Es muss schön sein, Leute zu haben, die Dinge für einen erledigen."

„Ist es auch."

„Das hattest du nicht immer."

Er sah auf und schwieg einen Moment. „Nein. Früher hatte ich gar nichts." Schließlich kam er wieder zu mir, zog mir die Schuhe aus und hob meine Füße auf die Couch. Danach legte er eine Decke über mich.

„Das hat mich gelehrt, zu schätzen, wenn ich etwas Wertvolles in die Hände bekomme. Etwas Kostbares."

Mein Herz machte einen komischen kleinen Sprung in meiner Brust.

Er fuhr mit den Fingerknöcheln über meine unverletzte Wange. „Und jetzt ruh dich aus."

Ich stützte mich auf den Kissen ab und sah zu, wie er sich in die Küche schlich.

„Kannst du deine Ärmel hochkrempeln?", rief ich ihm zu. „Bitte."

Ein sexy Lächeln zierte seine Lippen. Dabei drehte er sich wieder zu mir um und ließ sich Zeit, die Ärmel bis zu den Ellbogen hochzukrempeln und diese straffen Unterarme zu entblößen.

Ich stöhnte fast auf.

Ein paar Minuten später brachte er mir eine dampfende Tasse, und ich schnupperte daran.

„Das ist Kamillentee", erklärte er.

Meine Nase rümpfte sich.

Er lachte leise. „Er ist beruhigend und gut für dich."

Ich nippte daran. Es war nicht das Schlimmste, was ich je getrunken hatte.

Ein Handy klingelte, und er holte seins heraus und ging weg. Ich hörte, wie er mit jemandem murmelte.

Dann kam er zurück und setzte sich neben mich auf die Couch.

„Dein Chef ist auf dem Weg nach oben."

„Agent Keegan?"

„Das Krankenhaus hat ihn kontaktiert."

Ich drückte eine Hand an meine Schläfe und versuchte, zu denken. „Ich muss ihn auf den neuesten Stand bringen."

„Kannst du ihm vertrauen?"

Ich erstarrte. Mein Gehirn war durch die Schmerzmittel träge geworden. Könnte Keegan der Verräter sein? „Er hat mir nie einen Grund gegeben, es nicht zu tun." Mir war plötzlich kalt, und ich wickelte mich enger in die Decke ein.

„Hast du eine Ahnung, wer der Verräter sein könnte?"

Meine Gedanken wanderten zu meinem Team. „Gestern hätte ich noch gesagt, dass ich ihnen allen vertrauen kann."

Kav runzelte die Stirn. „Irgendwelche Auffälligkeiten? Irgendein verdächtiges Verhalten?"

Ich schüttelte den Kopf. „Ich muss darüber nachdenken."

Er nickte, und als der Aufzug läutete, schlenderte er hinüber.

Aus den Augenwinkeln sah ich, wie Keegan ausstieg und Kavner die Hand schüttelte. Das Gesicht meines Chefs war von harten Linien gezeichnet, und als er auf mich zukam, wurde seine Miene noch grimmiger.

„Wie geht es Ihnen, London?"

Die Schmerzen ignorierend, nickte ich. „Das Krankenhaus hat grünes Licht für mich gegeben." Ich wedelte zu meinem Gesicht. „Das wird gut heilen."

„Nehmen Sie Platz, Agent Keegan." Kav wies auf einen Sessel.

Mein Chef setzte sich. „Ihre Spur am Hafen war gefälscht?"

„Ich glaube schon. Jemand wollte mich dorthin locken." Ich beugte mich vor. „Es war derselbe Mann, der auf mich geschossen hat. Er hat mich vor dem Fall gewarnt. Ich bin nah dran, Sir. Und das Accosta-Kartell macht sich Sorgen."

Keegans Kiefer arbeiteten. „Aber wir haben immer noch keine Beweise."

„Nein. Ich dachte, ich würde illegale Aktivitäten am Hafen aufdecken, aber wieder einmal habe ich nichts."

„Außer, dass jemand Sie überfallen hat." Kavner rückte dicht an mich heran.

Mein Chef schwieg einen Moment. „Sie hatten noch nie etwas mit Platinum Holdings oder Platinum Export zu tun, Coleman?"

Meine Augenbrauen huschten nach oben. „Nein. Ich bin im Laufe der Ermittlungen auf beide Unternehmen gestoßen. Ich weiß, dass Cade Bernard mit Platinum Export in Verbindung steht, und mir ist bekannt, dass er Verbindungen zum Accosta-Kartell hat."

Keegans Blick war durchdringend.

„Sir, mein Angreifer hat angedeutet, dass ein Bundesagent ihm hilft. Jemand, der ihn mit Informationen von innen versorgt. Ich vermute, das ist der Grund, warum wir mit unseren Ermittlungen nicht weitergekommen sind. Ich muss leider bestätigen, dass Ihr Verdacht richtig ist."

„Und Sie sind nicht diese Agentin?"

„Was?" Mein Herz schlug wie wild.

Kavner gab einen Laut von sich und drückte mir eine Hand auf die Schulter. „Sie wurde gerade schwer verprügelt. Sie kam blutüberströmt und mit blauen Flecken zu mir."

Keegan hob sein Kinn an. „Ich bin neugierig, warum sie zu Ihnen gekommen ist, Fury, und nicht die Behörden gerufen hat."

„Ich war wie betäubt", erzählte ich. „Meine Gedanken waren völlig verworren."

„Es scheint Beweise dafür zu geben, dass Sie diejenige sind, die Informationen weitergegeben hat, Agent Coleman."

Die Welt geriet unter mir ins Wanken. „Was? Das können Sie nicht glauben. Ich ..."

Ich wusste nicht, was ich sagen sollte.

Eine gute Agentin zu sein, meine Arbeit zu machen, das war ein Teil von mir. Es war etwas, worauf ich stolz war.

„Ich muss dorthin gehen, wohin mich die Beweise führen", erwiderte Keegan unwirsch.

O *mein Gott!* Galle stieg in meinem Hals auf. Mein Boss dachte, ich sei korrupt.

„Das kann doch nicht Ihr verdammter Ernst sein!", schnauzte Kav.

Ich sah zu ihm auf. Er zögerte nicht, er unterstützte mich einfach.

Kavner glaubte mir.

„Ich kenne London noch nicht sehr lange." Kavs Stimme war tödlich kühl. „Aber selbst ich weiß, dass sie keine verdammte Kriminelle ist."

Ich presste meine Lippen aufeinander, und er drückte meine Schulter. Seine Unterstützung war eine Rettungsleine. Ich brauchte sie jetzt, wo ich mich fühlte, als würde ich ertrinken, dringender denn je.

„Ich weiß", meinte Agent Keegan.

Ich blinzelte, noch verwirrter als zuvor. „Was?"

„Ich weiß, wie engagiert Sie sind, Coleman." Er atmete tief ein und aus. „Mir wäre jeder andere Agent unter meinem Kommando als Spitzel für das Kartell lieber als Sie."

Langsam nickte ich. „Warum fragen Sie mich dann?"

„Ich musste Ihre Antwort hören. Und ich muss immer noch nachforschen. Die Vorschriften fordern das."

Ein Gefühl der Verzweiflung durchströmte mich. „Ich verstehe."

„Nun, ich nicht." Kav warf meinem Chef einen finsteren Blick zu.

„Ich muss mich an die Vorschriften halten", verkündete Keegan.

Ein riesiger Kloß bildete sich in meiner Kehle, und ich schluckte. „Können Sie mir sagen, welche Beweise Sie gegen mich haben?"

„Tut mir leid, nein." Keegan erhob sich. „Sie sind beurlaubt, Coleman. Erholen Sie sich, und lassen Sie mich das regeln." Er nickte. „Ich finde schon allein raus."

Ich starrte auf den Boden. Jemand hatte Beweise gefälscht, um mir etwas anzuhängen. Und wenn Keegan nicht beweisen konnte, dass sie falsch waren, würde ich meinen Job verlieren. Man könnte mich vor Gericht stellen.

Es fühlte sich an, als hätte mich etwas innerlich aufgeschlitzt, mich zerrissen und leer zurückgelassen.

Jeder Halt schien verschwunden.

Kavner setzte sich neben mich, und die Couch gab unter seinem Gewicht nach. Er nahm meine Hand. „Das ist doch Blödsinn, London."

Seltsamerweise fühlte ich mich durch die eisige Wut in seiner Stimme ein kleines bisschen besser. Ich ergriff seine Hand.

„Du bist nicht allein", sagte er.

„Okay", murmelte ich.

„Ich bin hier bei dir."

Gott steh mir bei, aber ich glaubte ihm. Ich betete, dass er im Gegensatz zu all den anderen wichtigen Menschen in meinem Leben nicht verschwinden würde, wenn ich ihn am meisten brauchte.

26

KAVNER

„Hier, bitte sehr." Ich reichte London die Pillen und ein Glas Wasser.

Sie schluckte sie wie ein Roboter, als wäre sie in ihren Gedanken versunken und nicht einmal mehr im Raum anwesend.

So war sie, seit der verdammte Agent Keegan seine Bombe platzen gelassen hatte.

Verdammt sei ihr Boss. Er hatte sie in ihren Grundfesten erschüttert, obwohl er glaubte, sie sei zu so etwas nicht fähig.

„Komm, Coleman. Schlafenszeit."

Sie blickte auf, als sie sich von der Couch erhob. Der Anblick ihres geschundenen Gesichts machte mich immer noch wütend.

„Was soll ich nur tun?" Ihr Tonfall war gedämpft. „Sie haben mir den Fall entzogen. Was, wenn sie mich feuern?"

„Das wird *nicht* passieren. Jemand will dich reinlegen."

„Sie könnten mir alles wegnehmen."

Ich packte sie an den Schultern. „Dann lass das nicht zu. Werde wütend. Nichts im Leben ist einfach, London. Man muss für das kämpfen, was einem wichtig ist."

Etwas flackerte in ihren bernsteinfarbenen Augen auf.

Ja, unter dem Schock und der Traurigkeit war meine wilde London immer noch da.

„Willst du diese Person damit davonkommen lassen?", fragte ich. „Und im Gegenzug zulassen, dass das Accosta-Kartell weiterhin fröhlich sein Geld wäscht?"

„Nein."

„Dann benutze deinen fähigen Verstand, um sie zu finden und aufzuhalten."

Ihr Mund verfinsterte sich. „Ich bin den Fall los."

Ich hob eine Braue.

Sie runzelte die Stirn. „Du meinst, ich soll weiter ermitteln?"

„*Wir* werden weiter ermitteln." Ich legte ihr die Hand auf den Kiefer. „Aber jetzt brauchst du erst einmal Ruhe. Ich möchte, dass du etwas schläfst."

Sie nickte, dann griff sie nach meinem Handgelenk. „Danke, Kav."

„Wofür?"

„Dass du da bist." Sie schluckte und sah weg. „Es ist schön, nicht allein zu sein."

Ich berührte ihr Kinn und stupste ihr Gesicht wieder zu mir. „Du bist nicht allein." Tatsächlich würde ich dafür sorgen, dass sie nie wieder allein war.

„Ich habe meine Schwester, aber ich bin für sie da,

nicht andersherum. Ich will sie nicht anrufen und ihr sagen, was los ist. Sie würde sich nur Sorgen machen."

„Ich bin sicher, sie würde dir helfen wollen."

„Sie ist meine kleine Schwester. Ich bin die Ältere."

„Vielleicht traust du ihr nicht genug zu."

Ich nahm Londons Hand und führte sie ins Gästezimmer. Es war in sanften Creme- und Grautönen gestylt. Die Wand hinter dem Bett war mit einem großen Blumengemälde bedeckt.

„Deine Tasche mit deinen Kleidern und Sachen steht dort drüben." Sie stand auf einem Sessel. „Geh duschen und zieh dich um. Ich komme dann wieder, um nach dir zu sehen."

„Danke."

Zurück im Wohnzimmer überprüfte ich mein Handy. Mein Posteingang war voll mit E-Mails. Ich hatte meine Nachmittagstermine verschieben müssen, und mein Assistent war darüber nicht gerade glücklich gewesen. Ich schickte Austin eine Nachricht und bat ihn, mir morgen den Tag freizuschaufeln. Etwas, um das ich ihn, so glaubte ich, noch nie gebeten hatte. Er würde wahrscheinlich einen Herzanfall bekommen.

Ich beantwortete ein paar Nachrichten. Schließlich lebte ich davon, meine zahlreichen Geschäfte zu führen, aber manchmal fiel es mir schwer, abzuschalten.

Dann warf ich einen Blick in den Flur. Ich konnte die Dusche nicht hören – meine Schallisolierung war zu gut –, aber mit meiner Fantasie war alles in Ordnung. Nur zu leicht konnte ich mir Londons glatte braune Haut vorstellen, das Wasser, das über ihre langen Beine und hohen Brüste floss.

Mein Schwanz zuckte, und ich stöhnte.

Sie ist verletzt, du Arschloch.

Und man hatte ihr nicht nur körperlich wehgetan. Unter Verdacht zu stehen, hatte ihr ganz offensichtlich einen emotionalen Schlag versetzt. Das war wohl kaum anders zu erwarten bei jemandem wie ihr.

Ich ging zurück und klopfte an die Tür des Gästezimmers.

„Komm herein."

Sie saß in einem hübschen, silbernen Nachthemd auf dem Bett. Ich zwang mich, nicht darauf zu achten, wie es ihren Körper umspielte. Ihr Blick war fest auf ihre Hände gerichtet.

„London?" Ich trat näher an sie heran.

„Mir gehts gut." Sie setzte ein Lächeln auf, von dem ich wusste, dass es nicht echt war. „Mir geht es immer gut. Ich kämpfe mich durch die Herausforderungen und die schweren Zeiten."

„Diesmal musst du es nicht allein schaffen."

Ein Nicken. „Nochmals danke, Kavner. Gute Nacht."

Ich wollte nicht gehen, aber ich war eindeutig entlassen worden. Sie musste sich ausruhen.

„Schlaf ein bisschen." Es kostete mich alles, was ich hatte, wegzugehen.

Nachdem ich ihr Zimmer verlassen hatte, löschte ich das Licht und schlich durchs Wohnzimmer. Meine Hände ballten sich zu Fäusten. Sie war verletzt, und das hasste ich. Ich wollte es in Ordnung bringen.

Und ich wollte die Person, die ihr wehgetan hatte, dafür bezahlen lassen.

Sie brauchte Ruhe, damit sie heilen konnte. Morgen würde ich ihr helfen, wieder auf die Beine zu kommen.

Aber als ich so dastand, gingen mir Bilder von ihr durch den Kopf, wie sie sich verletzt und blutend zu mir geschleppt hatte. Meine Hände verkrampften sich. Es erinnerte mich an Zeiten, in denen ich geschlagen worden war, in denen einer meiner Brüder verletzt worden war.

Doch ich war kein wehrloses Kind mehr.

Jetzt brauchte ich erst mal einen Drink. Ich schlich mich zu meiner integrierten Bar und schenkte mir einen Whiskey ein.

Danach setzte ich mich auf die Couch und lehnte mich nach vorn, das Glas in den Händen. Ich nippte daran, aber ich schmeckte den Whiskey kaum.

Ich kümmerte mich um das, was mir gehörte, und dazu gehörte jetzt auch London Coleman. Sie konnte stark, klug und unabhängig sein, aber ich würde ihr zeigen, dass Rückendeckung einen nicht schwächte.

Meine Brüder hatten mich stärker gemacht.

Ich hörte ein schwaches Geräusch und sah auf.

Sie stand da und spielte mit ihren Händen. Ihre langen Beine waren unter dem viel zu kurzen Nachthemd nackt.

„Ich kann nicht schlafen. Mir schwirrt zu viel im Kopf herum." Sie ging auf mich zu, nahm mir das Glas aus der Hand und trank einen großen Schluck. Dann stellte sie es auf dem Beistelltisch ab. „Kavner?"

„Ja."

„Nimmst du mich in den Arm?"

Ich zog sie auf meinen Schoß, und sie gab einen leisen Laut von sich.

„Solange du willst, meine liebste Agentin."

Sie stieß einen zitternden Atemzug aus und drückte ihr Gesicht an meinen Hals.

London roch nach Seife, und ich atmete sie ein. Das hatte ich noch nie mit einer anderen Frau gemacht. Abendessen, Partys und Sex, das kannte ich. Aber eine verletzte Frau zu halten, sie zu beschützen und ihre Kämpfe auszufechten, das war neu.

Ich drückte mein Gesicht in ihr Haar und musste zugeben, dass es schön war, eine weiche, warme Frau in meinen Armen zu halten.

„Ruh dich jetzt aus. Ich habe dich."

27

LONDON

Ich wachte auf und blinzelte mit den Augen.

Sofort wusste ich, wo ich war – auf Kavners sehr bequemer Couch.

Das Morgenlicht strömte durch die Fenster. Wir waren auf der Couch eingeschlafen, und ich erinnerte mich vage daran, dass er mich im Arm gehalten und eine Decke über uns beide gezogen hatte.

Er hatte mich die ganze Nacht fest umklammert.

Ich schluckte. Einige Schmerzen machten sich bemerkbar. Behutsam berührte ich mein Gesicht. Es fühlte sich nicht ganz so schlimm an, wie ich befürchtet hatte.

Dann erinnerte ich mich an Keegans Besuch. Verzweiflung machte sich in meinem Magen breit, dann jagte ein Schuss Wut durch meine Adern.

So ein Mist. Jemand hatte mich reingelegt. Ich war keine Verräterin und verdammt gut in meinem Job.

Auf keinen Fall würde ich kampflos untergehen.

Ich setzte mich auf, und die Decke rutschte von mir

herunter. Im Moment wollte ich nicht darüber nachdenken. Tatsache war, dass ich ohne meinen Job nicht sicher war, wer ich war.

Das war ... beunruhigend. Ich hatte mich von meinem Job auffressen lassen. Lexxie hatte mich vor genau dieser Sache gewarnt.

Ich biss mir auf die Lippe. Es gab eine Konstante in den letzten paar Tagen. Eine Sache, der ich vertrauen konnte.

Kavner.

Er hatte mir beigestanden und unterstützte mich. Immer war er für mich da und kümmerte sich um mich.

Ich drückte eine Hand auf meinen Bauch. *O Gott*.

Noch vor so kurzer Zeit hatte ich ihn als meinen Feind betrachtet.

Und jetzt ...

Jetzt wollte ich mehr. Und verdammt, ich ließ mich nicht mehr von meinen eigenen Regeln, Ideen und Ängsten zurückhalten.

Ich drehte mich auf der Couch um und sah ihn.

Er stand in der Küche hinter der großen Kochinsel, oben ohne, und er kochte etwas.

Mir lief das Wasser im Mund zusammen, und das nicht wegen des Essens.

Er war so verdammt attraktiv. Sein Haar war zerzaust, und ich starrte auf die glatte Haut, die sich über schlanke Muskeln spannte. Er hatte den Körper eines Schwimmers, aber seine Arme waren ein wenig kräftiger. Man sah ihm an, dass er Gewichte stemmte und boxte.

In diesem Moment drehte er sich um, und sein Blick

glitt zu mir. Er sah mich an und lächelte. „Guten Morgen."

Dann wanderte sein Blick zu meiner Gesichtshälfte, und sein Mund verfinsterte sich.

„Eigentlich fühle ich mich besser, wenn auch ein bisschen angeschlagen."

Ein Nicken. „Geh dich frisch machen. Die Blaubeerpfannkuchen sind fast fertig."

Ich eilte ins Gästezimmer und ins Bad. Im Spiegel betrachtete ich die blauen Flecken und Schrammen und verzog das Gesicht. *Nicht gerade schön.* Ich wusch mich und putzte mir die Zähne.

Als ich zurückkam, war er immer noch unbekleidet und servierte Pfannkuchen.

„Ich hätte nicht gedacht, dass Milliardäre kochen."

„Wie viele Milliardäre kennst du denn?"

„Touché."

Kavner umrundete die Insel. Er trug eine weite, schwarze Pyjamahose, und ich beobachtete, wie sich seine Muskeln bei seinen Bewegungen anspannten. Es juckte mich in den Fingern, ihn zu berühren. Es war, als wäre er geschaffen worden, um mich zu verführen.

„Hier." Er stellte ein Glas Saft und ein paar Pillen auf die Insel. „Sie sind nicht ganz so gut wie die im Krankenhaus, aber sie helfen gegen die Schmerzen."

„Danke." Ich nippte an dem frisch gepressten Saft, dann nahm ich die Schmerztabletten. „Und danke für letzte Nacht."

Er zog eine Augenbraue hoch.

„Dafür, dass du bei mir geschlafen hast."

Sein Lächeln wurde verführerisch.

Ich klopfte ihm auf die Brust. „Dafür, dass du mich *gehalten* hast, als wir auf deiner Couch geschlafen haben."

Seine Finger streichelten mein Kinn. „Das war absolut keine Last."

Mein Blick blieb an seinem dunkelblauen hängen. „Die Pfannkuchen sehen gut aus."

„Sie sind meine Spezialität. Meine Nichte Daisy liebt sie."

Ich trat näher heran. „Darauf wette ich."

Er senkte den Kopf. „Mein Plan war, dich mit meinen Pfannkuchen zu verführen."

„Dafür brauchst du die Pfannkuchen nicht, Kavner."

Sein Mund nahm meinen ein. Er war sanft, als seine Lippen meine berührten. Wir standen da und küssten uns, wobei sich unsere Körper aneinanderpressten.

Ich hatte so lange auf meinen eigenen Füßen gestanden, meine Mutter unterstützt und mich um Lexxie gekümmert.

Jetzt, als mein Leben um mich herum zerbrach, war ich überwältigt von dem Wissen, dass dieser Mann an meiner Seite und bereit war, meine Hand zu halten.

Ohne zu zögern, zog ich seinen Kopf näher an den meinen. Ich spürte einen schwachen Schmerz in meiner Wange, aber es war nicht schlimm. Und es war es absolut wert, Kavners Mund auf meinem zu spüren.

Unsere Küsse wurden länger und tiefer, und eine verzweifelte Leidenschaft erfasste uns.

Mit einem Stöhnen nahm er mein Gesicht in seine sanften Hände und unterbrach den Kuss. „Du bist verletzt."

„So verletzt bin ich nicht."

Er gab einen Laut von sich. „Die blauen Flecken sagen etwas anderes."

Ich knabberte an seiner Unterlippe. „Ich bin schon öfter verletzt worden. Die blauen Flecken werden verblassen, und die Kratzer werden heilen." Ich lächelte. „Außerdem fangen die Schmerzmittel an zu wirken, und ich hätte wirklich gern etwas, das mich von allem ablenkt."

Sein Zögern war deutlich.

„Nein." Seine Stimme war entschieden. „Ich kümmere mich um dich. Du wirst deine Pfannkuchen essen."

„Ich habe jetzt keinen Hunger auf Pfannkuchen." Meine Lippen drückten sich auf seine Kehle.

Seine Haut war warm, und er roch so gut. „Und ich habe keinen Zweifel daran, dass du deinen großen Schwanz in mich hineinschieben kannst", ich knabberte mit den Zähnen an seinem Hals, „und mich dann kommen lässt, ohne mir weh zu tun."

Er stöhnte, und seine Hände legten sich auf meine Hüften. „Ich bin mir nicht sicher, ob ich diese Art von Kontrolle habe."

„Du bist Kavner Fury. Ich glaube, du bist zu allem fähig." Ich strich mit meinen Lippen über seine. „Ich brauche dich, Kav."

Erneut stöhnte er. „Verdammt noch mal."

Sein Mund bedeckte meinen. Der Kuss wurde tiefer, und er veränderte den Winkel seines Kopfes, um uns noch näher zueinander zu bringen.

Ja. Ich klammerte mich an ihn und verlor mich in ihm.

„Ich habe das Gefühl, als hätte ich mein ganzes Leben darauf gewartet", murmelte er gegen meine Lippen.

Sein Herzschlag vibrierte gegen mich und sein Mund wanderte über meine Wange.

Er nahm sich einen Moment Zeit, um sanfte Küsse auf all meine blauen Flecken zu drücken. Dann fuhr sein geschickter Mund tiefer, über meinen Kiefer, meinen Hals hinunter. Ich ließ meinen Kopf nach hinten sinken.

Plötzlich hob er mich hoch und setzte mich auf die Insel. Er schob meine Beine auseinander und drückte sich zwischen sie.

Mit einem Arm um meinen unteren Rücken zog er mich näher heran, bis an den Rand des Tresens. Der heiße, bedürftige Teil von mir drängte sich gegen die große Ausbeulung in seiner lockeren Hose.

Ich schlang meine Beine um seine Hüften und presste mich näher an ihn.

„*Verdammt.*" Sein kräftiger Körper erbebte.

Wieder küssten wir uns. In meinem Inneren breitete sich flüssige Lava aus. Das Flimmern in meinem Bauch wurde stärker, und mein Puls raste.

„Ich liebe deine Brust." Ich biss in seinen Hals, meine Finger gruben sich in seine Brustmuskeln.

„Ich liebe deine." Er griff nach dem Saum meines Nachthemdes und schob es hoch, dann zog er es mir über den Kopf. „Und nackt liebe ich dich noch mehr."

Plötzlich hielt er inne, und seine Augen blitzten. „London."

Ich hatte ein paar hässliche blaue Flecken auf meinem Körper. „Ich fühle nichts, außer, wie sehr ich dich jetzt will."

Seine Hand strich über den blauen Fleck an meinem Bauch. „Der Mistkerl hat dich getreten ..."

Ich umklammerte Kavs Handgelenk. „Mir gehts gut. Sorg dafür, dass ich mich gut fühle, Kavner."

Sein Ausdruck änderte sich und blieb auf meinen Brüsten hängen. Er senkte seinen Kopf, und seine warmen Lippen schlossen sich um eine Brustwarze.

Mit einem Stöhnen stieß ich gegen ihn. „In dem Moment, als ich dich sah, hast du mich bereits beeindruckt." Meine Stimme war atemlos. „Ich war mir nur sicher, dass es daran lag, dass ich dich verhaften musste."

Er lachte, seine Zunge leckte an meiner Brustwarze. „Und jetzt?"

„Jetzt will ich dich einfach in mir spüren. Das ist alles, woran ich denken kann."

Mit einem Stöhnen zog er meine Beine fest an seine Seiten. Dann war sein Mund wieder auf meinem, herrisch und fordernd.

„Oh, das wirst du bekommen", knurrte er. „Aber zuerst werde ich dich für mich kommen lassen."

Hitze errötete meine Wangen. „Kav –"

Er zog sich zurück und drehte mich um. Ich keuchte und fand mich gegen den Tresen gepresst. Der Marmor fühlte sich auf meinen nackten Brüsten und meinem Bauch kühl an.

Sein harter Körper drückte gegen meinen Rücken, sein Schwanz rieb sich an meinem Hintern.

„Tut dir etwas weh? Ist der Tresen zu hart?"

„Was? Nein?" Ich stieß mich gegen ihn. Alles, was ich spürte, war er.

Er küsste meinen Nacken. „Du musst mir einfach vertrauen."

„Das tue ich." Wann zum Teufel war das passiert? Ich bewegte meine Hüften, spürte, wie sein Schwanz anschwoll.

„Überlass mir die Kontrolle." Seine Zähne streiften über mein Schulterblatt.

Bei seinen Worten erstarrte ich.

Das war das Einzige, was ich noch nie jemandem gegeben hatte. „Kavner ..."

Seine Hände glitten meinen Rücken hinunter und zeichneten meine Wirbelsäule nach. „Psst, ich habe dich, London." Dann folgte sein Mund der gleichen Spur und küsste meine Wirbelsäule entlang.

Ich biss mir auf die Lippe. Mein Verstand vernebelte sich, als er mich auf unfassbare Weise verführte.

„Lass los", flüsterte er. „Vertraue darauf, dass ich dich halte."

„Warum?" Meine Stimme war leise, ein wenig zittrig.

„Weil du es brauchst." Er hielt inne. „Weil ich es brauche."

Mit einer Drehung meines Kopfs warf ich einen Blick über meine Schulter. Ich nahm sein hübsches Gesicht wahr, den sinnlichen Blick, der sich ganz auf mich richtete. Dann nickte ich.

Der Blick, der über sein Gesicht ging, ließ meinen Bauch einen Purzelbaum schlagen.

Seine Hand fuhr über meine Pobacken und zwischen meine Beine.

28

KAVNER

Mein Plan war es, die Kontrolle über London zu übernehmen und ihr im Gegenzug Freude zu bereiten. Sie überall zu berühren und sie dazu zu bringen, meinen Namen zu schreien.

Stattdessen war ihr nackter Körper, der sich vor mir ausbreitete, ein Test für meine Kontrolle. Ich strich mit meinen Fingern zwischen ihre Beine und fand ihre feuchte Pussy.

Ihre Hüften zuckten, und sie stöhnte auf.

Ich stieß zwei Finger in sie hinein und schluckte ein Stöhnen herunter.

„Gott, *ja!*", schrie sie.

Sie war so feucht, so eng. Ich presste meine Lippen auf ihren Nacken und ließ meine Finger in sie eindringen. „Ich kann es kaum erwarten, meinen Schwanz hier reinzuschieben. In diese enge, hübsche Pussy."

„Kavner." Ihre Stimme war tief und heiser.

Mein Schwanz war hart und tropfte. Ich versenkte

meine andere Hand in ihrem Haar, um es fest zu umfassen.

London wimmerte und drehte ihren Kopf. Ihre Augen waren voller Verlangen.

Und Herausforderung.

„Gott, sieh dich an. Du bist so verdammt großartig." Ich schob einen weiteren Finger hinein und dehnte sie.

Ihre Lippen öffneten sich. „*Mehr*."

Ich war noch nie in meinem Leben so hart gewesen. Sie drückte sich in meine Hand und ritt auf meinen Fingern. Mit der anderen Hand streichelte ich über ihren Rücken, über ihre Pobacken und hielt sie fest. „Das ist meine sexy Agentin. Meine sexy, kluge Agentin."

„Kavner, *bitte*."

Ich streichelte ihren Kitzler, und sie zuckte.

„Ich will, dass du für mich kommst, meine liebste Agentin."

Sie drückte ihre Wange flach auf den Marmor. „Ich will mit dir in mir kommen."

Mein Bauch zog sich zusammen, und meine Lust wuchs noch mehr. Verdammt, sie war so heiß. Ich kreiste weiter um ihren Kitzler.

London leckte sich über die Lippen. „Ich brauche es. Ich brauche dich."

Diese Worte hallten in meinem Kopf wider. Mit einem ungeduldigen Knurren zog ich meine Finger zurück und drehte sie um. Sie saß auf der Kante des Tresens, ihr Gesicht errötet. Ihre Hand glitt meinen Körper hinunter und umfasste meinen Schwanz.

Scheiße. Erneut küsste ich sie und drängte mich in

ihre Hand. Ihre Finger glitten in meine Hose, umfassten meinen Schwanz und streichelten ihn.

Ich presste meinen Mund auf den ihren, und sie stöhnte gegen meine Lippen.

„London, Baby."

„Beeil dich", flüsterte sie.

Ich drängte mich zwischen ihre Beine und wollte unbedingt noch näher an ihren Körper. Das Bedürfnis, sie zu beanspruchen, war unfassbar stark. Ich nahm ihren Mund in Besitz, beugte ihren Rücken und ließ meine Zunge über ihre streichen. Jeder Schlag meines Herzens schickte heißes Verlangen durch mich.

Ich brauchte sie. Ich brauchte London.

„Schneller", keuchte sie, und ihre Hände schoben meine Pyjamahose meine Hüften hinunter.

„Sag meinen Namen", forderte ich.

Ihr brennender Blick traf den meinen. „Kavner."

Ich hatte vorhin ein Kondom in meiner Tasche versteckt. Jetzt nahm ich es heraus und zog meine Hose aus, bevor ich die Folie aufriss.

Es dauerte nur Sekunden, bis ich den Latex übergestreift hatte. Ihr Blick war die ganze Zeit über auf meinen Schwanz gerichtet. Ihre Brust hob und senkte sich schnell, ihre hübschen Brüste wippten.

Jede Beherrschung verließ mich. Ich umklammerte meinen Schwanz mit einer Hand und drückte mit der anderen Londons Schenkel auseinander. Dann schob ich meinen Schwanz durch ihre Schamlippen.

„Ja", stöhnte sie.

„Schau", knurrte ich. „Sieh zu, wie ich in dich gleite. Wir werden eins."

Ihre Hände legten sich um die meinen, und wir beide führten meinen Schwanz dorthin, wo wir ihn haben wollten.

Dann stieß ich in sie hinein.

Sie stöhnte meinen Namen, und ihre Hände krallten sich in meine Schultern. Ihr Körper dehnte sich und nahm mich auf. Gott, sie war so verdammt eng und feucht.

Ich konnte vor lauter Lust kaum noch denken. „Baby. *Scheiße.*" Mit einem harten Stoß drang ich tief in sie ein.

„Gott, Kav, ja!" London drückte ihre Knie fest an meine Seiten und schlang ihre Arme um mich.

Ich steckte bis zu den Eiern in ihr und genoss es, wie gut sie zu mir passte.

„Halt dich nicht zurück", keuchte sie.

Das hatte ich nicht vor. Verdammt, ich könnte es nicht einmal, wenn ich wollte.

Ich drehte meinen Kopf und biss in ihr Ohrläppchen. Sie stieß einen heiseren Schrei aus.

„Du passt perfekt zu mir, London Coleman."

„*Ja.*"

„So feucht. So eng. Ganz *mein.*" Ich stöhnte, mein Körper schlug gegen ihren, während ich sie mit meinem Schwanz ausfüllte.

Mit geschlossenen Augen atmete ich durch die unerträgliche Lust. Ich spürte sie, war mit ihr verbunden, und es fühlte sich so verdammt gut an.

„Ich bin nah dran", keuchte sie.

„Sieh dich an." Ich lehnte mich ein wenig zurück und ließ meine Hand über ihren schönen, schweißnassen Körper gleiten, bis hinunter zu der Stelle, an der sie sich um meinen Schwanz spannte. „Sieh nur, wie du mich nimmst."

London gab einen unzusammenhängenden Laut von sich. Ich rieb ihren Kitzler, und sie schrie auf.

Erneut stieß ich fest in sie und genoss es, wie ihre Brüste wackelten. „Sieh dir an, wie du meinen Schwanz nimmst, London." Ich presste meinen Mund auf ihren und spürte, wie meine Erlösung in meiner Wirbelsäule, meinem Bauch und meinen Eiern anschwoll.

„Kavner!" Sie schrie meinen Namen, ihre Pussy klammerte sich an meinen Schwanz. Ich spürte ihren Mund an meinem Hals, und sie stöhnte während ihres Höhepunkts.

Scheiße, ich liebte es, sie kommen zu sehen, zu hören und zu fühlen. Mit einem weiteren Stoß dehnte ich sie noch mehr. „Das gehört alles mir, nicht wahr?"

„Kavner." Ihr benommener Blick traf den meinen.

„Es ist meins."

„Deins."

Brennendes Verlangen kribbelte in meinem Rücken. Mein Schwanz pulsierte, und mein mächtiger Orgasmus traf mich in Windeseile. Ich stöhnte ihren Namen und ergoss mich in ihr.

29

LONDON

Von einem gut aussehenden, nackten Milliardär getragen zu werden – der mir gerade den besten und längsten Orgasmus meines Lebens beschert hatte – fühlte sich ziemlich gut an.

Dank Kavner und den Schmerzmitteln ging es mir *großartig*.

Er trug mich in sein Schlafzimmer.

Oh, das gefiel mir. Neugierig, wie sein persönlicher Bereich aussah, schaute ich mich um. Das Zimmer war groß, mit einem riesigen Bett, das mit einer blassgrauen Bettdecke bezogen war und auf einem großen Plüschteppich stand. Ein skandinavisch anmutender Ledersessel befand sich an einem der bodentiefen Fenster. Ein abstraktes Gemälde in gedämpften Blautönen hing an der Wand über dem Bett.

Er ließ mich auf der Decke nieder und küsste mich. Ich spürte einen kurzen Schmerz in meinem Gesicht und zuckte zusammen.

Sanft streichelte er mein Haar. „Ich bin so ein Arschloch. Du bist verletzt, und ich war nicht gerade vorsichtig …"

Ich hielt seine Hand fest. „Das wollte ich auch nicht." Langsam knabberte ich an seinen Lippen. „Und ich bin aus hartem Holz geschnitzt."

Er strich mir über die Wange. „Bei mir musst du nicht hart sein."

Schmetterlinge flogen durch meinen Bauch. „Es war perfekt, Kav. Es war genau das, was ich brauchte."

Ich spürte einen Anflug von Verletzlichkeit und erkannte, dass ich mein Leben lang versucht hatte, nicht verletzlich zu sein. Mich vor Schmerz zu schützen.

Vor Menschen, die mich verließen.

Mein Herz pochte, und meine Kehle fühlte sich trocken an. Auch Kavner würde eines Tages gehen, aber ich war entschlossen, ihn bis dahin zu genießen. Das zwischen uns zu genießen.

Er drückte mich zurück aufs Bett und ließ eine Hand über meinen Körper gleiten. Die Liebkosungen waren langsam, ehrfürchtig. In meiner Brust bildete sich ein Knoten. Er achtete sorgfältig darauf, meine blauen Flecken zu meiden.

Schließlich legte er sich neben mich. Sein Körper … all diese großen, harten Muskeln und dieser schöne Schwanz. Ich konnte sehen, dass er schon wieder hart wurde und sich an seinen muskulösen Oberschenkel anlehnte.

Ich setzte mich auf und drückte ihn flach auf den Rücken.

„Diesmal gehen wir es langsamer an", meinte er. „Ich will nicht, dass du Schmerzen hast."

Und schon wieder kümmerte er sich um mich. Ich fuhr mit meiner Hand über die Erhebungen an seinem Bauch. So viele interessante Muskeln. „Boxt du wirklich mit deinen Brüdern?"

„Ja."

„Das würde ich gern mal sehen."

Er umfasste meine Brust und spielte mit der Brustwarze. Ich biss mir auf die Lippe, um mein Stöhnen zu unterdrücken.

„Das lässt sich einrichten", murmelte er.

Ich senkte meinen Kopf und küsste seine Brust, dann biss ich ihn.

Er knurrte. Schnell zog er mich auf sich, und ich ließ mich auf seinen Hüften nieder.

„Ich denke, du solltest dieses Mal oben liegen", sagte er. „Aus Rücksicht auf deine Verletzungen."

Als ich mein Gewicht verlagerte, rieb mich sein harter Schwanz genau dort, wo ich ihn haben wollte. Meine Pussy war schon wieder feucht. „Die Idee gefällt mir."

Sein hübsches Gesicht strahlte vor Verlangen, seine Augen waren verschleiert. „Ich würde dafür töten, dich ohne Kondom zu nehmen." Seine Stimme war tief und kiesig.

Kavners Worte ließen meinen Bauch pochen.

„Ich möchte tief in dir drin sein." Er fasste mir an die Brüste. „Haut an Haut."

Ich schluckte, schockiert über das angenehme Gefühl, dass sich bei dieser Vorstellung in mir ausbreitete. „Das würde mir gefallen."

Kavner holte tief Luft. „Lass mich die Tests organisieren. Ich will dich nicht in irgendeiner Weise gefährden."

Irgendwie ließ das die Gefühle in mir nur noch mehr anschwellen.

„In der Schublade liegen Kondome", erklärte er.

Ich streckte die Hand nach dem Nachttisch aus, und er spielte dabei mit meinen Brustwarzen. Gerade so konnte ich mich lange genug konzentrieren, um ein kleines Päckchen herauszuholen. Vorsichtig rutschte ich auf seinen Schenkeln zurück. Oh, dieser Schwanz. Natürlich war er stattlich, genau wie Kavners ganzer Körper. Lang, dick und schön von der Wurzel bis zur Spitze. Ich umkreiste ihn mit meinen Fingern und begann ihn zu reiben.

Er knurrte. „*London.*"

Das war eine Warnung. Schnell rollte ich das Kondom über, dann bewegte ich mich und neigte meine Hüften. Die Spitze seines Schwanzes drückte gegen meine feuchten Schamlippen. Erregung und nervöses Verlangen durchfluteten mich.

Er legte seine Hände auf meine Hüften, und ich drängte nach unten, während er nach oben stieß.

Oh. *Gott.* Ein Schrei entrang sich mir. Zwar war er eben schon mal in mir gewesen, aber durch die andere Position fühlte es sich tiefer an. Sein Schwanz erreichte neue Stellen.

Kavner sah mich an, als hätte er noch nie eine schönere Frau gesehen. Ich legte meine Hände auf seine Brust und lehnte mich nach vorn, um ihn zu reiten. Sein Schwanz war so verdammt hart und heiß in mir.

„Ja, London. Du bist so verdammt schön."

Seine Hand wanderte hinunter zu der Stelle, an der wir miteinander verbunden waren. Er fand meinen geschwollenen Kitzler und rieb ihn.

„Gott", keuchte ich. So viel dazu, es langsam anzugehen.

Ich bewegte meine Hüften schneller und konnte bereits spüren, wie sich mein Höhepunkt aufbaute. Kavner füllte mich aus, und ein elektrisierendes Gefühl durchströmte meinen Körper.

Es war zu viel. Ich fühlte mich zu unkontrolliert. Getrieben.

Plötzlich lagen seine Hände auf meinen. Unsere Finger verschränkten sich, und wir fanden einen Rhythmus, bewegten uns synchron zueinander, als wären unsere Körper füreinander geschaffen.

Als wären wir füreinander bestimmt.

Mein Blick blieb an seinem hängen. Ich hatte mich noch nie so sehr mit jemandem verbunden gefühlt.

Mein Höhepunkt kam. Meine Muskeln spannten sich an, und meine Pussy krampfte sich um seinen Schwanz zusammen. Ich schrie auf, und mein Rücken krümmte sich, als das Vergnügen über mich hereinbrach. Es war so stark, so gut, so süß. Alles schien mich auf einmal zu überfluten: Hitze, Lust, Glück.

Kavner bäumte sich auf und schloss seine Arme um mich. Er drückte mich nach unten auf seinen pulsierenden Schwanz. „So. Verdammt. Schön." Er stöhnte, als er sich in mir entlud.

Dann sackten wir beide gegeneinander. Ich konnte mich nicht bewegen, nein, ich wollte mich nie wieder bewegen. Meine Wange rieb über seine feuchte Haut.

Völlige Befriedigung erfüllte mich und ließ mich vor Glück erschaudern.

Ein köstliches Kribbeln lief mir über den Rücken.

Er ließ uns auf die Laken sinken, dann schmiegte sich sein größerer Körper an den meinen.

Alles in mir vibrierte. Ich hatte mich noch nie so gut gefühlt, so entspannt.

Er küsste meine Schulter. „Tuts weh?"

„Nein. Alles, was ich fühle, ist Glückseligkeit."

Kavner drückte einen weiteren Kuss auf meine Schulter. „Gut. Wir haben noch Zeit für ein kurzes Nickerchen, bevor wir gehen müssen."

Ich wälzte mich herum und begegnete seinem Blick. Für einen Moment war ich von seinem nackten Körper abgelenkt. Gott, er war so sündhaft attraktiv. „Wohin gehen wir?"

„Zum Mittagessen mit meiner Familie."

Ich erstarrte. „Mit deinen Brüdern? Mit allen?"

„Ja." Er lächelte. „Sag mir nicht, dass Special Agent Coleman Angst vor einem Familienessen hat?"

30

KAVNER

Ich knöpfte mein Hemd zu und fand London auf der Couch sitzend vor, wie sie eine Liste schrieb. Sie trug Jeans und eine grüne Bluse, und ich hielt inne. Ich hatte sie noch nie in etwas so Lässigem gesehen. Sie sah wunderschön aus. Vor allem, wenn sie sich konzentrierte.

Natürlich war sie auch nackt umwerfend, wenn sie meinen Namen rief und meinen Schwanz lutschte. Meine Finger kribbelten. Sie hatte mich auf das Urbedürfnis reduziert, mich zu paaren und zu beanspruchen.

In der Vergangenheit war Sex immer ein lustvoller Tanz gewesen, den ich gut kannte. Ich ließ meine Partnerin immer befriedigt zurück und nahm mir meinen Anteil.

Mit London war es noch heißer, wilder, und völlig außer Kontrolle.

„Was machst du da?", fragte ich.

Sie sah auf und betrachtete meine Brust, als ich mein Hemd zuknöpfte. Gott, der Blick in ihren Augen machte mich wieder heiß.

„London?"

Sie zuckte zusammen. „Es ist eine Liste von Agenten der Task-Force." Ein ernster Blick legte sich auf ihr Gesicht.

Ich setzte mich neben sie. „Du versuchst herauszufinden, wer der Verräter ist?"

London nickte. „Ich habe mir das Hirn zermartert, um irgendeinen Hinweis zu finden. Irgendein Zeichen." Sie seufzte. „Das sind meine Kollegen und Freunde, Kavner. Aber einer von ihnen hat mich verraten."

Ich legte einen Arm um sie. „Ich werde dir helfen. Wir werden es gemeinsam herausfinden und denjenigen zur Strecke bringen, der dir wehgetan hat."

Und ich würde alles dafür geben, dass das geschah. Auf die eine oder andere Weise.

Sie begegnete meinem Blick, dann beugte sie sich vor und küsste mich.

Mmm. Ich umfasste ihren Kopf und erwiderte den Kuss.

„Kavner", murmelte sie.

Dieses sexy Gemurmel ließ mich zurückweichen. „Du versuchst, mich abzulenken. Wir müssen los."

„Wir könnten auch hierbleiben." Sie spielte mit den Knöpfen an meinem Hemd. „Nur wir beide."

„Du hast doch keine Angst vor meiner Familie, oder?"

Sie schnaubte. „Ich habe nur eine Schwester, Kav. Mit einer großen Gruppe von Geschwistern habe ich nicht viel Erfahrung."

Mein Finger streichelte ihren Wangenknochen. „Keine Sorge, ich werde dich beschützen."

Ein ernster Blick erschien in ihren Augen.

„Ich verspreche, sie werden dich mögen."

London schnitt eine Grimasse. „Ich habe gegen dich ermittelt und gehofft, dich verhaften zu können."

„Sie wussten, dass das nicht passieren würde. Es wird schon gut gehen." Ich zog etwas aus meiner Tasche. „Hier, das wird dich auf andere Gedanken bringen."

Ihre Lippen zuckten. „Noch eine Puzzleschachtel?" Sie drehte die Schachtel um. Es war ein Würfel mit bronzenen Metalleinlagen.

Es überraschte mich nicht, dass sie nicht lange brauchte, um es zu lösen. Sie drehte den Würfel gekonnt in ihren Händen und fand alle Hebel. Die Schachtel öffnete sich mit einem Klicken.

Eine Halskette fiel auf ihre Handfläche.

Sie schnappte nach Luft. „Kavner." Verwundert sah sie mich an.

„Die ist für dich. Als ich sie das erste Mal gesehen habe, habe ich mir vorgestellt, dass du sie trägst."

Schnell legte sie die Puzzleschachtel weg. „Ist das ein Smaragd?"

„Ist das wichtig?"

„Ja." Sie betastete den tropfenförmigen Edelstein. „Die Kette muss ein Vermögen gekostet haben."

„Sie ist wunderschön, und ich wollte sie dir schenken. Die richtige Reaktion auf ein Geschenk ist ein Dankeschön."

„Kavner ..."

Flink nahm ich die Kette, stellte mich hinter London und legte sie ihr um den Hals. „Sie steht dir gut." Es gefiel mir zu wissen, dass sie etwas trug, das ich ihr geschenkt hatte.

Ich sah den Konflikt in ihrem Gesicht. Sie umklammerte den Smaragd und seufzte dann.

„Danke."

Erneut küsste ich sie. „Gern geschehen. Und jetzt komm, sonst verspäten wir uns."

Nachdem wir die Straße erreicht hatten, gingen wir zum Lagerhaus hinüber. Ich behielt meine Hand in ihrer und suchte die Umgebung nach verdächtigen Personen ab. Reaths Mann stand in der Nähe und behielt uns im Auge.

Ich würde glücklicher sein, wenn sie erst einmal innen war.

Wir erreichten das Lagerhaus, und ich führte sie hinein. Als sie das Poltern der Stimmen hörte, verkrampfte sie sich ein wenig.

Normalerweise aßen meine Brüder und ich freitags nicht gemeinsam zu Mittag, aber ich wusste, dass jeder wissen wollte, ob es London und mir gut ging.

„Was steht auf der Speisekarte?", fragte ich, als wir den Wohnbereich betraten. „Wir sind am Verhungern."

Alle waren schon da und schauten auf. Als sie uns ansahen, hob London ihr Kinn an.

Einen Moment lang war es still, dann stürmte Daisy herbei. Sie stieß mit meinen Beinen zusammen.

„Hey, mein kleiner Liebling." Ich tippte ihr auf die Nase. „Warum bist du nicht in der Schule?"

„Ich hatte heute Bauchweh. Daddy hat gesagt, ich darf daheimbleiben."

Ich streichelte ihr übers Haar. „Fühlst du dich besser?"

Sie grinste. „Ja."

Colt rollte mit den Augen. Offensichtlich hatte Daisy ihn reingelegt.

„Es war schon komisch, wie sich die Bauchschmerzen meldeten, als sie hörte, dass wir heute zusammen zu Mittag essen wollten", brummte Colt.

„London, das ist meine Nichte, Daisy. Daisy, das ist London."

„Hallo." Daisy schenkte ihr ein zahnloses Lächeln. „Ich weiß, dass London in England ist."

London ging in die Hocke. „Hallo, Daisy. Du hast recht. Meine Mom wollte immer nach England reisen, deshalb hat sie mich London genannt."

Daisy zog die Stirn in Falten, und ihr Blick fiel auf Londons Schrammen. „Oh, du hast ein paar Wehwehchen."

„Ja, aber es wird schon besser."

Daisy berührte sanft Londons Schläfe. Ich sah, wie das Gesicht meiner Frau weicher wurde.

„Es hilft immer, wenn Daddy oder Macy meine Wehwehchen küssen."

London lächelte.

„Hat Onkel Kav deine geküsst?", fragte sie.

Ich sah, wie sich Londons Wangen mit Farbe füllten, und grinste. Meine Brüder schmunzelten alle.

„Ich wette, das hat er", murmelte Beau.

London räusperte sich. „Ah, na ja ..."

Daisy beugte sich vor und drückte London einen sanften Kuss auf die Wange. „Jetzt wird das heilen."

„Danke."

„Du bist also die Freundin von Onkel Kav?"

„Oh. Ähm ..."

„Ja, das ist sie", erklärte ich.

London warf mir einen schockierten Blick zu. Ich empfand dasselbe, aber es fühlte sich richtig an. Langsam zog ich sie hoch. „Komm schon, mein Schatz." Ich hob Daisy auf meine Hüfte. „Was gibts zu Mittag?"

„Lola hat Langusten-Etouffée gemacht!"

„Und es riecht verdammt gut", meinte Beau.

„Onkel Beau!", rief Daisy. „Das sind fünfzig Cents für die Fluchdose."

Beau grunzte. „Wie hoch ist meine Rechnung jetzt?"

„Elf Dollar und fünfzig Cents", informierte Daisy ihn.

„Scheiße."

„Zwölf Dollar!"

Beau nahm mir Daisy ab und hob sie hoch genug, damit er ihr Küsse auf den Bauch drücken konnte. Sie kicherte heftig.

„Hi, ich bin Macy." Colts Frau schoss vor und nahm Londons Hand. „Wir haben uns vor ein paar Wochen einmal kurz im Park getroffen. Es tut mir so leid, dass du verletzt wurdest." Macy verzog das Gesicht. „Ich hatte selbst ein paar Probleme mit einem Typen, mit dem ich zusammen war. Das war absolut nicht lustig."

Colt legte einen Arm um Macy und nickte London zu. Meine Brüder sahen sie alle stirnrunzelnd an, und ich spürte, wie sie sich anspannte.

Ich lehnte mich zu ihr. „Sie sind sauer wegen der blauen Flecken, Schätzchen. Nicht deinetwegen."

„Ich bin Mila." Mila streckte eine Hand aus und schüttelte Londons. „Darf ich dir einen Drink einschenken? Etwas Wein?"

„Sie nimmt Schmerzmittel", erwiderte ich. „Kein Alkohol."

„Er ist ein bisschen rechthaberisch, aber das stimmt", sagte London.

Mila lächelte. „Sie sind alle ein bisschen herrisch, aber sie wachsen einem ans Herz."

Dante kniff sie in die Seite.

„Wie wäre es mit einer Limonade?", schlug Mila vor.

London lächelte. „Das wäre toll."

„Komm und lern Lola kennen." Ich wies London den Weg zu unserer Haushälterin. Die sechzigjährige Frau hatte ihr graues Haar zu einem lockeren Dutt hochgesteckt und trug eine Schürze.

„Es ist schön, dass er dich mitgebracht hat." Lola strahlte sie an. „Kavner arbeitet zu hart. Er braucht eine gute Frau und ein bisschen Spaß."

„Oh, das ist nicht gut", meinte London.

Lola runzelte die Stirn. „Warum?"

„Na ja, meine Schwester sagt mir auch immer, dass ich zu viel arbeite."

Lola klopfte London auf die Schulter. „Dann passt ihr gut zueinander. Ihr könnt euch gegenseitig helfen, euch zu entspannen."

Mila legte einen Arm um London und führte sie zum Tisch. „Komm und setz dich."

„Gehts ihr gut?", fragte Reath leise.

„Das wird es." Dafür würde ich sorgen. „Sie hat eine

Liste der Agenten ihrer Task-Force erstellt. Ich werde sie dir schicken, damit du sie überprüfen kannst."

Reath nickte. „Klar doch. Wir werden herausfinden, ob jemand über seine Verhältnisse lebt oder Zahlungen von jemandem erhält, der mit dem Accosta-Kartell in Verbindung steht."

London wirkte ein wenig überwältigt, als sich alle an den Tisch setzten. Die Leute redeten durcheinander, griffen aneinander vorbei nach Gläsern und Tellern. Daisy pflanzte sich zwischen uns. Ich lächelte und schob einen Arm über den Stuhl des kleinen Mädchens, damit ich mit Londons Haar spielen konnte. Lola wuselte herum und servierte das Essen.

„Ich bin froh, dass du eine Freundin hast, Onkel Kav", meinte Daisy.

„Danke, mein Schatz. Ich auch."

„Sie ist hübsch."

London wurde wieder rot.

„Das ist sie wirklich", stimmte ich zu.

„Ich wette, alle Freundinnen deines Onkels Kavner waren hübsch", sagte London.

Daisy blinzelte. „Nein."

London runzelte die Stirn. „Was?"

„Du bist seine Erste. Er hat noch nie eine Freundin zum Essen mitgebracht."

Ich sah, wie London still wurde, und ihr Blick wanderte zu mir.

Mit einem Lächeln zog ich leicht an ihrem Haar. „Iss dein Mittagessen, London."

31

LONDON

Das Mittagessen war ... lustig.

Ich nippte an meiner Cola Light und hörte, wie Daisy und Macy über etwas lachten. Das Essen war köstlich, und überraschenderweise amüsierte ich mich prächtig.

Mila und Macy waren reizend. Sie waren beide attraktiv, aber offensichtlich auch klug und talentiert. Als ich sah, wie Dante und Colt mit ihnen umgingen, wurde mir ganz warm ums Herz. Dante berührte Mila ständig. Eine kleine Liebkosung oder ein Kuss auf ihren Nacken alle paar Minuten.

Colt war weniger subtil. Ab und zu zog er Macy für einen Kuss zu sich heran.

Kavners Finger berührten mein Ohr. „Alles gut?"

Ich sah ihn an und nickte.

„Keine Schmerzen?"

Meine Schmerzen begannen, sich bemerkbar zu machen, und ich würde bald eine Tablette brauchen, aber im Moment ging es mir gut. „Nein, alles gut."

Er schenkte mir eines seiner langsamen, sexy Lächeln. „Ich habe dir doch gesagt, dass du von unserem Familienessen nichts zu befürchten hast." Er streichelte meinen Wangenknochen, dann ging er zurück zu seinen Brüdern an die Kücheninsel.

Ich beobachtete, wie sie miteinander umgingen. Die fünf verhielten sich so locker miteinander, dass klar war, wie eng das Band zwischen ihnen sein musste.

„Ich glaube nicht, dass sie wissen, welche Wirkung sie haben", meinte Macy neben mir.

Mila lehnte sich in ihrem Stuhl vor. „O doch, haben sie. Im Club sabbern die Frauen ständig Dante hinterher."

Macy stieß einen Stoßseufzer aus. „Sie sind alle zum Sabbern."

„Die Frauen starren Kavner an, als wären sie am Verhungern, und er wäre ein erstklassiges Steak", erklärte ich.

„Das Beste ist", erwiderte Mila, „dass es gute Männer sind. Loyal. Es ist egal, ob die Frauen hinschauen, sie schauen nicht zurück." Sie blickte zu den Brüdern hinüber. „Ich bewundere, dass sie aus eigener Kraft zu solchen Männern geworden sind. Sie hatten keine guten Eltern oder Vorbilder, nur sich selbst. Sie hätten einen ganz anderen Weg einschlagen können, aber das haben sie nicht."

Macy streckte die Hand aus und drückte meinen Arm. „Also, die Frauen können Kav beäugen, so viel sie wollen. Er hat nur Augen für dich."

Ich fummelte an meinem Haar herum. „Hört mal, Kavner hilft mir aus, aber wir sind kein Paar."

Mila hob eine Augenbraue. „Ihr seht aber aus wie ein Paar."

„Er ist ein Milliardär. Er kann sich jede Frau aussuchen."

Macy und Mila tauschten einen Blick aus.

Macy räusperte sich. „Bis jetzt hat er noch nie eine Frau hierhergebracht."

Milas Blick fiel auf den Smaragd, der auf meiner Brust ruhte. „Und ich bin mir ziemlich sicher, dass er noch nie einer Frau eine solche Kette geschenkt hat."

Ein verzweifeltes Gefühl wirbelte in meinem Magen herum. Es fühlte sich sehr stark nach Angst an. „Ich bin in Gefahr, aber wenn es vorbei ist ..."

Würde ich zurück nach Virginia gehen, und Kavner würde seinen milliardenschweren Lebensstil weiterführen.

Mila nahm meine Hand. „Ich weiß, es ist beängstigend. Ihnen zu vertrauen. Dein Herz zu überlassen."

Mein Herz überlassen? Ich schüttelte den Kopf. „Ich kann das nicht." Ich senkte meine Stimme.

„Ich würde es nicht überleben, wenn er mich verlässt."

Macy lehnte sich vor. „Kav ist kein Mann, der vor etwas davonläuft, was er will."

Ich antwortete nicht, aber ich spürte, dass sie mich beide beobachteten.

Die Blondine tätschelte meinen Arm. „Mit der Zeit wirst du das noch sehen."

„Ich glaube, wir brauchen mehr Wein." Mila erhob sich von ihrem Stuhl.

Angestrengt versuchte ich, meine Gefühle zu zügeln. Mein Leben war im Moment ein einziges Durcheinander. Ich musste mich darauf konzentrieren, den Maulwurf zu finden und die Geldwäsche zu stoppen.

Auf keinen Fall durfte ich mich nur noch um Kavner sorgen.

„Macy!" Daisy kam mit ein paar Perlen und Draht in der Hand herbeigeeilt. „Kannst du mir bitte damit helfen?"

„Aber sicher, meine Hübsche."

Ich stand auf, ließ die Schultern hängen und ging zu Kav hinüber. Er unterhielt sich gerade mit seinen Brüdern in der Küche.

Kav stand mit dem Rücken zu mir und sagte: „Wenn du etwas über die Agenten herausfindest, sag mir Bescheid."

Der Ton seiner Stimme ließ mein Blut gefrieren.

„Und ich will den Namen desjenigen, der ihr wehgetan hat."

Ich holte tief Luft. „Ihr untersucht die Task-Force."

Sein Kopf drehte sich, und seine Brüder blickten alle in meine Richtung. Aber ich hatte nur Augen für Kavner. Sein Gesicht sah wütend aus.

„Es ist alles in Ordnung", behauptete er.

„Es ist *nicht* alles in Ordnung." Ich trat in ihre Runde. „Mein Leben ist in Gefahr. Mein Job ist in Gefahr. Ich wurde von jemandem angegriffen und verraten, dem ich vertraue. Wenn ihr etwas unternehmt, um herauszufinden, wer das war, muss ich dabei sein."

Seine Brüder tauschten alle einen Blick aus, aber

Kavner starrte mich nur an. „Wir kümmern uns darum. Du musst dich nur ausruhen und heilen."

„Du kannst mir helfen, Kavner, aber du kannst nicht über mein Leben bestimmen."

Er verringerte den Abstand zwischen uns und fasste mir an die Wange. „Ich werde *nicht* zulassen, dass du wieder verletzt wirst. Verlange nicht von mir, dass ich das mitansehe."

Ich griff nach seinen Handgelenken. „Wir arbeiten *zusammen*. Du kannst mich nicht in eine Blase sperren. Ich bin eine Bundesagentin, Kav. Ich will die Leute, die dafür verantwortlich sind, noch mehr finden als du." Meine Finger streichelten seine Haut. „Ich bin nicht die Art von Frau, die sich einfach versteckt und andere ihre Probleme lösen lässt."

Sein Gesicht verzog sich. „Aber du *darfst* nicht wieder verletzt werden."

„Ich werde alles tun, was nötig ist, um herauszufinden, wer in meiner Task-Force für das Accosta-Kartell arbeitet. Und jetzt sag mir, was ihr bisher herausgefunden habt."

Seufzend ließ Kav mich los, dann nickte er Reath zu.

„Wir überprüfen die Hintergründe aller Agenten, mit denen du zusammenarbeitest", sagte Reath. „Wir suchen nach ungewöhnlichen Transaktionen, nach Geldflüssen, die nicht zusammenpassen."

Ich hasste das. Ich hasste es, meine Freunde zu überprüfen. Aber jemand hatte mich hintergangen.

Und wenn ich denjenigen nicht aufhielt, würde er anderen schaden. Wenn er dem Kartell half, mussten wir ihn stoppen.

„Was hast du gefunden?"

Reath tippte mit einem Finger auf die Insel. „Ich denke, es ist das Beste, wenn wir in mein Büro gehen."

32

KAVNER

I ch drückte meine Hand auf Londons Rücken, als wir zu Phoenix Security Services gingen.

Die Büros von Reath befanden sich in einem umgebauten Backsteingebäude gleich die Straße hinunter. Auf den getönten Glasfenstern an der Vorderseite waren die Worte *Phoenix Security Services* und ein stilisiertes Logo mit einem aufsteigenden Phönix eingraviert.

Das Innere war schlicht und modern. Wir gingen an der Rezeption vorbei und der junge, wachsame Mann dahinter nickte uns zu. Reath führte uns die Treppe hinauf. Das Interieur bestand aus poliertem Betonboden, Holz und Glas, mit einigen industriellen Anspielungen auf die Vergangenheit des Gebäudes. Wir passierten einen Konferenzraum mit Glaswänden.

„Schöne Büros", sagte London.

„Danke", antwortete Reath.

„Reath nimmt nur ausgewählte Kunden an", erklärte ich ihr. „Er ist sehr beschäftigt und teuer."

„Man bekommt das, wofür man zahlt", erwiderte Reath.

Am Ende des Flurs blieb Reath vor einer Tür stehen und schaute auf einen Netzhautscanner. Es piepte, und die Tür öffnete sich. Ich führte London ins Herz von PSS.

„Ah." Sie sah sich um. „Das wirkt schon eher typisch für ein Sicherheitsunternehmen."

Das Licht in dem abgedunkelten Raum war schwach. Der Großteil der Beleuchtung kam von den Bildschirmen an der hinteren Wand. Dort standen mehrere lange, geschwungene Schreibtische, und zwei Männer tippten auf ihren Computern herum. Die beiden sahen auf, als wir eintraten.

„London, das ist einer meiner Männer, Lincoln", stellte Reath ihn vor.

Lincoln trat hinter seinem Computer hervor. Mit seinem struppigen blonden Haar, seiner gebräunten Haut und seinem breiten Lächeln sah er aus, als würde er lieber surfen gehen. Ich wusste jedoch, dass er ein ehemaliger Navy SEAL und ein Experte im Muay-Thai-Kampf war. Er nickte London zu, und sein Lächeln wurde noch breiter.

Mir gefiel die Begeisterung nicht, die ich im Gesicht des Mannes sah. Ich legte einen Arm um sie.

Lincs Lächeln schwankte nicht, aber er nickte mir kurz zu. *Nachricht erhalten.*

„Und das ist Noah", fuhr Reath fort. „Meine Herren, Agent London Coleman."

Der zweite Mann schwenkte seinen Stuhl in unsere Richtung. Er hatte schwarzes Haar, das dringend geschnitten werden musste, strahlend blaue Augen, und ein schweres Tablet ruhte auf seinem Schoß.

„Hi."

Ich wusste, dass Noah in Afghanistan durch eine IED verletzt worden war. Danach hatte er seine Cyberfähigkeiten verbessert und war ein brillanter Hacker geworden.

„Du hast die Agenten in meiner Task-Force überprüft?", fragte London.

Noah nickte. „Bisher keine auffälligen Hinweise."

Die Ausweisfotos des Teams erschienen auf dem Bildschirm.

„Keegan sieht solide aus." Noah drehte sich nach vorn. „Seine Ausgaben entsprechen seinem Gehalt. Er zahlt Unterhalt an seine Ex, und seine wenigen Extraausgaben beziehen sich auf Angelausflüge."

Linc lehnte sich gegen den Schreibtisch und kreuzte seine jeansbekleideten Beine. „Die IRS-Agenten sind sauber. Toby Myers spielt gern, aber er weiß, wo seine Grenze ist. Vivian Lamb hat keinerlei Auffälligkeiten. Bei Amy Chen sieht es anders aus."

„Was?" London sah schockiert aus. „Amy ist eine gute Agentin. Sie ist jung, klug und enthusiastisch. Ich mag sie."

„Wir haben vor zwei Wochen eine Einzahlung von fünfzigtausend Dollar auf ihrem Bankkonto gefunden. Wir haben die Quelle noch nicht ausfindig gemacht", erzählte Noah.

London ließ sich schwer auf einen Stuhl fallen, und ihr Gesicht wurde blass. „Amy kann es nicht sein."

„Vielleicht nicht", meinte Linc. „Sobald wir die

Herkunft des Geldes herausgefunden haben, werden wir es euch sagen."

„Danke." London nickte, und ihr Blick fiel auf Reath. „Ich danke euch allen."

Sie sah blass und müde aus. Ich beobachtete, wie sie heimlich ihr Gesicht berührte und wusste, dass sie Schmerzen hatte.

„Du musst dich ausruhen." Ich zog sie von ihrem Stuhl.

„Ich hasse das, Kavner. Ich dachte, ich kenne diese Leute. Das sind meine Freunde und Kollegen."

„Ich weiß. Es tut mir leid. Manchmal ist das Leben einfach scheiße." Ich begegnete Reaths Blick über ihren Kopf hinweg. *Finde denjenigen, der dahintersteckt.*

Er verstand meine Botschaft und nickte.

Nachdem ich mich von Reath und seinem Team verabschiedet hatte, führte ich London zurück nach unten. Es war nur ein kurzer Spaziergang zum Ignis Tower.

Wir waren gerade aus dem Aufzug gestiegen und in meiner Wohnung angekommen, als Londons Handy klingelte. „Es ist Viv." Sie wandte sich ab und nahm den Anruf entgegen.

„Hey. Nein, mir gehts gut."

Ich zückte mein eigenes Handy und checkte meine Mails. Austin hatte den Großteil meiner Arbeit abgewehrt, und ich machte mir eine Notiz, ihm einen großen Bonus zu zahlen.

„Ich weiß, dass es Quatsch ist, Viv. Beruhige dich. Keegan wird das schon in Ordnung bringen. Ja." London hielt inne und ihre Stimme wurde weicher. „Danke, Viv."

„Ist alles in Ordnung?"

„Viv ist so wütend meinetwegen. Sie ist auf dem Kriegspfad und will unbedingt herausfinden, wer mir das anhängen will." Londons Handy klingelte erneut, und sie lächelte.

„Wieder Viv?"

„Nein, meine Schwester. Lexxie amüsiert sich prächtig bei ihrem Job in Arizona. Sie will früh ins Bett gehen, weil sie morgen zeitig aufbrechen muss. Tatsächlich will sie mir ein Bild vom Sonnenaufgang in der Wüste schicken."

„Hast du ihr gesagt, dass du angegriffen wurdest?"

London wandte sich ab. „Nein."

„Ihr zwei steht euch nahe. Sie wird es wissen wollen."

„Ich werde es ihr sagen, sobald sie zurück ist." London ging zu meinem Klavier hinüber. „Spielst du?"

„Nein. Ich wollte nur unbedingt ein Klavier haben."

Sie lächelte. „Mein Dad hat gespielt. Er war ziemlich gut."

„Wo ist er jetzt?"

„In Shreveport."

„Nicht allzu weit weg."

„Es könnte genauso gut der Mond sein. Ich habe ihn seit Jahren nicht mehr gesehen." Sie fuhr mit einem Finger über die glänzende Oberfläche des Klaviers. „Nachdem er aus dem Gefängnis entlassen wurde, hat er wieder geheiratet. Er hat jetzt eine neue Familie mit zwei kleinen Söhnen. Nie hat er versucht, mit uns Kontakt aufzunehmen. Er kam nicht einmal zur Beerdigung meiner Mom."

Ich rückte näher an sie heran. „Du darfst diese Wut nicht schwären lassen."

Sie rümpfte die Nase. „Ich versuche es, aber es ist nicht immer einfach."

„Ich weiß." Ich schlang meine Arme um sie und zog sie an mich. Als sie sich an mich lehnte, füllte sich meine Brust mit Wärme. „Manchmal ist man so wütend, dass es in alles einsickert. Einige meiner frühesten Erinnerungen sind die, dass ich sauer auf das beschissene Blatt war, das mir das Leben gegeben hatte."

„Meine Mom wurde nie wütend. Als Dad ins Gefängnis ging und wir nichts mehr hatten, hat sie sich einfach aufgerappelt und weitergemacht. Ich weiß, dass sie tief im Inneren verletzt war, aber sie wurde nie wütend. Sie hat mir immer gesagt: *Wenn der Sturm kommt, solltest du die Fenster öffnen, London. Lass ihn einfach durchblasen.*"

„Das klingt nach einer weisen Frau."

„Das war sie auch." London reckte ihr Kinn. „Du hast den Sturm überstanden, Kav. Du hast bewiesen, dass das Leben Unrecht hat, und du hast gewonnen. Sieh dir das Leben an, das du dir selbst geschaffen hast." Sie verzog die Lippen. „Und damit meine ich nicht nur das Geld und die schicken Autos."

Ich drückte sie fester an mich. „Danke. Und du musst das Gleiche tun. Wie viel von dem, was du tust, wird von der Wut über das, was dein Dad getan hat, angetrieben?"

Sie seufzte. „Mehr als ich zugeben möchte. Er ist

gegangen. Ich könnte ihm verzeihen, dass er schwach und gierig war, aber nicht, dass er uns verlassen hat. Und dann ist meine Mom gestorben. Ich weiß, dass es nicht ihre Entscheidung war, aber es tat trotzdem weh."

„Ich weiß, meine liebste Agentin." Ich streichelte ihren Hinterkopf und drückte ihr Gesicht sanft an meine Brust. Im Moment wollte ich sie aufmuntern und dafür sorgen, dass sie sich besser fühlte. Eine Idee schoss mir durch den Kopf. „Komm mit mir." Ich nahm ihre Hand und führte sie in den Flur.

„Was hast du vor?", fragte sie.

„Das hier." Ich stieß die Tür zu meinem Filmzimmer auf, und das Licht ging an. Es beleuchtete die großen, schwarzen Ledersessel, die im Halbkreis vor der großen Leinwand standen.

„Wir werden uns entspannen und einen Film anschauen. Ich werde Popcorn machen."

Sie lachte. „Ich liebe es, mir Filme anzusehen."

Gott, ich liebte dieses Geräusch. Ich wollte es noch öfter hören. „Und zu meinem Glück sind die Sessel groß genug, dass wir es uns gemeinsam gemütlich machen können."

„Was werden wir uns ansehen?"

„Einen Klassiker." Ich hob die Fernbedienung an und scrollte durch, dann drückte ich den Knopf.

Ein junger Dennis Quaid erschien auf dem Bildschirm.

London grinste. *„The Big Easy?"*

„Das passt, denn der Film spielt in unserer wunderbaren Stadt und hat eine schöne, sexy Frau in der Hauptrolle, die den abtrünnigen Polizisten wegen Verschwörung dingfest machen will."

„Aber du bist kein Polizist", stellte sie trocken fest.

Ich küsste sie. „Benutze deine Fantasie. Ich glaube, ich könnte ein guter Polizist sein."

London schnaubte.

„Das Beste ist, dass der Film auch ein paar sehr erotische Szenen enthält. Was auch immer unser Held mit Ellen Barkin macht –" ich ließ meine Hand über ihren Oberschenkel gleiten – „werde ich auch mit dir machen."

Sie zitterte.

33

LONDON

Ich umklammerte die Laken und stöhnte. Als ich mich wölbte, starrte ich an die Decke, während mich das Verlangen durchströmte.

Keuchend blickte ich an meinem nackten Körper hinunter zu Kavners dunklem Kopf zwischen meinen Schenkeln. Er war gnadenlos – er leckte, saugte und stach mit seiner Zunge in mich hinein. Zwei Finger arbeiteten in mir, und ich hatte das Gefühl, dass ich gleich zerspringen würde. Er leckte mich wieder, dann saugte er hart.

Alles in mir zog sich zu einem harten Höhepunkt zusammen, dann zerbrach ich.

Ich schrie seinen Namen, als ich kam.

Meine Hüften stemmten sich gegen seinen Mund und forderten das überwältigende Vergnügen ein.

Dann war da nur noch die süße Glückseligkeit.

Schwer atmend, ließ ich mich zurück auf die Laken fallen. Ich fühlte mich, als würde ich schweben.

Er ragte über mir auf, lächelte und sah sehr zufrieden

mit sich selbst aus. Aber in seinem hübschen Gesicht, in den schrägen Wangenknochen und dem gespannten Kiefer war die Lust unverkennbar.

Kavner packte mich an den Hüften und drehte mich um.

„Auf deine Hände und Knie, London. Ich will dich nicht belasten, solange du Schmerzen hast."

Selbst in der Hitze des Gefechts sorgte er sich um mich.

Ich wippte nach hinten und spürte, wie seine Hände über meine Pobacken strichen. Erst hörte ich das Knistern der Folie, dann spürte ich das massive Gewicht seines Schwanzes zwischen meinen Beinen. *Ja.* Innerlich war ich unfassbar erregt.

„Fick mich, Kav. *Jetzt.*"

Er gab einen tiefen, männlichen Laut von sich, dann war er mit einem kräftigen Stoß in mir.

Ich stöhnte wieder auf und ließ meinen Kopf nach vorn fallen. Aber dieses Mal hatte er es nicht so eilig. Eine Hand lag auf meiner Schulter, und seine Stöße waren langsam, gleichmäßig und tief. Er machte so weiter und schaukelte uns beide unaufhaltsam in die süße Umarmung des Vergessens.

„Spürst du mich, London? Spürst du meinen Schwanz tief in dir, wo er hingehört?"

„Ja", keuchte ich. Ich fühlte mich besessen, beansprucht.

Dann fanden seine Finger meinen Kitzler und zwickten ihn.

Ich kam wieder, und zwar heftig. Während ich meinen Höhepunkt erlebte, spürte ich, wie er ein letztes

Mal tief in mich stieß und meinen Namen stöhnte, als er kam.

Er beugte sich vor und küsste meine Schulter. „Gut?"

„Was denkst du denn?"

„Du bist gut." Ich spürte sein Lächeln auf meiner Haut. „Ich muss heute ins Büro gehen."

„Es ist Samstag."

„Ich weiß. Aber ich habe diese Woche einige Dinge versäumt."

Ich verstand, dass er seine Arbeit vernachlässigt hatte, um sich um mich zu kümmern. „Okay."

Er zog sich aus mir zurück, und ich ließ mich aufs Bett sinken. Ich hatte keine Ahnung, was ich mit mir anfangen sollte. Meine Finger zupften an den Laken. Ich hasste die Vorstellung, dass er gehen würde, und das verunsicherte mich. Eigentlich war ich es gewohnt, allein zu sein und auf meinen eigenen Beinen zu stehen.

Kavner stand auf und kümmerte sich schnell um das Kondom. „Komm mit mir."

Ich schaute auf. „In dein Büro?"

„Es ist nur eine Etage tiefer. Es sollte nicht lange dauern, bis ich die dringendsten Angelegenheiten erledigt habe. Danach würde ich dich gern zum Mittagessen einladen. Zum Glück habe ich eine Reservierung im Wildfire."

Das angesagteste Restaurant der Stadt. Gleichzeitig gehörte es zu Dantes Lokalitäten. Ich vermutete stark, dass Kavner Fury in jedem Restaurant der Stadt in letzter Minute eine Reservierung bekommen konnte.

„In Ordnung." Irgendwie wollte ich ihm bei der Arbeit zusehen.

Er beugte sich vor und klopfte mir spielerisch auf den Hintern. „Lass uns duschen und uns fertig machen."

Wir duschten zusammen, was ich noch nie mit einem Mann gemacht hatte. Während ich mich abtrocknete, sah ich ihm gespannt beim Rasieren zu.

Nur ein Handtuch bedeckte seine Hüften, und meine Augen verschlangen ihn. Gott, dieser Körper.

Als ich mich abtrocknet hatte, beobachtete ich, wie er mit dem Rasierer über seinen markanten Kiefer strich.

Ich liebte diesen Kiefer und verspürte ein starkes Verlangen, ihn zu beißen.

Es war schon komisch, dass sich innerhalb einer Woche Hass in Liebe verwandelt hatte.

Liebe?

Mein Herz verkrampfte sich, und ich erstarrte. *Nein.* Nein, ich durfte mich nicht in Kavner Fury verlieben.

Das wäre unglaublich dumm.

Aber wie könnte ich das nicht? Er hatte sich um mich gekümmert, als ich es am meisten gebraucht hatte.

„London?"

Ich sah auf und begegnete seinem Blick im Spiegel. Er war mit dem Rasieren fertig und zog sich ein blaues Hemd an. „Ist alles in Ordnung mit dir?"

Ich rang mir ein steifes Lächeln ab. „Ja."

„Ich liebe es, dich im Handtuch zusehen, aber fürs Büro brauchst du vielleicht mehr Kleidung als das."

„Stimmt." Mit dem Handtuch um mich gewickelt, eilte ich zu meiner Tasche.

Ich war nicht in Kavner verliebt. Wir kannten uns kaum. Es war nur der heiße Sex, der alles vernebelte. Ich schob diese Gedanken beiseite und zog mir eine schwarze Hose und eine graue Bluse an. Dann nahm ich die Smaragd-Halskette in die Hand und drückte sie fest an mich. Ohne darüber nachzudenken, zog ich sie an und steckte sie unter meine Bluse.

In der Küche genehmigten wir uns ein schnelles Frühstück und Kaffee. Ich holte mein Handy heraus und runzelte die Stirn. Eigentlich wartete ich auf das Sonnenaufgangsfoto von Lexxie. Meine Schwester ließ keine Gelegenheit aus, ihre Arbeit zu teilen. Ich schickte ihr eine kurze Textnachricht.

Während ich auf eine Antwort wartete, aß ich meinen Toast. Als ich keine Antwort erhielt, vermutete ich, dass sie nicht in Handy-Reichweite war. Wahrscheinlich fotografierte sie Eidechsen oder so etwas.

Kavner hielt meine Hand, während wir mit dem Aufzug eine Etage tiefer in sein Büro fuhren. Dort saß eine Frau an dem eleganten Empfangstresen. Sie lächelte uns an.

„Guten Morgen, Mr. Fury. Agent Coleman.“

„Guten Morgen, Alana.“ Kavner führte mich in sein Büro.

„Woher kennt sie meinen Namen?“

„Ich habe dich in unsere Datenbank eintragen lassen. Der Sicherheitsdienst lässt dich rein, wann immer du willst.“

Ach ja? Kavners Büro sah genauso aus wie bei meinem letzten Besuch, mit makellosen, modernen Linien. Die große Topfpflanze in der Ecke und das kühne Gemälde an der Wand gefielen mir sehr.

Er sah, wie ich es anstarrte. „Der Künstler hat

demnächst eine Ausstellung. Ich werde dich mitnehmen."

„Kavner." Der junge Mann, mit dem ich im Auktionshaus gesprochen hatte, kam herein und sah aus, als hätte er sich mehrmals mit der Hand durchs Haar gestrichen. „Es gibt so viele Dinge, die du unterschreiben musst. Und Morton will ein Treffen. Du weißt ja, wie aufdringlich er ist." Der Mann sah mich und blieb stehen. „Oh. Hallo."

„Hallo", grüßte ich.

„London, das ist mein fleißiger Assistent, Austin."

„Überarbeiteter Assistent", konterte Austin. Er ließ einen Stapel Akten auf Kavners Schreibtisch fallen.

„Ich werde dafür sorgen, dass du einen ordentlichen Bonus bekommst." Kav klopfte auf die Akten. „Und keine Sorge, ich kümmere mich um die hier."

„Ich wollte ein paar Termine vereinbaren ..."

„Nicht heute Morgen." Kavner schickte Austin hinaus und schloss die Tür.

Ich schlenderte zu seinem Schreibtisch hinüber und berührte die kühle Marmorplatte. Kavner setzte sich in seinen Bürostuhl.

O Gott. Mit der Glaswand hinter ihm gab er ein gutes Bild ab. Der mächtige Mann im Anzug an seinem Schreibtisch, wie man es sich bildlich vorstellen würde.

„Ich kenne diesen Blick", murmelte er.

„Du bist heiß. Besonders im Anzug, wenn du wie der *Master of the Universe* aussiehst."

Er lehnte sich in seinem Stuhl zurück und kniff die Augen zusammen. „Komm her."

„Mr. Fury, Sie wollen doch nicht etwas Unangemessenes andeuten, oder?" Aber ich tat, was er verlangte, und umrundete seinen großen Schreibtisch. „Denn wenn du diese Dinge nicht unterschreibst, könnte Austin explodieren."

Kav zog mich auf seinen Schoß und knabberte an meinen Lippen. „Ich will jetzt nicht über Austin reden, und jedes Mal, wenn ich dich ansehe, denke ich an unanständige Dinge."

Mein Handy vibrierte in meiner Tasche, aber ich ignorierte es.

Erneut küsste er mich, und ich stöhnte auf. Ich griff nach seiner Krawatte und zog ihn näher zu mir. „Du bist eine große Ablenkung."

Er biss mir in die Unterlippe.

Die Gegensprechanlage auf seinem Schreibtisch surrte. Kav seufzte und drückte einen Knopf. „Was?"

„Einige dieser Formulare sind zeitkritisch, Chef."

Kav seufzte erneut. „Ich unterschreibe sie jetzt gleich." Er schaute mich an. „Ich sollte das besser tun, sonst kündigt Austin noch."

Ich streichelte sein Gesicht. „Ist schon gut. Mach dein Ding." Nachdem ich aufgestanden war, zückte ich mein Handy.

Da war eine Nachricht von einer unbekannten Nummer. Stirnrunzelnd öffnete ich sie.

Es war ein Bild. Als ich es sah, wurde mein Kopf völlig leer und meine Brust verschloss sich.

„Nein."

„London?" Kavner rappelte sich auf und schnappte sich mein Handy.

Es war ein Foto von Lexxie, die mit Klebeband über

ihrem Mund an einen Stuhl gefesselt war. Sie hatte geweint, und ihre Wimperntusche war verschmiert. Auf einer Wange hatte sie eine Schnittwunde.

Ich konnte nicht atmen.

„Lexxie." Die Angst durchfuhr mich wie heiße Säure.

Mein Handy läutete erneut, als eine Nachricht einging.

Komm allein nach Pointe Marina, Agent Coleman, oder deine Schwester stirbt.

34

KAVNER

„Setz dich." Ich nahm Londons Arm und führte sie zur Couch am Fenster.

„Ich kann nicht ... Gott, *Lexxie*."

Ihr Tonfall war ein gequältes Flüstern, und in ihren Augen stand die pure Angst. Vorsichtig drängte ich sie, sich zu setzen, und nahm ihre Hände in meine. Sie waren eiskalt.

„Reath und meine Brüder sind auf dem Weg." Ich hatte ihnen Nachrichten mit höchster Dringlichkeit geschickt.

„Jemand hat meine Schwester in den Fingern, Kavner. Sie haben ihr wehgetan."

Ich hockte mich vor London hin. „Wir werden sie zurückholen."

„Ich muss gehen, Kavner. In der Nachricht stand, dass ich allein kommen soll."

Ich hielt sie fest. „Das ist eine Falle. Du musst nachdenken und du brauchst einen Plan. Du nützt deiner

Schwester nichts, wenn du da reinrennst und getötet wirst."

Wer auch immer Lexxie Coleman in seiner Gewalt hatte, musste die Person sein, die London verraten hatte. Jetzt hatten sie ihre Schwester entführt, um sie an einen abgelegenen Ort zu locken, damit sie sie töten konnten. Diese Person wollte London um jeden Preis loswerden.

Sie würden sie umbringen und ihr alles in die Schuhe schieben. Dann würden die Ermittlungen wegen der Geldwäsche eingestellt werden.

„Kav –" Londons Stimme brach. „Ich kann sie nicht verlieren."

„Das *wirst* du auch nicht." Ich setzte mich neben sie und zog sie an mich.

„Lexxie ist alles, was ich noch habe."

„Nein, das ist sie nicht, aber du wirst sie nicht verlieren. Wir werden sie zurückholen."

Die Tür zu meinem Büro öffnete sich. Reath schritt herein, gefolgt von Colt, Beau und Dante.

„Meine Jungs konnten die Nachricht nicht zurückverfolgen", sagte Reath. „Sie kam von einem Wegwerfhandy."

„Ist das Foto echt?", fragte ich. „Es ist wirklich Londons Schwester?"

Reath nickte knapp. „Ja. Ich habe mit einem ihrer Kollegen in Arizona gesprochen. Sie haben sie gestern Abend beim Abendessen gesehen, aber nicht, nachdem sie in ihr Hotelzimmer zurückgekehrt war. Heute Morgen ist sie nicht zur Arbeit erschienen, und ihr Hotelzimmer ist leer. Es gab Anzeichen eines Kampfes.

Ich vermute, dass sie gestern Abend entführt und zurück nach Louisiana geflogen wurde."

„Gott." London drückte eine Hand auf ihre Brust.

Ich zog sie noch näher zu mir. „Was wissen wir über Pointe Marina?"

„Es ist ein kleiner Ort mit ein paar Bootsplätzen und einer Rampe. Er liegt hinter den Bayou-Sauvage-Sumpf-landschaften. Sieht so aus, als würden sie auch einige Bootsreparaturen durchführen." Reath verschränkte seine Arme vor der Brust. „Die Pointe Marina ist abge-legen und nach dem, was Linc herausgefunden hat, ist sie im Moment geschlossen, weil der Besitzer im Urlaub ist."

„Ich muss meine Schwester retten", sagte London.

Ich drückte ihre Hände. „Wir sind bei dir."

„Aber ich muss allein gehen. Wenn derjenige, der Lex hat, euch sieht ..."

„Das werden sie nicht", meinte Reath. „Wir haben das im Griff, London. Du gehst rein und nimmst Kontakt auf, während der Rest von uns sich dem Ziel nähert, ohne dass es uns sieht. Dann werden wir dieses Arsch-loch ausschalten."

Anspannung erfüllte mich. „Du willst, dass sie allein reingeht? Unbewaffnet? Nein." Ich schüttelte heftig den Kopf.

Reaths Mund wurde schmaler. „Wir werden sie zurückholen, Kav, aber es ist am sichersten, wenn sie den ersten Kontakt herstellt. Sie muss die Person zum Reden bringen und ihre Schwester ausfindig machen."

„*Nein*", wiederholte ich. Ich konnte London verdammt noch mal nicht allein zu jemandem schicken, der sie umbringen wollte.

„Wenn wir mit gezogenen Waffen reingehen, steigt das Risiko für Londons Schwester", erklärte Reath.

London drückte meine Hand. „Kav, ich muss das tun. Sie ist meine Schwester."

Verdammt noch mal! Ich atmete tief durch, um all die Emotionen zu verarbeiten, die mich erstickten, denn ich wusste, dass sie alles für Lexxie tun würde.

Londons Blick war fest, aber entschlossen. „Bitte, hilf mir."

Scheiße. „Okay, aber wenn du einen einzigen Kratzer abbekommst ..."

Sie beugte sich vor und küsste mich. „Wir können das schaffen."

Ich stieß einen langen Atemzug aus. „Sind alle bewaffnet?"

Alle nickten, und Reath reichte mir eine Glock.

„Bist du bereit?", fragte ich London.

Sie nickte. Ich beobachtete, wie sie ihre Angst unterdrückte und sich stählerne Entschlossenheit in ihrem Gesicht breitmachte. „Holen wir meine Schwester."

WIR NAHMEN zwei der Suburbans von Phoenix Security Services. Reath und Beau stiegen in den ersten SUV. Beide Männer hatten eine militärische Ausbildung und würden sich übers Wasser anschleichen.

Dante fuhr den zweiten SUV, und Colt saß neben ihm auf dem Beifahrersitz. London und ich saßen auf der Rückbank. Sie zappelte, als wir auf dem Weg zur Pointe Marina durch die Feuchtgebiete fuhren. Dabei achtete sie weder auf die dichte Vegetation am Straßenrand noch auf den Anblick der von wilden Tieren bevölkerten Sümpfe.

„Es wird alles gut." Ich drückte meine Hand auf ihre. Die Vorstellung, dass sie ohne mich hineinging, missfiel mir. Meine Brüder und ich würden uns zurückhalten und uns zu Fuß anschleichen. Aber diese Minuten, in denen ich nicht wusste, was mit ihr geschah, würden mich umbringen.

London wäre in Gefahr. Sie wäre allein mit jemandem, der sie umbringen wollte.

Entschlossen nickte sie. „Wir werden sie sicher nach Hause bringen."

Ich zog London an mich und küsste sie auf den Scheitel. „Und du bleibst in Sicherheit. Geh keine Risiken ein."

Ich war noch nicht fertig mit ihr. Mein Herz pochte. Verdammt, ich würde nie mit ihr fertig werden.

London Coleman gehörte mir.

Schließlich bog Dante vom Highway ab, und wir fuhren einen Feldweg hinunter. Aus dem Fenster sah ich ein verwittertes Schild, auf dem Pointe Marina stand.

Dante hielt den SUV an. „Wir müssen hier aussteigen." Er schaute zu uns zurück.

„Wenn du um die Kurve fährst, London, kannst du den Jachthafen sehen."

Sie nickte, den Mund zu einer flachen Linie verzogen.

Colt und Dante öffneten ihre Türen und stiegen aus.

Scheiße. Es war so schwer, sie zurückzulassen.

„Bleib am Leben." Ich drückte ihr einen harten, besitzergreifenden Kuss auf den Mund.

Ihre bernsteinfarbenen Augen wanderten über mein Gesicht. „Du schuldest mir ein Mittagessen, Fury."

„Diese Schuld begleiche ich gern." Ich zwang mich, aus dem Fahrzeug auszusteigen.

Meine Brüder und ich standen neben dem Wagen, als sie auf den Fahrersitz rutschte. Dann sah ich zu, wie sie langsam die Straße hinunterfuhr.

„Ich darf sie nicht verlieren."

Colt nickte. „Das wird nicht passieren."

„Wir werden es nicht zulassen", sagte Dante.

Ich atmete tief ein. „Kommt schon. Begeben wir uns in Position."

35

LONDON

E s war so verdammt schwer, meine Angst in den Griff zu bekommen. Nachdem ich durch das Tor von Pointe Marina gefahren war, hielt ich den SUV an und stieg aus. Ein starker Wind peitschte die Straße entlang und zerrte an meinem Haar. Der Geruch von Wasser und Vegetation lag in der Luft.

Ich atmete langsam ein. Lexxie brauchte mich.

Und ich war nicht allein.

Ich wusste, dass Kavner und seine Brüder da draußen waren.

Meine Finger glitten unter meine Bluse und umklammerten den Smaragd, der an meinem Herzen baumelte. Er gab mir Halt.

Meine Stiefel knirschten auf dem Schotterweg. Auf dem Wasser dümpelten mehrere Boote in den Slips. An Land standen ebenfalls einige, die auf Holzblöcke gestützt waren. Die Rümpfe waren fleckig und sahen aus, als müssten sie repariert werden.

Wo bist du, Arschloch?

Ich schaute mich um. In der Ferne sah ich einen Arbeitsschuppen am Wasser. Vielleicht war derjenige, der Lexxie hatte, dort drinnen?

Ich umkreiste ein großes Fischerboot auf einem Holzblock. Es trug ein verblasstes „Zu verkaufen"-Schild.

Dann blieb ich stehen.

Lexxie. Mein Herz raste wie wild.

Sie war an einen Stuhl direkt am Wasser gefesselt. Ihr Kopf hing nach unten, ihr Kinn ruhte auf ihrer Brust.

Mein Puls stockte, dann jagte er los. *War sie am Leben? O Gott!*

„Lexxie!" Ich fing an, zu joggen.

Der Kopf meiner Schwester schoss hoch. Ihre Augen waren vor Angst geweitet. Sie versuchte zu sprechen, aber das Klebeband dämpfte ihre Worte.

„Es wird alles wieder gut."

„Für mich ja, aber leider nicht für dich, London."

Die vertraute Stimme ließ mich stolpern und innehalten. Ein furchtbares Gefühl machte sich in meinem Inneren breit.

Viv trat hinter einem Boot hervor, eine Waffe in meine Richtung gerichtet.

„Viv? Nein." Unglaube drohte, mich zu ersticken.

Meine Kollegin gab ein spöttisches Geräusch von sich. „Ach, sei doch nicht so enttäuscht."

„Du steckst hinter all dem?" Ich schüttelte den Kopf und versuchte, das zu verarbeiten. „Ich habe dich als Freundin betrachtet. Ich habe zu dir aufgeschaut. Herrje, ich habe dich bewundert."

„Mich bewundert?" Ihr Gesicht verzog sich. „Eine Frau mittleren Alters, unverheiratet, ohne Kinder, mit einer Hypothek, die ich kaum bezahlen kann? Ohne Geld auf der Bank? Ich habe *nichts*."

„Du hattest eine beneidenswerte Karriere. Geld? Dafür hast du dich verkauft?" Ich konnte es nicht fassen.

„Das sagt sich so leicht, wenn man einen Milliardär fickt!"

Ich ignorierte die Bemerkung. „Du hast Geld vom Accosta-Kartell genommen."

„Sie haben mir angeboten, was ich verdiene", spuckte Viv.

„Das sind *Kriminelle*. Drogendealer, die Leben ruinieren. Und jetzt gehörst du zu ihnen. Du hast versucht, mich zu töten!"

„Ich habe jemanden angeheuert, um dich zu warnen. Ich wollte, dass du aufhörst, hier herumzustochern. Aber du bist eine verdammte Bulldogge. Selbst wenn man auf dich schießt und dich verprügelt, hält dich das nicht auf."

Ich starrte meine ehemalige Freundin an und konnte nicht akzeptieren, dass sie einen so dunklen Weg einge-schlagen hatte.

Viv schüttelte den Kopf, und auf ihrem Gesicht stand etwas, das man als Bedauern hätte bezeichnen können. „Es ist besser so, London. Du wirst einfach verschwinden. Ich werde einen Zettel mit deinem Geständnis finden, den ich unter Tränen zu Keegan bringen werde. Das wird beweisen, dass du es warst, die Informationen weitergegeben und mit dem Accosta-Kartell zusammengearbeitet hat."

„Fick dich, Viv."

„Geh zum Ufer, London, und knie dich hin."

Ich biss mir auf die Zunge. *Waren Kav und seine Brüder in Position?* „Viv, lass uns darüber reden."

„Da gibt es nichts mehr zu besprechen. Ich wollte dich nicht töten müssen, aber jetzt ist es zu spät."

Ich musste sie noch etwas länger hinhalten. „Viv ..."

„Geh an den Rand des Wassers." Sie wedelte mit der Waffe und zielte diesmal auf Lexxie. „Sofort."

Ich erstarrte und sah, wie Lexxies Hände die Lehnen des Holzstuhls umklammerten.

Bitte, Kav, sei bereit.

Mein Herz donnerte in meinen Ohren. Ich vertraute ihm, mehr als jedem anderen.

Plötzlich hörte ich Schüsse in der Nähe und zuckte zusammen.

Viv stieß einen verärgerten Laut aus. „Du bist nicht allein gekommen."

Mein Herz fühlte sich an, als würde es von einer Faust zusammengedrückt werden. Gott, Kav, bitte sei in Ordnung. „Doch, bin ich, ich ..."

„Das spielt keine Rolle. Ich bin auch nicht allein. Jetzt beweg dich, oder ich jage deiner Schwester eine Kugel in den Kopf."

Als ich Viv ansah, kochte die Wut in mir hoch und wurde immer größer. Diese Frau, *meine Freundin,* hatte mich und alles, wofür wir standen, verraten.

Sie ließ jemanden da draußen auf Kav und seine Brüder schießen.

Und sie hatte meine Schwester entführt.

Das war eine Sünde, die ich niemals verzeihen konnte.

Ich warf einen Blick auf Lexxie. Sie starrte mich mit

einer Mischung aus Hoffnung, Verzweiflung und Angst an. Langsam machte ich einen Schritt aufs Wasser zu.

„Wie ich schon sagte", fuhr Viv fort. „Ein Teil von mir bedauert, dass ich dich töten muss, London. Und deine Schwester. Ich werde es so schmerzlos wie möglich machen und euch dann ins Wasser werfen. Niemand wird eure Leichen je finden."

„Weißt du was, Viv? Du kannst mich mal! Es war ein Fehler, mich ans Kartell zu verkaufen und mir das anzuhängen. Aber dein größter Fehler war es, meine Schwester anzufassen."

Ich griff an.

36

KAVNER

Ich joggte durch den Jachthafen, und mein Puls raste. Meine Hand lag fest auf dem Schaft meiner Waffe.

Du musst zu London kommen. Das war alles, worauf ich mich konzentrierte.

Wir bewegten uns durch eine Reihe von alten, verfallenden Booten.

Plötzlich ertönten Schüsse. Kugeln schlugen in den Rumpf des Boots neben mir ein.

Mit einer Drehung ging ich in Deckung.

Ich sah einen großen Mann mit kahl geschorenem Kopf in der Nähe stehen, die Waffe erhoben. Ich erhaschte einen flüchtigen Blick auf die Tinte auf seinem Unterarm. Es war ein Totenkopf.

Colt schoss auf den Mann, und er verschwand zwischen den Booten.

„Wir müssen ihn ausschalten", meinte Colt.

Verdammt, er hielt uns davon ab, London zu erreichen. „Das ist der Mann, der London verprügelt und auf sie geschossen hat."

„Bist du dir sicher?", fragte Dante.

„Ich habe sein Tattoo gesehen."

Wut flammte in mir auf.

Es war eine Wut, die in meiner Kindheit durch Vernachlässigung entstanden war und sich verfeinert hatte, als ich gelernt hatte, allein zu überleben. Es war eine Wut, die ich kontrollieren konnte, weil ich gelernt hatte, den Männern zu vertrauen, die ich Brüder nannte.

Und jetzt nutzte ich sie, um mich anzustacheln. Ich wollte mich dafür rächen, was dieses Arschloch London angetan hatte.

Und ich wollte ihn loswerden, damit ich zu meiner Frau gelangen konnte.

Ich drückte mich mit dem Rücken an den Rumpf des Bootes und spähte umher. Weitere Kugeln flogen vorbei. „Ich werde ihn einkreisen. Du lenkst ihn ab."

Dante nickte, und Colt hob sein Kinn.

Als ich in die andere Richtung um das Boot joggte, hörte ich, wie die beiden sich mit dem Angreifer einen Schusswechsel lieferten.

All meine Schleichfähigkeiten, die ich als Kind gelernt hatte, nutzend, kroch ich um die Seite eines Hausboots herum. Danach hechtete ich zum nächsten Boot, und plötzlich sah ich ihn. Er schaute in die andere Richtung und schoss auf meine Brüder.

Ich stellte mich hinter ihn.

„Hey, Arschloch. Wie wärs, wenn du dich mit jemandem in deiner Größe anlegst?"

Er wirbelte herum, aber bevor er sich erheben konnte, holte ich zu einem Frontkick aus. Mein Schuh traf ihn am Kopf und ließ ihn herumschleudern.

Ich schlug ihm die Waffe aus der Hand. „Steh auf. Ich werde dich schlagen, so wie du sie geschlagen hast."

Der Kerl stand langsam auf, und es erfüllte mich mit Genugtuung, als ich die Vorsicht in seinen Augen sah.

„Du bist nur ein verdammter verwöhnter Reicher", knurrte er und hob die Fäuste. „Mach schon."

Meine Wut schoss wie ein Flammenmeer durch meine Adern. Ich schlug mit einem rechten Haken zu, gefolgt von einem linken Aufwärtshaken. Meine Schläge hämmerten auf sein Gesicht, auf seine Brust, und in seinen Bauch.

Er stöhnte und versuchte, sich zu wehren.

Aber ich war besser trainiert und hatte mehr Motivation.

Nicht lockerlassend, schlug ich so lange zu, bis meine Knöchel aufgerissen und blutig waren.

Sein Gesicht war blutverschmiert. Als ich ihn erneut traf, ging er zu Boden. Schwer atmend blickte ich auf und sah Colt und Dante mit den Waffen in ihren Händen hinter mir stehen.

Der Mann am Boden stöhnte, aber das war mir jetzt egal. Ich musste zu London gelangen.

„Kommt schon, los gehts."

Plötzlich riss Colt seine Waffe hoch. „Pass auf!" Mein Bruder schoss.

Ich drehte mich um und sah, wie der Typ auf den Boden plumpste. Er hatte eine zweite Waffe in der Hand.

Ich starrte ihn an und spürte nichts.

Dann hörte ich einen Schuss in der Nähe, und alles in mir erstarrte.

London.

Schnell setzte ich mich in Bewegung und sprintete zwischen den Booten hindurch. *Wo ist sie?*

Schemenhaft nahm ich wahr, dass Dante und Colt mit mir Schritt hielten. Wir traten auf eine größere Freifläche hinaus. Das Erste, was ich sah, war Londons Schwester am Wasser. Sie war an einen Stuhl gefesselt und auf die Seite gekippt. Verzweifelt versuchte sie, sich zu befreien.

London lag in der Nähe auf dem Boden und kämpfte mit einer älteren Frau. Ich erkannte sie als eine der FBI-Agentinnen. Londons Freundin, Vivian Lamb.

Eine Waffe lag auf dem Boden, während die beiden wild miteinander kämpften.

„Kommt schon." Ich beschleunigte das Tempo.

Aber es war noch ein weiter Weg, bis ich sie erreichen würde.

Vivian packte London an den Haaren und zerrte daran. Dann schlug sie London ins Gesicht, genau auf die Stelle, die bereits geschwollen war. London schrie auf.

Die ältere Frau taumelte auf die Beine. Ich sah, wie sie nach der Waffe suchte.

Nein. Verdammt. Ich zielte und schoss.

Vivian tauchte ab und ging in Deckung. Dann griff ihre Hand nach der Pistole.

London würde genau in ihrer Schusslinie stehen.

Ich darf sie nicht verlieren.

Mein ganzes Leben lang hatte ich Dinge erworben, gekauft und in sie investiert, von denen ich dachte, dass ich sie brauche. Dinge, von denen ich glaubte, sie würden mir Sicherheit, Geborgenheit und Glück schenken.

Jetzt wusste ich, dass all dies zwar schön war, aber das Einzige, was ich wirklich brauchte, war London.

Die Definition von Glück war, sie im Arm zu halten, während sie schlief. Sie zum Lachen zu bringen. Zu sehen, wie sich ihr Gesicht vor Emotionen aufhellte.

Die Hand der abtrünnigen Agentin schloss sich um die Waffe, und sie richtete sich auf.

Nein. Ich rannte schneller und feuerte wild um mich.

London ging in die Knie und versuchte, ihre Schwester zu schützen.

Ich würde es nicht mehr rechtzeitig schaffen.

In diesem Moment tauchten zwei große Schatten hinter Vivian aus dem Wasser auf. Sie trugen beide schwarze Neoprenanzüge.

Reath hob seine Waffe und feuerte.

Vivians Körper zuckte. Beau schoss ebenfalls, und sie zuckte erneut.

Die Frau sah auf die Löcher in ihrem Oberkörper hinunter, und ihre Waffe fiel ihr aus den Fingern.

London sprang auf die Beine und fing die Frau auf, als sie zusammenbrach. Sie legte sie flach auf den Boden.

„Ich brauche etwas, um die Blutung zu stoppen", sagte London.

Colt schlüpfte aus seinem Hemd. Darunter trug er ein T-Shirt. London wickelte es zusammen und drückte aus auf Vivians Wunden.

Endlich erreichte ich sie. „London." Ich packte sie an der Schulter. „Willst du sie wirklich retten?"

London schaute auf. „Ich will Gerechtigkeit. Ich will,

dass sie zu ihren Verbrechen steht und sie zugibt. Dass sie auf die richtige Art und Weise dafür bezahlt."

Das war meine Frau. Durch und durch ehrenhaft. Ich nickte.

Langsam streckte sie die Hand aus und legte sie auf meine.

Tropfnass hockte sich Beau neben Vivian. „Ich habe sie."

London nickte und krabbelte zu ihrer Schwester.

Ich schob meine eigenen aufgewühlten Gefühle beiseite.

Meine Frau war in Sicherheit.

„Ich muss Lexxie befreien." Sie zerrte an den Seilen, die ihre Schwester fesselten. „Hilf mir."

Ich unterstützte dabei, die Fesseln zu lösen, dann half sie ihrer Schwester auf die Beine. Vorsichtig löste sie das Klebeband von Lexxies Mund.

„London, *Gott!*", schluchzte Lexxie und fiel in die Arme ihrer Schwester. Sie umarmten einander.

„Du bist jetzt in Sicherheit, Lex. Es tut mir so leid, dass das passiert ist."

„Es ist nicht deine Schuld. Es ist die Schuld dieser schrecklichen Frau." Sie warf einen kurzen Blick auf Vivian. „Sie hat mir gesagt, dass sie dich umbringen wird."

Die Schwestern umarmten sich noch einmal. Ich beobachtete sie und war froh, dass es ihnen gut ging, aber ich fühlte mich immer noch nervös. Die Energie in mir war angespannt und wild.

Der Anblick von Vivian, die nach der Waffe gegriffen

hatte, und von London, die schutzlos dagestanden hatte, würde mich noch lange verfolgen.

37

LONDON

Ich umarmte meine Schwester fest.

Sie war in Sicherheit. *Gott sei Dank.*

Lexxie hatte zwar ein paar Kratzer und Schrammen, aber sie war am Leben.

Ich ließ sie nicht los, und sie mich auch nicht. Ich hörte, wie Kavner in der Nähe am Handy die Kavallerie anrief. Reath und Beau hielten Wache bei Viv und taten, was sie konnten, um ihre Blutung zu stillen. Sie war bei Bewusstsein und hatte starke Schmerzen.

Lexxie schaute sich verwirrt um. Als ihr Blick an Reath und Beauden hängen blieb, weiteten sich ihre Augen. Ihre Neoprenanzüge brachten ihre kräftigen Körper zur Geltung.

Meine Schwester drehte ihren Kopf weiter und sah Colt und Dante an. Ihre Augen weiteten sich noch mehr.

„Ich hatte Hilfe bei deiner Rettung", erklärte ich ihr.

„Das sehe ich." Ihr Blick fiel auf den Rücken von Kavner. „Die Fury-Brüder."

„Ja."

Kavner beendete sein Gespräch und drehte sich um. Sein intensiver Blick traf mich. Ich war so erleichtert zu sehen, dass es ihm gut ging.

Obwohl die Gefahr vorüber war, wirkte er immer noch angespannt und nervös.

Sein Blick wanderte an meinem Körper hinunter, und ich sah, wie ein Muskel in seinem Kiefer kribbelte. Dann schritt er in meine Richtung.

„Kav –"

Er hob mich von den Füßen, und sein Mund traf auf meinen.

Mein Verstand setzte aus. Alles, was ich tun konnte, war, zu fühlen.

Ich spürte diesen Mann, der mir lebenswichtig geworden war. Schnell schlang ich meine Beine um seine Taille und küsste ihn zurück.

Viel zu schnell riss er seinen Mund weg und drückte seine Stirn an meine. „Verdammt, erschrick mich *nie* wieder so."

„Ich wusste, dass du mich retten würdest." Ich streichelte sein Gesicht. Dieses hübsche Gesicht, dem ich einst misstraut hatte, und jetzt …

Jetzt wollte ich es jeden Tag sehen.

„Ich werde dir immer den Rücken freihalten, meine liebste Agentin."

„Äh, hallo?" Lexxie stand neben uns und hatte die Hände in die Hüften gestemmt. „Möchte mir jemand erklären, warum meine Schwester einen verdammten Milliardär küsst?"

Ich zappelte, damit er mich herunterließ. Kavner ließ mich auf meine Füße sinken, aber er ließ mich nicht los. Stattdessen legte er seinen Arm um meine Taille.

„Ich bin Londons Freund."

Ich erstarrte und sah zu ihm auf. Er sah verdammt selbstzufrieden aus. Mein Herz begann in meiner Brust verrückte Dinge zu tun. „Nein, bist du nicht."

„Doch, bin ich." Er griff nach mir und fischte den Smaragd unter meiner Bluse hervor. „Du trägst die Halskette, die ich dir geschenkt habe. Du hast bei mir geschlafen. Nicht, dass wir viel geschlafen hätten. Und du ziehst bei mir ein. Für immer."

Mir blieb der Mund offenstehen. In meinem Magen brodelte eine Mischung aus Angst, Freude und Verärgerung. „Ach, wirklich?"

„Ja." Er zog mich näher an sich heran. „Ich werde dich nicht mehr aus den Augen lassen. Jedes Mal, wenn ich das tue, versucht jemand, dich zu verletzen."

Ich konnte sehen, dass er immer noch wütend war. Seufzend schmiegte ich mich an ihn und strich mit meinen Händen über seine straffen Schultern. „Mir gehts gut, Kav."

„Meine Schwester ist mit Kavner Fury zusammen." Lexxie schüttelte den Kopf. „Ich fahre für ein paar Tage weg, und die ganze Welt spielt verrückt."

Wenige Augenblicke später fuhren Streifenwagen und mehrere unmarkierte FBI-Fahrzeuge vor.

ICH WAR BEREIT, nach Hause zu fahren.

Überall schwärmten Agenten und Polizisten herum.

Ich beobachtete, wie ein versteinerter Keegan Viv mit Handschellen an die Trage fesselte, auf der sie lag. Offenbar hatten die Kugeln nichts Lebenswichtiges getroffen, und sie würde es schaffen.

Mehrere Agenten trugen einen Leichensack zu einem Van. Ich schlang meine Arme um meine Mitte, weil ich wusste, dass es die Leiche des Mannes war, der mich angegriffen hatte. Vorhin hatte ich Kavners Aussage mitgehört. Er hatte den Kerl geschlagen, und Colton hatte ihn erschossen, als er versucht hatte, Kav hinterrücks zu töten.

In der Nähe saß meine Schwester mit einer Decke über den Schultern. Sie sah müde aus, aber ich erinnerte mich daran, dass sie noch am Leben war.

Es war vorbei.

Keegan kam auf mich zu. „Alles in Ordnung, Coleman?"

Nickend antwortete ich: „Nicht hundertprozentig, aber es wird schon wieder." Ich sah zu Viv hinüber, die in einen Krankenwagen geladen wurde. „Ich kann immer noch nicht glauben, dass es Viv war."

Ihr Verrat hatte mich hart getroffen.

Keegan holte tief Luft. „Ich habe schon viele gute Menschen böse werden sehen, London. Ich werde nicht lügen, es wird nie einfacher. Es ist wichtig, dass wir nie aus den Augen verlieren, warum wir diesen Job machen."

„Eine Sekunde lang dachte ich, es sei Chen. Das wollte ich auch nicht glauben."

Er grunzte. „Die Fury-Brüder haben die Bezahlung gefunden, die sie erhalten hat. Es war eine Erbschaft einer Tante."

Das stimmte mich ansatzweise froh. Wir sahen zu, wie der Krankenwagen unter Eskorte wegfuhr.

„Lamb hat zugestimmt, uns alles zu sagen, was sie über die Geldwäsche und ihre Rolle dabei weiß. So können wir das Accosta-Kartell aufdecken."

„Als Gegenleistung für was?"

„Schutzgewahrsam. Sie wird getrennt von den anderen Gefangenen untergebracht."

„Sie hat Angst, dass das Kartell hinter ihr her sein wird."

„Ja. Und jeder Gauner, den sie hinter Gittern gebracht hat. Sie hat sich ihr Bett selbst gemacht, Coleman." Er blickte hinüber zu Kav und seinen Brüdern. „Wollen Sie in New Orleans bleiben?"

„Ich bin mir noch nicht sicher."

„Wenn ja, und falls Sie einen neuen Job suchen, werden Sie immer einen Platz in meinem Team haben."

„Danke, Sir."

Er fasste mir an die Schulter und nickte.

Ich schaute hinüber und sah Kavner am Wasser stehen. Sein Körper war steif, die Hände steckten in den Taschen.

Immer noch konnte ich die Emotionen spüren, die von ihm ausgingen. Er war wütend und verärgert. Ich wollte einen Weg finden, damit er sich besser fühlte.

„Du bist also in einen Milliardär verliebt."

Ich verstummte und fühlte mich ein wenig schwach, als ich Lexxie ansah. „Nein, ich meine ..."

Sie ergriff meine Hand. „Er ist nicht Dad, London. Soweit ich weiß, wird er nicht einfach abhauen. Er ist ein Mann, der für das kämpft, was er will. Er kämpft für diejenigen, die ihm wichtig sind. Ich glaube, das hat er heute bewiesen."

„Ich habe Angst, Lex. Was ich für ihn empfinde ..."

Meine Schwester lächelte. „Ich habe immer dafür gebetet, dass du dich eines Tages verliebst. In jemanden, der dich verdient hat. Jemanden, der dich verwöhnt, dich unterstützt und dich nicht immer den Chef spielen lässt."

Ich lachte leise. „Er tut all diese Dinge."

„Es gibt keine Garantien im Leben, London. Das haben wir schon sehr früh gelernt. Und schon gar nicht in der Liebe. Manchmal muss man einfach einen Sprung wagen."

Sanft legte ich meine Stirn gegen ihre. „Seit wann bist du so schlau?"

„Seit dem Tag, an dem ich geboren wurde."

Ich umarmte sie. „Ich liebe dich."

„Ich liebe dich auch, Schwesterherz. Und wenn du das vermasselst", sie nickte Kavner zu, „werde ich echt wütend sein."

Schnell drückte ich ihre Hand, dann ging ich in seine Richtung.

Als ich ihn erreichte, berührte ich seinen Rücken. Seine Muskeln waren angespannt.

„Gehts dir gut?"

„Nein." Seine Hände waren zu festen Fäusten geballt.

Ich sah, dass seine Fingerknöchel aufgerissen und blutig waren. Er hatte mich gerächt und mich beschützt. Vorsichtig hob ich sie an und drückte ihm schnelle Küsse auf die Handflächen.

„Dich in Gefahr zu sehen, gefällt mir nicht." Seine Stimme war ein leises Knurren.

Ich stellte mich vor ihn und drückte meine Hände auf seine Brust. „Wir haben gewonnen, Kavner. Du hast den gewalttätigen Mann, der mich angegriffen hat, aufgehalten. Viv geht ins Gefängnis, und Keegan sagte, dass sie zugestimmt hat, das Accosta-Kartell zu verraten. Ihre Geldwäscheoperation wird zerschlagen."

„Gut."

Er war immer noch so verdammt angespannt. Ich streichelte seinen Kiefer. „Es ist an der Zeit, die Wut jetzt loszulassen." Mein Körper drückte sich an ihn. „Wir sind am Leben. Wir haben die bösen Jungs besiegt."

Etwas zerbrach in ihm, und er zog mich zu sich.

„Lass es los." Zärtlich küsste ich ihn, und ließ mir Zeit, ihn zu erkunden.

„Ich bin verliebt in dich, London."

Seine Worte ließen meine Augen groß werden, und ich keuchte.

„Ich sehe die Angst in deinen Augen." Er klang amüsiert.

Schluckend erwiderte ich: „Ich habe Angst, aber ich bin kein Feigling." Tief einatmend, fuhr ich fort: „Ich bin auch in dich verliebt."

Jetzt sah ich alle möglichen Emotionen in seinen Augen aufblitzen. Sein Kuss war heiß und leidenschaftlich, und das Verlangen brannte tief in meinem Inneren. Obwohl so viele Leute in der Nähe waren, wurde mein Höschen feucht.

„Es ist noch gar nicht so lange her, da wollte ich dich verhaften."

„Ich erinnere mich."

„Aber du hast es geschafft, meine Verteidigung in Brand zu setzen und sie in Asche zu verwandeln. Jetzt vertraue ich dir. Voll und ganz. Aber ich habe auch Angst. Ich habe Angst, dir mein Herz zu schenken. Es ist schon einmal gebrochen worden."

„Ich habe auch Angst, London, aber ich habe ja dich. Meine Lebensaufgabe wird sein, dich vor allem zu beschützen. Ich habe gelernt, dass die besten Dinge die sind, für die man kämpft."

Sachte packte ich seine Hand und drückte sie an meine Brust. Genau über dem Schlag meines Herzens.

„Dann gehöre ich ganz dir, Kavner Fury."

38

LONDON

I ch wachte in Kavs Bett auf und streckte mich. Als ich mich umdrehte, stellte ich fest, dass seine Seite leer war und überall Laken und Kissen lagen.

Hitze stieg mir in die Wangen, und ich lächelte. Mein Mann war letzte Nacht *sehr* kreativ gewesen.

Ich stand auf, suchte den seidigen, silbernen Morgenmantel, den er mir gekauft hatte, und band den Gürtel um meine Taille.

Es war schon vier Tage her, seit wir Viv zu Fall gebracht hatten. Noch war ich beurlaubt, aber Agent Keegan hatte mich auf dem Laufenden gehalten. Die Task-Force hatte einige Mitglieder des Accosta-Kartells verhaftet und war dabei, den Geldwäschering zu zerschlagen.

Ich war immer noch traurig und enttäuscht über das, was Viv getan hatte, aber ich ließ nicht zu, dass es mich weiter verletzte. Wie meine Mutter immer gesagt hatte, ließ ich den Sturm an mir vorbeiziehen.

Kavner hatte sich die letzten paar Tage freige-

nommen – größtenteils. Austin kam täglich mit drin-
genden Sachen. Den Rest der Zeit schauten Kav und ich
Filme, kochten und liebten uns.

Ich war bis über beide Ohren in diesen Mann
verliebt. Lächelnd drückte ich eine Hand auf meinen
Bauch. Jeden Tag verliebte ich mich mehr in ihn.

Lexxie war zurück nach Arizona geflogen. Sie war
fest entschlossen, ihren Auftrag zu beenden. Meine
Schwester war zäher, als ich es ihr zugetraut hatte.

Sie würde bald zurück sein.

Und ich musste mich entscheiden, wie es mit meiner
Karriere weitergehen sollte. Die Task-Force würde bald
abgeschlossen sein, was bedeutete, dass man von mir
erwartete, dass ich nach Virginia zurückkehrte.

Ich wanderte durchs Penthouse und suchte
nach Kav.

In Virginia gab es nichts mehr für mich. Mein
Zuhause war New Orleans. Dort waren die Menschen,
die ich liebte. Ich hatte über Keegans Angebot, dem FBI
beizutreten, nachgedacht, aber ich war mir nicht ganz
sicher. Es fühlte sich nicht richtig an.

Die Küche war leer.

Ich drehte mich im Kreis, und da entdeckte ich Kav
auf dem Balkon. *Hm.* Er hatte kein Hemd an und trug
nur diese weite, schwarze Pyjamahose, die tief auf seinen
schlanken Hüften saß. Dabei lehnte er am Geländer und
hatte einen Kaffeebecher in der Hand.

Ich trat auf den Balkon und drückte ihm einen Kuss
auf die Mitte seines Rückens.

„Guten Morgen." Er schaute mich von der Seite an.
„Ich wollte dich nicht wecken." Flink stellte er die Tasse

auf dem Beistelltisch ab und streichelte mein Gesicht. „Ich habe dich letzte Nacht nicht viel schlafen lassen."

Ich lächelte. „Darüber werde ich mich nicht beschweren." Langsam beugte ich mich vor und küsste ihn.

Als sich unsere Zungen berührten, setzte er sich auf einen der Stühle und zog mich auf seinen Schoß. Ich kuschelte mich an seine Brust.

Kav schob eine Hand durch die Öffnung meines Bademantels und streichelte meine Brustwarze.

„Bist du darunter nackt?"

„Vielleicht."

„Gott, bist du schön."

Ich errötete.

„Ich habe etwas für dich", meinte er.

Ich wackelte mit dem Hintern auf seinem wachsenden Schwanz, den ich unter mir spürte. „Das merke ich."

„Das nicht. Obwohl, das kannst du später haben." Er griff nach unten und zog eine Puzzleschachtel heraus.

„Oh." Sie war klein, aber wunderschön. Ich schnappte sie mir und fuhr mit den Fingern über die schöne Einlage auf der Oberseite. Dann untersuchte ich sie und fand das erste Puzzle.

Langsam arbeitete ich alle Teile ab, drehte die Schachtel und fummelte an ihr herum.

Einen Moment später öffnete sie sich.

Als ich hineinschaute, gefror mein Lächeln. „*Kavner.*"

Sein Gesicht sah ernst aus. „Er ist für dich."

Ich griff hinein und zog einen atemberaubenden

Smaragdring heraus. Er hatte die Form einer Träne, die zu meiner Halskette passte, und war von Diamanten umgeben, die in ein Platinband eingefasst waren.

„Ich weiß, es ist zu früh", meinte er. „Ich weiß, wir kennen uns noch nicht lange, aber du gehörst *mir*, London Coleman. Ich will dich lieben und beschützen. Dich festhalten und ficken. Ich will dich verwöhnen und für dich sorgen. Und ich möchte, dass du meinen Ring trägst, und eines Tages, wenn wir beide bereit sind, werde ich dich fragen, ob du mich heiraten willst."

So viele Gefühle erfassten mich, dass ich kaum noch wusste, wo oben und unten war. „Ich liebe dich. Ich liebe dich so sehr, dass es beängstigend ist."

„Ich liebe dich auch, London. Und ich weiß, dass unsere Liebe nur noch stärker und tiefer werden wird."

Langsam hob ich meine Hand hoch. Er nahm den Ring und steckte ihn mir an den Finger. In mir kribbelte alles.

„Du gehst nicht zurück nach Virginia", sagte Kav in seinem herrischen Ton.

„Du brauchst keinen Ring, um das sicherzustellen. Ich will bleiben. Bei Lexxie, und bei dir. Ich weiß noch nicht, was ich wegen der Arbeit machen werde. Keegan hat einen Job für mich, aber ..." Ich zuckte mit den Schultern.

„Wie wäre es mit einem Job in der Privatwirtschaft?" Sein Ton war lässig. „Für den CFO eines großen Unternehmens in New Orleans arbeiten? Die Rolle wäre die eines Controllers, der sich um das finanzielle Wohlergehen einer Vielzahl von Unternehmen und Wohltätigkeitsorganisationen kümmert."

Ich verstummte. „Du bietest mir einen Job an?"

„Ja. Einen, der meiner Meinung nach zu deinen Fähigkeiten passt. Außerdem gibt es bei mir keine bösen Jungs."

„Der Job hört sich tatsächlich interessant an." Ich drückte meine Hände auf seine Brust. „Du wärst mein Chef."

„Nicht direkt. Du wärst Nathan unterstellt, meinem CFO."

Ich ließ meine Hände tiefer gleiten, über die Wölbungen seines Bauches. „Das ist schade. Ich habe plötzlich eine Menge unangemessener Chef-Angestellte-Fantasien."

Sein Schwanz bäumte sich unter mir auf. „Nun, Ms. Coleman. Wenn du die Stelle willst, musst du mir zeigen, wie sehr." Er knöpfte meinen Bademantel auf. Seine langen Finger glitten zwischen meine Beine und streichelten mich. „Wie engagiert bist du und wie weit willst du gehen, um dem Chef zu gefallen?"

Ich liebte seinen neckischen Ton und seinen Gesichtsausdruck. Ich keuchte und ritt auf seiner Hand. „Bis zum Äußersten, Mr. Fury. Lass es mich dir zeigen."

KAVNER

Ein paar Wochen später

E in paar lachende Kinder rannten an mir vorbei,
und ich konnte gerade noch einen Zusammenstoß
vermeiden.

Kopfschüttelnd schaute ich mich auf dem Jackson
Square um. Die Sonne schien, und es war ein wunder-
schöner Tag. Die Kathedrale erhob sich über uns und
leuchtete Weiß im Sonnenlicht.

Der Platz war voller Menschen – die meisten von
ihnen waren weniger als einen Meter groß.

Meine Brüder und ich organisierten eine Kunstver-
anstaltung für Kinder. Viele örtliche Künstler – von
denen einige ihre Kunst direkt hier auf dem Platz
ausstellten – gaben unterprivilegierten Kindern Unter-
richt. Die meisten von ihnen waren Kinder aus Pfle-
geheimen.

Überall, wo ich hinsah, sah ich bunte Gemälde,
Kinder, die Pinsel schwangen, und hörte Lachen.

Ich suchte in dem Chaos nach London. Dabei entdeckte ich Colt, Macy und Daisy, die mit den Fingern malten und überall Farbe verspritzten. Dante und Mila waren irgendwo in der Nähe und kümmerten sich um die Foodtrucks und Essensstände. Auch Reath und Beauden halfen mit.

Ich hörte Gelächter und drehte mich um. Lexxie half einem Trio von Kindern mit Glitzerfarben. Der Glitzer schien überall zu sein, nur nicht auf ihrem Papier. Sie entdeckte mich und winkte mir zu.

In den letzten Wochen, seit sie aus Arizona zurückgekehrt war, hatte ich es genossen, Londons Schwester kennenzulernen. Lexxie gab sich keine Mühe zu verbergen, wie sehr sie mich und London zusammen liebte.

Schließlich sah ich einen vertrauten, eleganten Hals und einen schwarzen Pferdeschwanz.

Meine baldige neue Mitarbeiterin half einem kleinen Jungen. Er grinste sie an, während sie ihm beim Schnitzen von Holz half. An dem Tisch ihnen gegenüber saß ein Künstler, der ihnen zeigte, was sie tun sollten. Sie stellten Puzzleschachteln her.

Ich stellte mich hinter London und drückte ihre Hüften. „Hast du ein neues Hobby?"

„Kavner." Sie drehte sich um und gab mir einen Kuss auf die Lippen. „Es ist so erstaunlich zu sehen, wie er die Schachteln herstellt." Der ältere Japaner pustete ein paar Sägespäne weg und fügte dann zwei eingekerbte Seiten zusammen. Die faszinierten Kinder saßen um ihn herum und schauten aufmerksam zu.

„Zufrieden?", fragte ich.

London schaute zu mir auf. „Ja. Ich bin so froh, dass ich dich nicht verhaftet habe."

Ich kuschelte mich an sie. „Wir könnten immer noch ein paar Handschellen besorgen und –"

Sie schlug mir auf die Brust und lachte. Ich liebte es, sie so glücklich zu sehen.

Meine Frau schien sich leichter zu fühlen. Gemeinsam lernten wir, vergangene Verletzungen loszulassen und all das Gute anzunehmen, das wir gemeinsam erreichen konnten.

Ich drückte meinen Mund an ihr Ohr. „Ich habe eine Flasche Bollinger Champagner in der Limousine." Ich nickte in Richtung meines Wagens, der auf der Straße geparkt war. „Ich glaube, dein neuer Chef braucht deine persönliche Hilfe bei einigen Aufgaben."

Sie lächelte. „Ich wette, das tut er. Aber das müssen wir später machen. Ich glaube, du musst zuerst deinen Bruder retten. Reath hat Farbe im Haar und sieht gestresst aus."

Ich folgte ihrem Blick. Reaths Haar wies tatsächlich gelbe Farbspritzer auf. Außerdem trug er einen grimmigen Gesichtsausdruck.

„Er ist ein großer Junge."

„Sei ein guter Bruder. Ich muss sowieso nach Lexxie sehen, und ich habe Mila versprochen, ihr mit ein paar Getränken für die Künstler zu helfen."

Ich seufzte. „Na gut. Wir sehen uns später, meine liebste Agentin."

„Ich bin keine Agentin mehr."

„Du wirst immer meine Agentin sein."

Als sie wegging, warf sie mir einen Kuss zu. Ich

drehte mich um und ging auf Reath zu. Beau war in der Nähe, den Pinsel in der Hand.

„Das macht so viel Spaß", grummelte Beau.

„Nein, macht es nicht." Reath schüttelte sein Haar. „Diese Kinder sind Tyrannen. Ein kleines Mädchen hat das absichtlich mit mir gemacht."

Ich unterdrückte ein Lächeln. „Das ist alles Farbe auf Wasserbasis. Die lässt sich auswaschen."

Reath grummelte nur. Sein Handy piepte, und er griff nach einem Lappen, um sich die Hände abzuwischen.

„Deine Frau sieht glücklich aus, Kav", bemerkte Beau.

„Ja." Ich beobachtete, wie London mit einem kleinen Mädchen kicherte, während sie Armladungen von Wasserflaschen über den Platz trugen. „Alles, was ich je durchgemacht habe, war es wert, denn es hat mich zu ihr gebracht."

Beau fasste mir an die Schulter. „Ich freue mich für dich. Du hast es verdient, Bruder."

„Noch ein Fury-Bruder geht schließlich unter", stellte Reath mit einem Kopfschütteln fest.

„Du könntest der Nächste sein."

Reath sah mich finster an. „Nein, danke." Sein Handy piepte wieder, er warf den Lappen weg und holte es heraus. „Verdammt."

„Ist alles in Ordnung?", fragte ich.

„Es ist Jack. Er hat einen neuen Auftrag angenommen. Obwohl er nicht viel gesagt hat, habe ich den Eindruck, es ist mehr als nur gefährlich."

Reaths bester Freund war schon immer ein kleiner

Adrenalinjunkie gewesen. Je älter er wurde, desto schlimmer schien es zu werden.

„Ich wünschte, er würde für mich arbeiten." Reath seufzte. „Wie auch immer, er hat mich um einen Gefallen gebeten. Seine kleine Schwester wird nach New Orleans ziehen. Sie beginnt ein Studium an der Tulane University. Jack möchte, dass ich auf sie aufpasse." Reath kniff sich in den Nasenrücken. „Wir haben gerade sehr viel zu tun bei PSS. Als ob ich nicht schon beschäftigt genug wäre, ohne auf ein College-Mädchen aufzupassen."

„Du schaffst das schon, Reath", erwiderte ich. „Das tust du immer."

„Wenn du Hilfe im Büro brauchst, kann ich gern vorbeikommen", meinte Beau. „Du weißt, wir sind für dich da."

Reath entspannte sich. „Klar. Wie wärs mit einem Bier?"

„Für mich nicht." Ich ließ meine Hände in die Taschen gleiten. „Ich habe Lust auf Champagner. Wir sehen uns dann später."

Glücklich machte ich mich wieder auf den Weg zu meiner Frau. Ich wollte London in die Limousine locken und den Champagner von ihrer zarten Haut lecken.

Als die Sonne auf mich schien und London sich in meine Richtung drehte und lächelte, wurde mir endlich klar, dass ich alles hatte, was ich je wollen könnte.

Ich hoffe, dir hat die Geschichte von Kavner und London

gefallen!

DIE SERIE rund um das Fury-Brüder geht mit Take weiter - kommt bald. In diesem Band lernst du Reath Fury und Frankie Parker. **Lies weiter und erhalte einen Vorgeschmack auf das erste Kapitel.**

Verpasse nichts! Für Informationen über Neuerscheinungen, kostenlose Bücher und andere Geschenke, melde dich für meine VIP-Mailingliste an und erhalte deine kostenlose Bücherbox, bestehend aus drei englischen Liebesromanen, in denen es auch an Action nicht fehlt.

Hier klicken und anmelden: www.annahackett.com

Would you like
a FREE BOX SET
of my books?

VORGESCHMACK: TAKE

Reath

Ich war bereit, mich in mein Bett zu legen und diesen verdammten Tag zu beenden.

Mein Schädel pochte, und ich notierte mir, dass ich mir Aspirin besorgen musste. Ich beugte mich über die Tastatur, tippte ein paar Mal und überprüfte die Video-aufzeichnungen auf dem Bildschirm.

Nichts.

Leise knurrte ich vor mich hin. Irgendein Scheißkerl war ins Lagerhaus meines Kunden in Mid-City eingebrochen und hatte Industrieanlagen von hohem Geldwert gestohlen.

Ich *würde* sie finden.

Das tat ich immer. Das war es, was Phoenix Security Services zu dem besten Sicherheitsunternehmen in New Orleans machte.

Ein Pfiff ertönte an der Tür zu meinem Büro. „Hey Boss, du siehst aber schick aus."

Ich hob den Kopf und sah einen meiner Männer, Lincoln, mit seiner gebräunten Haut und dem struppigen, blonden Haar dort stehen. Er sah aus, als würde er sich gleich ein Surfbrett unter den Arm klemmen, bereit, sich in die Wellen zu stürzen. Aber hinter seinem Lächeln und seinem lockeren Auftreten steckte ein knallharter Kerl, ein ehemaliger Navy SEAL, ein Experte im Muay-Thai-Kampf und geschickt im Umgang mit Technik und Computern.

Ich zupfte am Ärmel meines Smokings. Ein verdammter *weißer* Smoking.

Mein Bruder Dante veranstaltete eine Party in seinem gehobenen Restaurant Wildfire. Sie stand unter dem Motto *Great Gatsby*, und seine Frau Mila hatte den Anzug in meinem Büro abgegeben, mit der Bitte, ich solle ihn tragen.

Sie war eine Eventplanerin und konnte sehr streng sein.

„Ich muss noch auf eine Wohltätigkeitsgala. Dante und Mila veranstalten sie im Wildfire."

Linc grinste. „Die beiden sammeln immer Geld für irgendwas."

Das stimmte. Meine Brüder und ich gaben gern so viel zurück, wie wir konnten.

Schließlich hatten wir früher absolut nichts besessen. Wir waren nur fünf Jungs gewesen, die verstoßen und im Stich gelassen worden waren. Allesamt waren wir in Pflegefamilien gelandet und wussten, wie es war, nichts zu haben außer den Kleidern, die wir am Leib trugen. Ich war als Neugeborenes ausgesetzt worden und hatte meine Eltern nie kennengelernt. Das Pflegesystem war für mich nicht immer einfach gewesen. Einige meiner Pflegefamilien waren in Ordnung gewesen, aber manchmal hatte man mich einfach aus heiterem Himmel in ein neues Heim verfrachtet.

Nicht alle waren gut gewesen. Mein Kiefer verkrampfte sich. Einige waren regelrecht furchtbar gewesen. Alte Erinnerungen stürmten auf mich ein – Schreie, Schläge, Blut.

Ich schloss sie wieder weg. Die Vergangenheit war die Vergangenheit. Sie konnte mich nicht mehr verletzen.

In unserer letzten Pflegefamilie hatte ich meine Brüder kennengelernt. Sie hatten mich gerettet – in mehr als einer Hinsicht.

Jetzt hatten wir uns alle ein erfolgreiches Leben aufgebaut und New Orleans zu unserem Zuhause gemacht.

Dante besaß den angesagtesten Club der Stadt, das Ember, sowie mehrere Bars und Restaurants. Colt war ein erfolgreicher Kopfgeldjäger. Kavner hatte sich immer geschworen, eines Tages reich zu sein, und hatte ein milliardenschweres Geschäftsimperium aufgebaut. Beauden leitete das Hard Burn, ein Fitnessstudio mit einer langen Warteliste.

Ich hatte die Fähigkeiten, die ich beim Militär erlernt hatte, und einige, die ich während meiner Tätigkeit bei der CIA erworben hatte, genutzt, um Phoenix Security Services zu gründen.

Wir waren unsere eigenen Männer, beschützten, was uns gehörte, und lebten unser Leben auf unsere Weise.

Außer, wenn ich einen Anzug im Stil der 1920er Jahre anziehen und Small Talk halten musste.

Aber das Geld kam Pflegekindern zugute, also war es das wert.

Ich richtete mich auf. „Ich gehe jetzt besser. Kannst du Noah sagen, dass auf den Überwachungskameras im Fall Hixson nichts Hilfreiches zu sehen war? Sag ihm, er soll weitersuchen."

„Mach ich. Viel Spaß noch." Linc wackelte mit den Augenbrauen. „Vielleicht solltest du versuchen, eine Frau kennenzulernen."

Ich warf ihm einen Blick zu und verließ mein Büro.

Nachdem ich durch den abgedunkelten Computerraum und durch eine Sicherheitstür gegangen war, schritt ich auf den Flur hinaus. Das Innere der PSS-Büros bestand aus polierten Betonböden, Holz und Glas mit einigen industriellen Akzenten. Ich ging an dem mit Glaswänden versehenen Konferenzraum vorbei.

Ein Gefühl des Stolzes durchflutete mich. Dieser Ort gehörte *mir*. Ich hatte ihn aufgebaut, alle Mitarbeiter eingestellt und hart gearbeitet, um erfolgreich zu werden.

Lange Zeit hatte ich nichts besessen, was nur mir

gehört hatte. Nichts, was nicht schon einmal von jemand anderem getragen oder benutzt worden war.

Ich richtete meine lange schwarze Krawatte, als ich die Treppe hinunterging und war froh, dass auch das der Vergangenheit angehörte. Ich nickte meinem Mann an der Rezeption zu, dann trat ich hinaus.

Die Nacht war hereingebrochen. Um mich herum lagen die vertrauten Straßen des Warehouse Districts. Meinen Brüdern und mir gehörte der gesamte Block. Wir besaßen mehrere Lagerhäuser, von denen die meisten renoviert und zu unseren Wohnungen, Büros und Geschäftsräumen umfunktioniert worden waren. Kavner wohnte in einem Penthouse im Ignis Tower, der sich an der Ecke in die Luft erhob.

Ich schritt die Straße hinunter und bog ab. Vor mir leuchtete das goldene Schild des Embers im schwachen Abendlicht. Daneben lag das Smokehouse, eine von Dantes Bars.

Aber heute Abend versammelte sich die Menge vor dem Wildfire. Eine lange Schlange von Menschen, die in ihren feinsten 1920er-Jahre-Outfits darauf warteten, durch den glatten, grauen Betoneingang hineingelassen zu werden. Scheinwerfer flackerten, und von drinnen ertönte Jazzmusik.

Ich warf einen Blick auf mein Handy. Immer noch keine Nachricht von Jacks Schwester.

Ein Anflug von Frustration durchzuckte mich, und ich bekam pochende Kopfschmerzen. Ich hatte der Schwester meines besten Freundes zahlreiche Nachrichten geschickt und sie angerufen, aber keine Antwort erhalten.

Nicht eine einzige. Sie hatte sich nicht einmal die Mühe gemacht, ans Handy zu gehen.

Jack war mein bester Freund. Wir waren zusammen bei der Army gewesen, und jetzt arbeitete Jack für ein privates Militärunternehmen.

Ich runzelte die Stirn. In letzter Zeit hatte Jack immer riskantere Jobs angenommen. Das gefiel mir nicht. Ich hatte ihm einen Job bei PSS angeboten, aber der Mann wollte nicht still sitzen oder Wurzeln schlagen.

Eines Tages würde er sich noch verletzen. Oder Schlimmeres.

Vor ein paar Wochen hatte er mich angerufen – von wo auch immer – und mich gebeten, auf seine Schwester aufzupassen. Sie war nach New Orleans gezogen, um an der Tulane University zu studieren.

Francesca Parker. Vor Jahren hatte ich sie einmal kurz getroffen, nachdem Jack und ich zum Militär gegangen waren. Sie und Jacks Mutter waren aus Seattle eingeflogen, um ihn abzuholen.

Ich hatte eine vage Erinnerung an ein schlaksiges Teenager-Mädchen mit Zahnspange und dunklem Haar. Ich wusste, dass sie jetzt Mitte zwanzig sein musste. Sie absolvierte irgendeine Art von Aufbaustudium.

Eigentlich hatte ich keine Zeit, ein College-Mädchen zu babysitten. Schon gar nicht eins, das nicht auf Anrufe reagierte.

Ich schritt auf die Tür des Wildfires zu.

„Hey." Eine Blondine in einem kurzen Flapper-Kleid, die in der Schlange stand, ergriff meinen Arm. „*Bitte* nehmen Sie mich mit rein."

„Tut mir leid."

„Aber die Schlange ist so lang." Sie klimperte mit den Wimpern.

Das Mädchen war wunderschön, aber ich spürte nicht einmal einen Hauch von Reaktion. Es war mir nie schwergefallen, weibliche Gesellschaft zu finden, aber es war schon eine Weile her.

In letzter Zeit war ich einfach nicht mehr interessiert.

Ich schüttelte den Kopf und versuchte, die Zurückweisung mit einem Lächeln zu mildern. Der Türsteher sah mich und winkte mich herein.

„Entschuldigung. Schönen Abend noch." Ich drehte mich um und trat ein.

Der große Raum hatte eine hohe Decke und stimmungsvolle, graue Wände. In der Mitte des Restaurants stand ein Baum. Die Zweige ragten in die Höhe, breiteten sich aus und wirkten wie ein Baldachin. Die leuchtenden Blüten an den Zweigen funkelten golden.

Mila freute sich bestimmt, dass so viele Gäste hier waren. Als ob ich sie herbeigezaubert hätte, entdeckte ich sie in der Menge. Sie unterhielt sich mit einigen der Angestellten und trug ein schwarz-goldenes Flapper-Kleid. Ihr braunes Haar fiel in sanften Wellen.

Und nicht weit hinter ihr stand mein älterer Bruder Dante.

Dante war groß, düster und männlich. Er wirkte wie ein Mann, der gern das Sagen hatte. Seine Kleidung war schwarz, bis auf einen goldenen Schal.

Als ich ihn beobachtete, streckte er die Hand aus und berührte Milas Ohr. Sie sah auf und schenkte ihm ein strahlendes Lächeln.

Ich spürte ein seltsames Ziehen in meiner Brust. Es

war schön, Dante glücklich zu sehen. Ich hoffte nur, dass es so bleiben würde.

Liebe war etwas, dem ich nicht traute.

Ich liebte meine Brüder – ein Band, das durch gemeinsame Kämpfe, Loyalität und Entbehrungen geschmiedet worden war, und wusste, dass es nie zerbrochen werden würde.

Aber romantische Liebe ... schien mir eine viel zerbrechlichere Sache zu sein. Eine, die hell aufflackerte und dann schnell wieder erlosch. Eine, die mehr Mühe machte, als sie wert war.

Ich ging auf das Paar zu. Mila sah mich zuerst und lächelte.

„Ich *wusste, dass* du in diesem Anzug fabelhaft aussehen würdest, Reath."

Ich senkte meinen Kopf und küsste sie auf die Wange. Dann nickte ich Dante zu. „Tolle Dekoration, Mila."

Sie strahlte. „Danke."

„Das liegt daran, dass sie ein Genie ist", meinte eine Frauenstimme.

Ich blickte auf und sah Macy. Die quirlige Blondine trug ein champagnergoldenes Kleid mit Fransen am unteren Rand. Colt war an ihrer Seite. Mein Bruder, der Kopfgeldjäger, schien genauso begeistert zu sein wie ich, dass er sich so hatte herausputzen müssen.

„Ich *liebe* dieses Kleid." Macy schwenkte den Fransenrock. „Daisy wollte unbedingt auch eins."

Daisy war Colts Tochter – eigentlich seine Nichte, die er adoptiert hatte. Und es überraschte mich überhaupt nicht, dass Daisy ein ähnliches Kleid wollte. Das Mädchen mochte alles, was hübsch war und glitzerte.

Beau tauchte aus der Menge auf. Man konnte den Boxer aus dem Ring nehmen, aber den Ring nicht aus dem Boxer. Er hatte die Ärmel seines weißen Hemdes hochgekrempelt, sodass die Tätowierungen auf seinen Armen zur Geltung kamen. Außerdem trug er eine dunkelgrüne Weste.

„Beau, wo ist dein Jackett?", protestierte Mila.

Beau hob ein Whiskeyglas und nippte an seinem Getränk. „Das ist alles, was ich gewillt bin, für dich zu tun."

Die Brünette stieß einen Atemzug aus.

Ein Raunen ging durch die Menge, und ich drehte mich um.

Unser letzter Bruder war eingetroffen.

„Der Mann muss immer einen Auftritt hinlegen", murmelte Colt.

„Aber sieh sie dir an", flüsterte Macy. „So glamourös."

Kavner und seine Frau, London, betraten das Wildfire.

Kavner war groß, unnahbar und attraktiv. Ganz zu schweigen davon, dass er Milliardär war. Er zog die Aufmerksamkeit der Leute auf sich, wann immer er auftauchte. Heute Abend trug er einen schwarzen Smoking und hatte sein Haar zurückgekämmt. Ein silbernes Taschentuch blinzelte aus der oberen Tasche seines Jacketts. London neben ihm war groß und schlank und trug ein langes, silbern drapiertes Kleid. Das Dekolleté war unglaublich tief ausgeschnitten, sodass schimmernde dunkle Haut zum Vorschein kam, und lange, weiße Handschuhe vervollständigten das Outfit.

Die Menge drängte sich in Richtung des Paares. Alle wollten immer mit Kavner sprechen.

London – eine ehemalige Agentin des Finanzministeriums – war ziemlich auf ihn bedacht. Sie warf mehreren Leuten scharfe Blicke zu.

Das Paar erreichte uns.

„Guten Abend", sagte Kavner und legte seinen Arm fest um Londons Taille.

„Ihr zwei seht umwerfend aus", bemerkte Macy.

„Ihr auch." London lächelte. „Die Farbe steht dir ausgezeichnet, Macy." Sie drehte sich um. „Mila, die Deko ist einfach nur umwerfend."

„Sie hat recht", stimmte Kav zu. „Du hast dich selbst übertroffen."

Mila warf einen zufriedenen Blick in den Raum. „Danke."

„Also", fuhr London fort, „du hast mir einen besonderen Cocktail versprochen."

Mila nickte. „Für heute Abend habe ich einige außergewöhnliche geplant. Ich werde dir einen *Daisy Buchanan* machen. Wodka, Champagner, Holunderblüten und eine Zitronenspalte."

Die Frauen kamen ins Gespräch. Dante wandte sich an Kavner. „Wie ich sehe, sind die Aktien, in die du mich hast investieren lassen, gestiegen."

„Natürlich sind sie das." Kavner nahm sich ein Glas Wein von einem der Kellner.

Ich drehte meinen Kopf und ließ meinen Blick über die Menge schweifen.

Ein roter Schimmer stach mir ins Auge.

Als ich ihn sah, trat eine Frau aus dem Gedränge heraus. Sie hielt inne und sah sich um.

Mein ganzer Körper erstarrte.

Sie war nicht groß, vielleicht 1,65 m, mit Kurven, die ihr rot-schwarzes Flapper-Kleid perfekt ausfüllten. Ihr schwarzes Haar reichte nicht ganz bis zu den Schultern und war im Stil der 1920er Jahre gewellt, mit einem Stirnband, das mit einer roten Feder geschmückt war.

Ich konnte meinen Blick nicht von ihr abwenden. Plötzlich fühlten sich meine Kopfschmerzen nicht mehr ganz so hämmernd an.

Mein Blick wanderte an ihrem Körper hinunter. Als ich wieder in ihr Gesicht sah, trafen sich unsere Blicke.

Sie war nicht gerade wunderschön, aber definitiv attraktiv. Sie hatte große Augen, aber sie war zu weit weg, als dass ich die Farbe hätte erkennen können, und einen breiten Mund. Ihre üppigen Lippen waren passend zu ihrem Kleid rot bemalt.

Dieses Mal spürte ich ein Ziehen. Ein großes.

Die Menge bewegte sich und versperrte mir die Sicht auf sie.

Ich stellte meinen Drink ab. „Ich bin gleich wieder da."

———

Frankie

Wow!

Ich sah mich im Raum um. *Erstaunlich.* New Orleans wusste wirklich, wie man eine Party schmiss.

Da stand ein verdammter Baum in der Mitte des Raumes, dessen mit Blumen geschmückte Zweige sich über die Decke erstreckten. Sie leuchteten wunderschön.

Ich war erst seit zwei Wochen in der Stadt, aber sie gefiel mir jetzt schon. Um ehrlich zu sein, hatte ich die meiste Zeit damit verbracht, mein neues Labor einzurichten. Sogar das niedliche kleine Haus, das ich gemietet hatte, war noch mit Kisten gefüllt.

Die Tulane finanzierte mein neues Projekt ... mit staatlicher Hilfe. Mein Traum war wahr geworden. Ich war eine Mikrobiologin, die ihren Doktortitel erwarb und gleichzeitig meinem Land half.

Aber heute Abend wollte ich einfach nur Spaß haben.

Heute Abend wollte ich mich ein wenig austoben.

Ich fuhr mit einer Hand über mein Outfit. Ich *liebte* das rote Flapper-Kleid. Es war eine schöne Abwechslung zu meinem Laborkittel, und wer mochte es nicht, sich zu verkleiden? Ich trug auch eine lange Perlenkette und ein süßes Stirnband mit roten Federn.

Mein anderes Ziel heute Abend war es, die Fury-Brüder zu sehen.

Ich hatte schon so viel über die Lieblingssöhne von New Orleans gehört. Na ja, okay, eigentlich wollte ich Reath Fury sehen – den besten Freund meines Bruders Jack.

Mein Bruder vergötterte den Mann.

Ich rümpfte die Nase. Jack stand Reath näher als mir. Sie waren wie Brüder. Ich spürte einen Stich. Ich liebte

Jack, aber er war immer weg von zu Hause, immer auf der Suche nach dem nächsten Abenteuer.

Mama und ich waren nicht genug für ihn. Das hatte ich als kleines Mädchen gelernt, das verzweifelt die Aufmerksamkeit seines beliebten Bruders gesucht hatte.

Meine Mutter hatte mich immer gewarnt, dass manche Männer immer auf der Suche nach der nächsten aufregenden Sache waren. Nach etwas Neuem und Glänzendem. Einem pulsierenden Abenteuer.

Mein Vater war so gewesen. Nicht, dass er um die Welt gereist oder untreu gewesen wäre. Nein, er hatte seine ganze Leidenschaft in seinen Job als Polizist gesteckt.

Bis dieser ihn umgebracht hatte.

Ich schüttelte die Melancholie ab. Dies war eine Party, und New Orleans war ein Neubeginn. Ich nahm mir ein Getränk vom Tablett und lächelte den Kellner an. Dann trank ich einen Schluck Champagner und genoss das Prickeln auf meiner Zunge.

Vermutlich würde ich Reath nicht wirklich wiedererkennen, denn ich hatte nur eine vage Erinnerung an einen Mann in Uniform – wie all die anderen Soldaten, die herumgelaufen waren, als Jack nach Hause gekommen war. Alles, was ich gesehen hatte, war mein Bruder. Ich hatte ihn so sehr vermisst.

„O mein Gott, da ist Dante Fury", flüsterte eine Frau in der Nähe aufgeregt. „Seine Freundin ist die *glücklichste* Frau in New Orleans."

Ich warf einen Blick auf das tratschende Frauentrio und drehte mich dann um.

O ja. Dante Fury war ein heißer, dunkelhaariger

Mann mit einem muskulösen Körper und einem starken Kiefer, der von einem dunklen Bart bedeckt war. Ein Mann, wie Männer sein wollten, und wie Frauen ihn schlicht begehrten. Die Brünette neben ihm in dem umwerfenden schwarz-goldenen Kleid lachte. Natürlich war auch sie umwerfend attraktiv.

Ich reckte den Hals, um mir die anderen anzusehen. Da war ein großer, mürrisch aussehender Mann mit Bart und eine kleine, blonde Frau vor ihm, die ihm die Brust tätschelte.

„Ich nehme Colton", murmelte eine andere Frau. „Diese ganze Kopfgeldjäger-Härte ist so heiß." Die Frau täuschte ein Zittern vor.

In diesem Moment bewegte sich die Menge, und ich konnte die anderen Brüder nicht mehr sehen. *Verdammt.*

Ich nippte an meinem Drink und ging näher heran, konnte aber immer noch nichts erkennen. Verdammt, wieso waren alle Menschen auf der Welt größer als ich?

Meine beste Freundin Lindsay in Seattle würde mir sagen, ich solle aufhören, zu jammern. Sie war gerade mal 1,50 m groß und beschwerte sich bitterlich darüber, dass sie zu klein war.

Plötzlich teilte sich die Menge, und ein Mann in einem weißen Anzug ließ mich die Fury-Brüder ganz vergessen.

O Mann. Er war umwerfend. Das Weiß passte perfekt zu seiner dunkelbronzenen Haut. Er hatte eindeutig afroamerikanische Vorfahren. Sein Gesicht war fast schön, aber sein starker Kiefer bewahrte ihn davor, zu hübsch zu sein. Sein schwarzes Haar war kurz, und seine Haltung verriet, dass er ein Mann war, der

302

wusste, wie man sich bewegte, der wusste, wie man mit allem umging, was das Leben ihm zuwarf.

Ich sah, wie er den Raum absuchte, wachsam und aufmerksam. Diesen Blick hatte ich schon oft bei meinem Bruder gesehen.

Jemand ging zwischen uns hindurch, und meine Brust zog sich zusammen. *Moment mal!* Sah er mich an?

Dann hob er den Kopf, und sein Blick traf auf den meinen.

Oh. Mein Herz klopfte hart gegen meine Rippen.

Ich konnte den Blick nicht abwenden. Wir starrten uns einen Augenblick lang an.

Die Menge bewegte sich wieder und versperrte mir die Sicht. Ich leerte schnell meinen Drink und widerstand dem Drang, mir Luft zuzufächeln.

Eilig begann ich, mich durch die Gäste in Richtung Theke zu bewegen. Ein paar Leute waren auf der Tanzfläche und tanzten im Stil der 1920er Jahre zur Jazzmusik.

Mit einem Blick zurück hielt ich Ausschau nach meinem geheimnisvollen Mann. Ich konnte es wirklich nicht gebrauchen, dass ein heißer Typ meine Pläne durcheinander brachte. Ich war Frankie Parker, eine Karrierefrau. Mein Doktortitel war meine oberste Priorität. Dr. F. Parker hörte sich wunderbar an.

Ich hatte keinen Platz für Männer, Liebe und Verwicklungen. Mein Projekt war zu wichtig.

Meine Arbeit würde die Dinge verändern – zuerst fürs Militär, aber später für so viele kranke Menschen.

Ich dachte an meine Mutter. Mein Vater war im Dienst ums Leben gekommen, als ich sieben Jahre alt gewesen war und Jack an der Schwelle zum Teenager gestanden hatte. Er war am Boden zerstört gewesen, genau wie meine Mutter. Dorrie Parker hatte hart gearbeitet, um ein perfektes Zuhause zu schaffen, war zu Fußballspielen und Cheerleader-Trainings gekommen. Aber nach dem Tod meines Vaters war es, als ob in ihr ein Licht erloschen wäre. Sie sehnte sich nach ihrem Mann und hatte nie wieder geheiratet.

Ich hatte nicht vor, mir das von einem Mann antun zu lassen.

Als ich mich durch eine kleine Menschenmenge drängte, prallte ich gegen einen starken Körper.

„Oh, Entschuldigung." Ich drückte meine Hände auf das schneeweiße Jackett des Mannes und spürte harte Muskeln und Wärme.

Dann blickte ich in ein vertrautes, gut aussehendes Gesicht. Ich blinzelte. Er hatte dunkelbraune Augen, denen ich nicht ausweichen konnte.

„Hallo", murmelte mein geheimnisvoller Mann.

Mein Gehirn setzte für eine Sekunde aus. „Hallo." Gott, meine Stimme klang viel zu hart. Wie eine schlechte Marilyn-Monroe-Imitatorin.

„Sieht aus, als bräuchten Sie einen Drink." Seine Stimme war tief und voll. „Erlauben Sie mir." Er streckte einen Arm nach mir aus.

Ich dachte nicht einmal nach, sondern legte meinen Arm einfach durch seinen.

Mr. Mystery war aus der Nähe betrachtet noch beeindruckender. Als mein Körper seinen berührte, machte mein Bauch einen Purzelbaum. Er roch nach

Limetten und Gewürzen und strahlte eine stille Stärke aus.

Als er mich zur Bar führte, schienen ihm die Leute automatisch aus dem Weg zu gehen. Er hob eine Hand, und der umwerfende Barkeeper brachte ein schickes Cocktailglas und einen kleinen Becher mit bernsteinfarbener Flüssigkeit herüber.

„Für Sie." Er reichte mir den Cocktail.

„Danke." Ich schloss meine Hände um das Glas und war dankbar, dass ich etwas anderes zu tun hatte, als ihn anzustarren.

„Gefällt Ihnen die Party?"

„Nun, sie ist schick." Ich nahm einen Schluck des Getränks, und die Aromen explodierten auf meiner Zunge. „Mmm, der Drink ist gut." Ich lehnte mich näher heran und schnupperte wieder sein frisches Rasierwasser. „Ehrlich gesagt, bin ich keine große Partygängerin."

„Das bin ich auch nicht", meinte er. „Obwohl ich zu mehr dieser Partys geschleppt werde, als mir lieb ist." Er zupfte am Revers seines Jacketts. „Und ich bin immer gezwungen, mich schick zu machen."

„Das mit dem Herausputzen macht mir nichts aus." Und dieser Mann sollte sich immer so kleiden.

Sein Blick senkte sich, und er ließ sich Zeit, als er mein Kleid betrachtete. Hitze entflammte in meinem Bauch.

Seine braunen Augen kehrten zu den meinen zurück. „Eigentlich macht es mir auch nichts aus, wenn Sie sich in Schale werfen."

Meine Kehle wurde eng, und ich spürte überall ein Kribbeln.

„Und warum gehen Sie nicht auf viele Partys?", fragte er.

„Arbeit. Ich bin ein kleiner Workaholic."

Seine Lippen formte sich zu einem leichten Lächeln. „Ich auch."

„Ich liebe meinen Beruf, also macht es mir nichts aus, lange zu arbeiten."

Er nickte, und ich konnte sehen, dass er mich verstand.

„Wie heißen Sie?", fragte er.

Ich winkte ihm mit dem Finger zu. „Nein, verderben Sie es nicht. Ich genieße den Hauch von Spaß und Geheimnis."

Er hielt inne. „Okay, Ms. Mystery."

Ich lächelte. „Versuchen Sie, das dreimal schnell hintereinander zu sagen."

Ein Lachen entfloh seinen Lippen.

O Gott. Es war ein schönes Lachen. Verlangen schoss direkt zwischen meine Beine. Ich wusste nicht, was mit mir los war. Kein Mann hatte mich jemals zuvor so berührt. Ich konnte sehen, dass er es auch spürte, was sich in der intensiven Art, wie er mich beobachtete, widerspiegelte.

Ich nahm einen großen Schluck des Cocktails. „Sie arbeiten also zu viel?"

Er nickte. „Wie Sie genieße ich meine Arbeit. Ich habe mein eigenes Unternehmen."

„Für mich ist es das Wissen, dass meine Arbeit Menschen hilft. Das gibt mir einen Sinn."

„Mir auch. Zu viele Leute schauen oder gehen weg, wenn sie helfen könnten."

Der Mann war ein doppeltes Vergnügen. Ein guter Kerl *und eine* Augenweide. Ich bewegte mich, und meine glitzernde schwarze Handtasche rutschte von meiner Schulter und fiel zu Boden.

„Verdammt." Ich ging in die Hocke und griff an den Saum meines Kleides, um niemandem mein Höschen zu zeigen.

Mr. Mystery bückte sich ebenfalls, und unsere Gesichter waren so nah beieinander, dass sie sich fast berührten.

Unsere beiden Hände schlossen sich um den Riemen meiner Tasche.

Wir sahen uns an und erhoben uns langsam. Seine Finger, die größer und dunkler waren, verschränkten sich mit meinen. Sein brauner Blick blieb auf meinem Gesicht haften.

„Ihr Mund ist mir zuerst aufgefallen", murmelte er.

Ich blinzelte. „Oh? Er ist groß. Mein Bruder hat mich immer damit aufgezogen, als wir Kinder waren."

Mein Begleiter streckte die Hand aus und strich mit dem Daumen über meine Unterlippe. „Ich denke, er ist perfekt."

Mein Herz raste, und in meinem Bauch spielte eine Horde Schmetterlinge verrückt. Seine Berührung fühlte sich elektrisch an, und ich wollte, dass er mich an anderen Stellen berührte. Überall.

Ich schluckte und leckte mir über die Lippen. Sie berührten seinen Daumen. In seinen Augen blitzte es gefährlich auf.

„Scheiße", murmelte er, als er näher kam. Er nahm mein Glas und stellte es zusammen mit seinem auf einen der hohen Tische, die in der Halle verteilt waren. Dann richtete sich dieser intensive Blick wieder auf mich. „Ich möchte dich küssen."

Mein Herz klopfte so schnell. „Falls das eine Frage ist, auch wenn das verrückt ist und ich normalerweise keine fremden Männer küsse, die ich gerade erst kennengelernt habe, ist die Antwort Ja."

„Gut." Er senkte seinen Kopf.

Ich konnte kaum noch atmen.

Sein Mund berührte meinen in einer verlockenden Bewegung seiner Lippen. Die Menge verschwand, und meine Lippen öffneten sich. Seine Zunge streichelte meine, und ich stöhnte auf. Er vertiefte den Kuss, seine Hand umfasste meinen Hinterkopf.

Der Raum wirbelte durcheinander, als hätte sich die Erde um ihre Achse gedreht.

Ich drückte meine Hände auf seine harte Brust, um mich zu stützen.

Während er mich küsste, verlor ich mich in seinem Geschmack. Es war eine erotische Erkundung von Necken, Schmecken und Kennenlernen. Er gab ein leises Brummen von sich.

Sein Mund hob sich. Unsere Lippen berührten sich noch immer, wir atmeten beide schwer.

Ich zog die Luft ein. „Ich brauche ..."

Schreie brachen aus. Ich hörte Glas zerspringen.

Sein Kopf schnellte hoch, und seine Augen schärften sich, als er sich umdrehte. In der Nähe war ein Kampf ausgebrochen. Zwei Männer in Anzügen prügelten aufeinander ein.

Ich erkannte den Blick in seinen Augen. Mein Vater

und Jack teilten sich ihn: Das Wissen, dass es in der Nähe Ärger gab und sie eingreifen mussten.

„Ich muss helfen", erklärte er.

Wie benommen nickte ich. „Geh."

Er stürmte vor und drängte sich an mehreren Leuten vorbei. Ich beobachtete, wie er die kämpfenden Männer auseinanderzog. Einer war eindeutig betrunken.

Eine Sekunde später sah ich Dante und Colton Fury auftauchen. Ein großer, tätowierter Mann und ein eleganter Mann im Anzug schlossen sich ihnen an. Sie stürzten sich alle ins Getümmel, trieben die Leute zurück und brachten das Chaos zur Ruhe.

Mein Mann winkte den Sicherheitsleuten zu, die schnell angelaufen kamen.

„Kümmert euch um sie", befahl Dante in kaltem Ton.

Dann drehte er sich um und klopfte meinem geheimnisvollen Mann auf den Rücken. „Schnelle Reflexe wie immer, Reath."

Reath.

Meine Welt geriet wieder ins Wanken, und mir wurde flau.

O nein. Nein, nein, nein.

Ich hatte gerade Reath Fury geküsst. Den besten Freund meines Bruders.

Ich presste meine Handflächen auf meine brennenden Wangen. In Panik drehte ich mich um und eilte durch die Menge.

Jack würde mich umbringen.

O Gott. Das war der Grund, warum ich nie ausging. Ich lief schnurstracks auf die Eingangstür zu.

BÜCHER VON ANNA

Verlorene Diamanten

Norcross Security

Der Ermittler

Der Troubleshooter

Der Spezialist

Der Bodyguard

Der Hacker

Der Drahtzieher

Der Detective

Der Lebensretter

Der Beschützer

Mr. & Mrs. Norcross

Englisch

Langston Hotels

Night and Day

Fury Brothers

Fury

Keep

Burn

Take

Claim

Also Available as Audiobooks!

The Medic

The Protector

Mr. & Mrs. Norcross

Also Available as Audiobooks!

Billionaire Heists

Stealing from Mr. Rich

Blackmailing Mr. Bossman

Hacking Mr. CEO

Also Available as Audiobooks!

Team 52

Mission: Her Protection

Mission: Her Rescue

Mission: Her Security

Mission: Her Defense

Mission: Her Safety

Mission: Her Freedom

Mission: Her Shield

Mission: Her Justice

Also Available as Audiobooks!

Treasure Hunter Security

Undiscovered

Uncharted

Unexplored

Unfathomed

Untraveled

Unmapped

Unidentified

Undetected

Also Available as Audiobooks!

Oronis Knights

Knightmaster

Knighthunter

Knightqueen

Also Available as Audiobooks!

Galactic Kings

Overlord

Emperor

Captain of the Guard

Conqueror

Also Available as Audiobooks!

Eon Warriors

Edge of Eon

Touch of Eon

Heart of Eon

Kiss of Eon

Mark of Eon

Claim of Eon

Storm of Eon

Soul of Eon

King of Eon

Also Available as Audiobooks!

Galactic Gladiators: House of Rone

Sentinel

Defender

Centurion

Paladin

Guard

Weapons Master

Also Available as Audiobooks!

Galactic Gladiators

Gladiator

Warrior

Hero

Protector

Champion

Barbarian

Beast

Rogue

Guardian

Cyborg

Imperator

Hunter

Also Available as Audiobooks!

Hell Squad

Marcus

Cruz

Gabe

Reed

Roth

Noah

Shaw

Holmes

Niko

Finn

Devlin

Theron

Hemi

Ash

Levi

Manu

Griff

Dom

Survivors

Tane

Also Available as Audiobooks!

The Anomaly Series

Time Thief

Mind Raider

Soul Stealer

Salvation

Anomaly Series Box Set

The Phoenix Adventures

Among Galactic Ruins

At Star's End

In the Devil's Nebula

On a Rogue Planet

Beneath a Trojan Moon

Beyond Galaxy's Edge

On a Cyborg Planet

Return to Dark Earth

On a Barbarian World

Lost in Barbarian Space

Through Uncharted Space

Crashed on an Ice World

Perma Series

Winter Fusion

A Galactic Holiday

Warriors of the Wind

Tempest

Storm & Seduction

Fury & Darkness

Standalone Titles

Savage Dragon

Hunter's Surrender

One Night with the Wolf

For more information visit www.annahackett.com

ÜBER DIE AUTORIN

Ich bin eine USA-Today-Bestsellerautorin für Liebesromane. Meine Leidenschaft sind Romane, in denen es an Action nicht mangelt, Science-Fiction Platz findet und auch die Liebe nicht zu kurz kommt. Ich liebe es, über Menschen zu schreiben, die entgegen allen Erwartungen die schwierigsten Situationen lösen und sich beim Erreichen ihrer Ziele selbst übertreffen.

Ich lebe mit meinem eigenen persönlichen Helden und zwei sehr aktiven Söhnen in Australien.

Für Erscheinungstermine, einen Blick hinter die Kulissen, kostenlose Bücher und andere tolle Goodies, melde dich hier an und verpasse nichts mehr: www.annahackett.com

www.ingramcontent.com/pod-product-compliance
Lightning Source LLC
Chambersburg PA
CBHW021308250626
47155CB00002B/427